중국 문학의 여행

엄 영 욱

국학자료원

머리말

「중국문학의 여행」을 출판하게 되었다. 그동안 필자가 논문으로 발표했던 글이나 강의로 준비해 온 글들을 테마별로 묶어낸 것이다.

중국문학의 테마와 소재는 그 역사만큼이나 무궁무진하다. 여기서 언급하고 있는 테마란 중국문학에 있어 빙산의 일각에도 미치지 못하는 것이다. 그럼에도 불구하고 중국문학 전공 학생들뿐만 아니라 일반인들이 중국문학에 보다 쉽게 다가갈 수 있기를 바라는 마음에서 몇 가지 테마를 골라내 보았다.

중국문학은 크게 고전문학과 현대문학 및 당대문학으로 나뉘며, 장르별로는 시, 소설, 산문, 희곡, 잡문 등으로 나뉜다. 본서는 주로 소설을 다루고 있으며, 「중국문학과 성」을 빼고는 거의 현대문학(당대문학 포함)이다. 또한 「공존의 빛과 그늘」은 문학을 다룬 글이라기보다는 현대 중국역사에 관계된 중국과 대만의 양안사 문제를 살펴본 글이다. 전체적인 틀에서 보면 이 한 편은 나머지 글들과 별개의 종으로 보일 수 있으나, 전혀 그렇지 않다. 중국과 대만, 양안의 관계는 우리의 관심거리이자 중국을 이해하는 데, 더 나아가 향후 중국 당대문학의 향방에 대한 단초를 생각하게 해주는 생생한 이슈인 까닭이다.

Ⅰ. '노신문학의 입문', 1장에서는 중국현대문학을 독파하는데 있어 가장 중요한 코드인 노신문학을 개략적으로 살펴보았다. 노신이 의학에서 문학으로 전환하게 된 동기부터 시작하여 그의 문학이 시종 암울할 수밖에 없었던 점, 그 어둠의 힘이 무엇이었는가 등을 살펴보았다. 어둠의 문학이 비극문학으로 드러날 수밖에 없는바, 2장 「노신의 비극문학」에서는 그 비극의 근원이 모순 된 중국사회에서 비롯되었음을 밝히고 있다.

Ⅱ. '중국문학에 있어서 성과 여성', 3장 「노신과 이광수의 여성주의」에서는 두 작가의 여성관을 살펴보고, 그것이 작품 속에 어떠한 형태로 드러났는지 살펴보았다. 여성의 개성해방과 자유연애, 자유결혼, 여성해방이 문학작품 속에서 어떻게 서로 상이하게 드러났는지 조망하였다. 4장 「중국문학과 성-전족을 중심으로」에서는 전족이 어떻게 기원, 발전하였으며, 지배 권력과 문인들이 전족을 어떻게 찬양, 고무하여 전족이라는 기괴한 성문화를 확산, 조장시켰는지 작품을 통하여 살펴보았다.

Ⅲ. '한국과 북한 그리고 중국', 5장 「한인제재소설에 나타난 중국작가의 한국인식」에서는 중국인들이 고대로부터 현대에 이르기 까지 한국과 한인을 어떻게 인식하였으며 중국작가들 작품에 어떻게 반영되어 있는가를 살펴보았다. 6장 「북한과 중국 두 사회주의 문학사 서술 비교」에서는 북한과 중국의 문학사 시기구분과 문학사 서술이 시대와 상황에 따라 달라졌음을, 그리고 그 기준이 문학사조, 문학작품, 문학사단의 탄생, 작가들의 문예활동 등 문학 본질자체가 아니라 정치적 사건이었음을 밝히고 있다. 즉 문학이 정치에 종속되어 복무한 것이다.

북한의 현대 문학사는 항일문학과 김일성 주체문학이 근간을 이루는데 1967년 주체문학 이후 북한 문학은 갈수록 심하게 왜곡된다. 주체문학이 대두된 후 김일성 부자 및 그 가족들이 문학사에 부각되어 서술되고 김일성 부자의 정권에 협력하지 않는 작가들은 비판을 받는다 할지 아예 서술되지 않는다. 여기에다 남쪽의 작가들은 거의 언급되지 않는다. 중국현대문학 또한 1966년 문화혁명을 거치면서 심각하게 왜곡되다가 신시기(1976년)에 들어서면서 문학이 정치의 종속에서 탈피하여 열린 구조로 향해가고 있다. 중국문학사는 세계문학사에 없는 특이한 시기구분을 하고 있다. 1949년을 중심으로 현대문학(1919-1949)과 당대문학(1949-현재)으로 나누고 있는 것이다. 1949년 10월 중화인민공화국이 성립되었고 이후 무산계급(공산주의 시대의 도래)의 영도를 중시하였기 때문이다.

Ⅳ. '현대사와 당대문학', 7장 「공존의 빛과 그늘」에서는 중국과 대만의 관계사를 중심으로 양안관계의 변천과 더불어 중국과 대만의 통일정책, 양안과 홍콩, 마카오의 관계를 살펴보았다. 양안 관계는 우리 조국의 분단사처럼 냉전시기를 거쳐 오늘날 햇볕 정책에 의해 평화적 공존의 길을 가고 있다. 홍콩과 마카오는 일국양제(한 국가 두 가지 제도)로 정착되었으며, 대만의 두 야당 총재가 중국을 방문함으로 말미암아 양안관계는 화해분위기로 가고 있는 실정이다. 본고는 이러한 최근 양안관계의 변화를 반영하고 있으며 그 양안관계의 미래를 조심스럽게 전망해 보았다. 마지막 장에서는 우리 소설 「태백산맥」과 비견되는 대하소설 「백록원」을 살펴보았다. 백록원이라는 마을에서 펼쳐지는 중국민중들의 삶, 국민당과 공산당의 대치 상황 등은 최근 상영작 「웰컴투 동막골」을 연상시키기도 한다. 백록원과 동막골, 이 두 마을은 이데올로기의 대립이나 적아의 개념 없

이 이상적으로 살아가는 민중들의 모습을 보여준다는 점에서 친연성을 보이고 있다.

이상에서 개괄한 것과 같이 본 서는 어떤 한 테마를 중심으로 쓰여진 것이 아니어서 치밀하거나 계통적이지는 못하다. 다만 중국문학을 이해하고자 하는 초보자들과 일반인들이 본서를 통해 중국문학에 조금이라도 가까워지기를 바라는 마음은 간절하다. 하여 가볍게 「중국문학의 여행」이란 제목을 정해 보았는데, 정작 독자들이 얼마나 즐겁고 재미있게 감상할 수 있을는지는 모르겠다.

2005. 10. 1

여수에서 엄영욱

목 차

Ⅳ. 현대사와 당대문학

I. 노신문학의 이해

제 1장 魯迅文學의 입문

1절 서 론

魯迅은 20세기의 중국이 낳은 위대한 문학가이자 사상가이다. 그는 예리한 필봉으로 문학과 혁명뿐만 아니라 중국사회와 인간문제에 대하여 심도 있게 다루었다.

오랜 세월 동안 민중을 억눌러왔던 구사상, 구예교, 구문화를 깨뜨리고 새로운 사상과 새로운 문화를 탄생시키는데 주도적 역할을 했던 그는 종래의 역사와 현실을 비교하여 그 모순점을 날카롭게 지적하였으며 중국인의 취약점을 하나하나 파

노신의 자화상

헤쳐 그들로 하여금 각성하게 하였고 인간혁명을 체험하게 하였다.

또한 봉건제도로 인하여 방황하는 지식인, 청년들에게 방향성을 제시해주었고 가장 천대받고 억압받던 보통 근로인민(농민 포함)을 무대의 주인공으로 등장시켜 모순과 질곡에 빠진 중국의 현실을 폭로 비판하였다. "혁명을 궁극의 과제로 삼고 살아간 魯迅이 문학가 魯迅을 만들었다."[1] 라는 丸山昇의 말처럼 魯迅은 문학을 통하여 동요하고 방황하는 지식인과 억압과 착취 속에서 살아 온 민중들을 모두 계몽시키고자 하였다.

---

1) 丸山昇 著, 韓武熙譯, 『魯迅評傳』, (서울:日月書閣, 1983), 113쪽.

魯迅은 반세기 남짓한 격동의 세월 속에서 洋務運動의 마지막 단계, 維新變法, 義和團運動, 革命派와 改良派의 大論戰, 辛亥革命, 帝王制 復歸 反對를 위한 鬪爭 등을 겪었고 '5.4'新文化運動, 北洋軍閥과 國民黨 政府를 반대하는 투쟁에 몸소 참가하였다. 이런 파란만장한 투쟁 속에서 魯迅은 끊임없이 분투하고 노력함으로써 중국문화를 개혁하는 혁명의 巨匠이 되었다. 魯迅의 일생은 모순과 투쟁, 환희와 고통으로 점철된 일생이었다. 때로는 비관하고 실망하기도 하였다. 魯迅이 산 시대는 새로운 사상이 구사상을 완전히 대체하지 못한 과도기였으며 中西文化가 충돌 교류하면서 비극을 산생시키는 시대였다. 이러한 문화·사상간의 모순과 충돌로 산생된 비극적인 시대는 魯迅의 文學思想 형성에 중요한 요인으로 작용하였다.

본고에서는 魯迅이 왜 의학을 버리고 문학을 선택해야 했으며 문학을 통하여 무엇을 하고자 했는가, 또한 이러한 인식을 갖도록 영향을 미친 사상적 배경과 이 사상을 근간으로 하여 문학과 인간, 문학과 사회와의 관계를 어떻게 인식하였으며, 어떠한 창작방법으로 인간과 사회의 개조를 호소하였는지 살펴보고자 한다.

2절 사상적 배경

한 인간의 사상형성에 가장 크게 영향을 미치는 것은 역시 환경이다. 노신도 그 자신이 살아왔던 시대적 흐름과 주위의 환경에 영향을 받았으며 그것이 문학사상의 밑거름이 되어 작품 창작의 원동력이 되었다 할 수 있다.

그의 사상적 배경은 크게 두 가지로 나눌 수 있다. 첫째는 노신 집으로부터 전개되는 대가족 제도의 모순, 조부의 과거부정 사건으로 인한 투옥, 부친의 마약 중독으로 인한 병사 등으로 말미암은 봉건가정의 몰락이다. 둘째는 청 말의 부패하고 무력한 봉건왕조, 구예교의 모순, 제국주의 침략과 서양문명의 영향 등은 노신으로 하여금 현실 사회에 대한 새로운 삶을 인식하게 하였다.

봉건가정의 몰락으로부터 새로운 길을 모색하게 된 노신은 南京에서 서양학문을 배우면서 전통적인 낡은 관념에서 깨어나는 선각자의 고통을 겪었다. 그는 維新變法과 西洋學問을 통하여 신선하고 경이로운 과학지식을 접했고 의학을 배워 자신의 아버지와 같은 환자뿐만 아니라 불행한 중국인들을 치료하고 더 나아가 나라를 구하겠다는 생각으로 일본에 유학하였다.

魯迅은 일본에서 유학할 때 中西文化에 대한 비교연구를 하였다. 여기에서 그는 중국의 전통문화의 폐단점과 민족의 열등성을 인식하게 되었다. 그리하여 그는 늘 중국인은 인간이 되기 위한 요소 중 무엇인가 결여되어 있다는 의문점과 함께 이상적인 인간이 되기 위해서는 어떠해야 한가, 하고 고민하였다.

魯迅은 서양 문화사상을 연구하는 과정 속에서 문화 및 사회발전에 대한 과학기술의 중요성을 발견하고, 한때는 과학과 실업으로 나라를 건지려는 생각을 하였다. 그러나 얼마 후 그는 과학기술이 서양세계에 물질문명의 번영을 가져다 준 동시에 정신문명의 위기를 가져왔다는 사실을 깨닫게 되었다. 과학기술이 중요하기는 하지만 그것보다 더욱 중요한 것은 '인간'이라는 것을 깨닫게 된 것이다. 나아가 그는 개성을 존중하고 정신의 힘을 중요시한 것이 부국강병의 원인이었음을 발견하게 된다. "구미열강들이 세상에 뽐내고 있는데 그 근본은 사람에 있는 바…그 나라들의 국정을 보건대 모두 인격의 존중을 우선적인 위치에 두고 있음을 발견하게 된다. 인간의 독립적인 인격이 확립되어야 모든 일을 잘 할 수 있는 바, 그것이 바로 개성을 존중하고 정신의 힘을 발휘한다는 것이다."[2]

魯迅은 당시 중국에 유행했던 구국 타개책의 한계를 간파하고 서구열강의 부흥이 바로 '독립적 인격'으로서의 사람을 존중해야 한다는 '立人 思想'을 끌어내고 있다.

魯迅은 바로 이러한 인식으로부터 쇼펜하우어와 니체 등의 人本主義 思想을 받아들였다. 主觀觀念論과 積極的인 個人主義를 기본 골간으로 한 쇼펜하우어의 '主意說'[3]과 니체의 '超人哲學'[4]은 19세기 서양 자본주의 사회의 각종 폐단과 암흑, 그리고 모든 전통적인 사상과 문화에 대한 여지없는 비판을 그 출발점으로 하고 있다. 魯迅은 심지어 그들을 精神界의 戰士, 新理想主義者와 偶像의 破壞者로 숭상하였다.

魯迅이 쇼펜하우어와 니체의 사상을 받아들이게 된 것은 중국과 서양의 전통 문화에 대한 깊은 인식에 근거한 것이었다. 쇼펜하우어와 니체는 '인간'을 모든 문제의 출발점으로 삼아 인간의 가치와 존엄, 인간의 자유와 개성, 인간의 자발성과 창조성을 강조하였으며 인간의 주관적 의지, 특히 사회생활과 역사발전에 미치는 天才와 超人의 主觀的 意志의 作用을 강조하였다.

이와 반대로 魯迅은 儒敎와 道敎思想을 핵심으로 한 중국의 전통 문화는 무엇보다도 '인간'에 대한 의식이 가장 결여되어 있다고 인식하였다. 쇼펜하우어와 니체의 사상에 대한 이해에 있어서 魯迅은 그

---

2) 「文化偏至論」, 『魯迅全集』, 1券, 北京, 中國人民出版社, 1981, 56쪽.

3) 자연은 현상일 따름이고 의지만이 우주의 본질이라는 학설. 『哲學辭典』, (1989,延邊人民出版社), 573쪽.

4) 超人은 역사의 창조자이고, 보통인간은 超人의 權力을 유지시켜주는 도구에 지나지 않는다는 내용의 탐구. 위의 책, 573쪽. 니체는 인간으로부터 超人에로의 진화, 인성의 진화, 정신과 지혜의 진화를 논증하였다. 魯迅은 이러한 사상의 영향을 주체적으로 받아들여 한층 발전 시켰다. 魯迅은 이러한 진화론을 사회현상에 적용시켜 미래에는 더욱 고상하고 훌륭한 인간이 나타날 것이며, 더 나은 사회가 될 것이라고 확신하였다.

들의 주관주의와 적극적인 개인주의 사상을 다소 과장시킨 점도 없지 않았지만, 그러나 그의 기본적인 출발점은 전통문화의 폐단과 국민의 취약점을 시정하고 중국국민에게 경각심을 불러일으키며 인간의 개성을 해방시키고자 하는 것이었다.

魯迅은 太平天國運動, 洋務運動, 維新變法運動 및 孫中山이 영도한 자산계급혁명운동 등 수 차례의 개혁운동이 인간을 중시한 개성해방이나 정신적 계몽사업에 주력하지 않았기 때문에 잘못되었다고 주장하였다. 그리하여 革命派와 改良派가 치열한 논전을 벌일 때 魯迅은 「文化偏至論」에서 중국사회를 개혁하는 방법을 제기했던 것이다. 물론 그의 방법은 당시 상황에서 전혀 실현될 수 없는 환상에 불과한 것이었고 사회적으로도 아무런 反響을 일으키지 못했다. 魯迅은 실망한 나머지 더 없는 적막과 비애에 잠기게 되었다. 武昌蜂起의 승리가 잠시 흥분을 가져다주었지만 辛亥革命의 失敗는 그로 하여금 더욱 심한 실망에 빠지게 하였다. '5.4' 新文化運動 때에 魯迅은 구중국의 암흑 속에서 新世紀의 曙光을 보게 되었으며 이에 따라 새로운 희망으로 충전되었다. 그는 다음과 같이 호소하였다.

> 인류의 각 민족에게 요구하는 것은 인간이다. 중국사람은 예로부터 인간의 가치를 가져본 적이 없다. 현 중국에서 가장 절박하게 필요로 하는 것은 독립적인 인간이며 진정한 인간이다.[5]

魯迅이 進化論을 받아들이게 된 것도 역시 人本主義에 입각한 것이었다. 魯迅은 嚴復이 번역한 『天演論』을 학습한 후 日本에서 니체사상을 접하고 進化論에 대한 연구를 더욱 심화시켰다. 魯迅은 다윈의 生物學的 進化論을 수용 발전시켜 人間史에 적용시켰다. 니체의

---

5) 「燈下漫筆」, 『魯迅全集』, 1券, 212쪽.

超人思想은 魯迅의 인간사에 대한 進化論을 한층 더 심화시켰다. 魯迅은 "미래는 현재보다 더 낫고 청년은 노년 보다 더 나으며 끊임없이 항거하고 전투해야 만이 인간은 진화 발전할 수 있다"6)고 말하였다. 그러므로 그는 온갖 고난을 극복하고 끊임없이 전진의 길을 개척하라고 줄곧 청년들을 격려하였다. 魯迅이 청년들에게 제시한 강령은 다음과 같다.

> 첫째, 생존해야하고, 둘째, 먹고 입어야하며, 세째, 발전해야 한다. 누가 만약 이 세 가지를 가로 막는다면 우리는 이에 항거해야 하고 그를 부수어야 한다.7)

러시아 10월 혁명 후 人道主義 사상은 많은 중국 지식인들의 관심을 불러 일으켰다. 당시 중국 지식인들은 10월 혁명을 人道主義 思想의 勝利로 받아 들였으며 특히 톨스토이의 人道主義 승리로 간주하였다. 10월 혁명을 중국에 소개한 李大釗의 여러 편의 글은 모두 이러한 관점으로 일관되어 있으며 특히 「나의 맑스주의관」은 人道主義를 재인식하게 하였다. 魯迅은 人道主義를 일종의 人本主義로 받아들여 자신의 지도사상으로 삼았으며 장차 人道主義 시대가 도래할 것이라 믿었다. 따라서 人道主義를 떠나서는 '5.4'시기의 魯迅의 文學思想과 文學作品을 정확히 인식할 수 없다.

1920년대 중반으로부터 30년대 사이 中西文化의 충돌과 각종 사회 사조의 흐름 속에서 魯迅의 哲學思想은 個性主義와 進化論, 人道主義로부터 맑스주의 사상으로 전변된다. 그러나 이는 魯迅이 원래의 사상을 버린 것이 아니라 새로운 세계관으로 원래의 사상을 정리 개

---

6) 「『三閑集』序言」, 『魯迅全集』4 卷, 5쪽.
7) 「北京通信」, 『魯迅全集』, 3券, 51쪽.

조한 것으로 파악해야 한다. 魯迅의 사상발전에 있어서 前.後 두 時期의 차이점을 간과하거나, 前.後 두 時期의 연계성과 통일성을 보지 않는다면 魯迅의 文學思想을 전반적으로 인식했다고 볼 수 없다. 魯迅思想의 體系는 세 가지로 구성되어 있다. 니체, 톨스토이의 人本主義, 다윈, 헉슬리의 進化論, 맑스, 엥겔스의 辨證法的 唯物論과 歷史的 唯物論이 바로 그것이다. 魯迅은 이러한 哲學思想을 바탕으로 하여 梁啓超의 新民說, 바이론, 쉘리의 浪漫主義, 고골리, 체홉, 도스도예프스키의 寫實主義, 안드레예프, 구리아가와학손의 象徵主義, 플레하노프, 루나찰스키의 唯物論的 藝術論 등으로 부터 필요한 부분을 선택하여 자신의 문학관으로 형성하였다.

3절 노신의 문학관

1)

魯迅은 줄곧 현실 생활에 직접 뛰어들어 인민과 민족의 해방을 위한 문학 활동을 하였다. 그는 일찍이 암흑 속의 구중국을 "창문도 없고 부수기 힘든 무쇠집"으로 비유하였다. 그러나 마침내 그는 "그 안에는 많은 사람들이 잠자고 있는데 멀지 않아 죽을 것이다. 그러나 몇 사람이라도 깨어난다면 아직 잠들고 있는 사람들을 깨울 수 있고 그 쇠로된 방을 부술 수 있는 희망이 있다"[8]고 인정하였다. 魯迅은 그들에게 광활하고 광명스런 앞길을 개척해 주어 그곳에 가서 행복하게 살며 합리적인 인간이 되게 하는 것이 자신의 중요한 과업으로 여겼다. '인간을 깨우치는 것'을 목적으로 하는

---

8) 「『吶喊』 自序」, 『魯迅全集』, 1券, 419쪽.

문학, 이 계몽주의 문학이야말로 魯迅 文學의 기본적인 출발점이었다. 이 점에서 '인생을 위한' 魯迅의 文學觀은 文學硏究會의 여러 작가들의 관점과 구별된다.

魯迅은 『吶喊』의 「自序」에서 이렇게 쓰고 있다. "나는 청년시절에 많은 꿈을 꾸었는데 후에 태반은 잊어버렸다… 잊혀지지 않는 그 부분이 오늘 『吶喊』의 유래로 되었다."[9] 그가 청년시절에 꾸었던 꿈 가운데에는 서양학문을 배우면서 품었었던 희망도 있었고 실업과 과학으로 나라를 구하려는 꿈도 있었으며 문예로 국민성을 개조하고 사회를 개혁하려는 이상도 있었다. 그는 『吶喊』의 「自序」에서 그의 꿈을 의학에서 문학으로 전환하게 된 배경을 다음과 같이 서술하고 있다.

> 어느 때인가 한번은 화면에서 오랫동안 보지 못했던 중국사람을 만났다. 한 사람이 가운데 묶여 있고 건장한 체격을 한 주위의 사람들은 넋 빠진 표정으로 보고 있다. 해설에 의하면 묶여 있는 중국 사람은 러시아를 위하여 군사기밀을 정탐했기 때문에 본보기를 보이기 위해 일본군이 목을 자르려 한다는 것이다. 둘러서 있는 사람들은 그 끔찍스러운 장면을 구경하러 온 것이라고 했다.[10]

같은 중국 동포들이 일말의 분노도 없이 무감각하게 처형모습을 즐기고 있던 이 장면은 젊은 청년 魯迅에게 엄청난 충격을 안겨주었다. 여기서 魯迅은 의학을 배우는 것이 별로 중요하지 않다고 생각하게 되었다. "우매한 국민은 몸이 아무리 건장하고 튼튼할지라도 구경거리로 되거나 그렇지 않으면 구경꾼으로박에 될 수 없으

---

9) 「『吶喊』自序」, 『魯迅全集』, 1券, 415쪽.
10) 위의 책, 416쪽.

니 병으로 얼마간 죽는다 해도 그것은 불행이라고 할 수도 없는 것이다."[11] 그리하여 그는 우매한 국민의 의식을 고치는 것이 가장 중요한 문제라고 여겼고 의식을 고치는 가장 좋은 수단이 문학이라고 생각하게 되었다.

문학으로써 마비된 중국인의 의식을 고쳐야 한다는 것은 魯迅이 처음 제기한 것이 아니다. 梁啓超는 일찍이 「新民說」에서 '詩界革命'과 '小說界革命'을 제창하였다. 그는 국민을 개조하는 것이 중국에 있어서 제일 중요한 일이며 국민을 개조하는 가장 중요한 수단은 문학예술이라 했다. 또한 국민을 개조하려면 新小說과 新詩歌로 부터 시작해야 한다고 했다. 梁啓超의 '新民說'思想은 魯迅에게 커다란 영향을 미쳤다. 그러나 문예로써 국민성을 개조하고 사회를 개조하려는 魯迅의 사상은 梁啓超의 '新民說'과 구별된다. 梁啓超는 주로 문예가 정치를 위해 복무할 것을 강조하면서 政治小說과 政治詩歌를 제창하였다. 이와 달리 魯迅은 문학예술의 미학특징인 인간의 정신과 감성에 대하여 일으키는 예술작용으로부터 정신적으로 인간을 깨우치는 문학예술의 작용을 강조하였다. 魯迅은 일찍이 日本에서 유학할 때 西洋의 「라마야나시파」를 학습하여 시로써 중국인의 성격을 미화하고 의식을 승화시켜 중국국민의 우매함을 고쳐야겠다고 생각했었다.

『吶喊』이 잊혀지지 않는 부분의 꿈을 묶은 것이라고 할 때, 魯迅이 이 소설을 쓴 동기는 정치상에서 새로운 혁명투쟁에 발맞추어 나가기 위한 것이 아니라 주로 정신, 문화 사상상에서 사람들을 계몽시키기 위한 것이었다는 것을 알 수 있다. 그가 구사상, 구습관, 구예교, 구사회의 食人的인 본질을 밝히고 마비된 국민의 의식을 부각시켜 쓴 것은 바로 국민에게 경각심을 불러일으켜 국민의 의식을 고치

---

11) 위의 책, 417쪽.

려는 데 있다. 그는 일찍이 다음과 같이 주장하였다. "문예는 국민정
신의 불빛으로 국민의식의 앞길을 밝혀주는 등불"[12]이며, "새로운 문
예는 사람들에게 즐거움을 줄 뿐만 아니라 감동을 불러일으키고 정
신상에 영향을 미친다."[13]

30년대 초 魯迅은 무산계급과 노농대중이 국민의 주체이며, 정신적
으로 인간을 각성시키는 일은 반드시 전반적인 사회해방사업과 결합
되어야 한다고 생각했다. 그는 이런 인식으로부터 무산계급문학이 무
산계급의 해방투쟁에 일익이 된다고 하면서 다음과 같이 말하였다.

> 사회의 해방은 중요한 것이다. 인간의 해방과 민중의 해방 없
> 이는 진정한 사회의 해방이 있을 수 없다. 민중의 마음속에 존재
> 한 구사상, 구관습, 구문화에 대한 개혁 없이는 모든 혁명은 모래
> 위에 세운 탑과 같아서 순식간에 무너지고 만다.[14]

魯迅은 시종 문학의 역량이 물질적인 것이 아니라 정신적인 것이
며 문학이 작용하는 직접적인 대상이 물질이 아니라 인간이라는 것
을 강조하였다.

그리하여 魯迅은 줄곧 '예술을 위한 예술'을 반대하였다. 문학예술
을 인생과 분리시키고 인민대중의 정신적인 해방, 사회해방 사업과
분리시키는 이런 관점은 잘못된 것이라고 생각하였다. 이와 동시에
魯迅은 문학예술의 협애한 功利主義를 반대하였으며 문학예술을 투
쟁의 무기나 선전도구로 삼는 것을 반대하였다. 그는 創造社와 太陽
社의 '道具論'을 비판하면서 "모든 문예가 선전이기는 하지만 모든
선전이 다 문예인 것은 아니다"[15]고 주장하였다. 문예가 다른 선전물

---

12) 「論睜了眼看」, 위의 책, 240쪽.
13) 「隨感錄43」, 위의 책, 330쪽.
14) 「習慣與改革」, 『魯迅全集』, 4券, 224쪽.

과 구별되는 것은 그 미학적 특징에 있으며, 정치적이며 도덕적인 설교로 인간을 깨우치는 것이 아니라 미적 향유를 통하여 교양시키고 계몽시킨다는 것이다. "독자는 문학예술에서 미를 향유할 때 거의 그 기능을 느끼지 못하지만 미적 쾌락의 근저에는 어디에나 교양적 기능이 잠재되어 있다."16)고 주장하였다.

문학의 정신적인 계몽주의 작용을 더욱 잘 발양시키고 문학을 인간해방에 더욱 잘 服務시키기 위하여 魯迅은 그의 작품에서 인간에 대한 묘사, 노농대중에 대한 묘사에 심혈을 기울였으며 특히 그들의 정신과 영혼에 대한 심도 있는 묘사를 중시하였다. 魯迅은 『狂人日記』, 『孔乙己』, 『내일』, 『故鄕』으로부터 『고독한 사람』, 『그의 죽음을 슬퍼한다』, 『祝福』, 『離婚』에 이르기까지 모든 작품에서 하층지식인과 보통 근로인민의 영혼을 파헤치면서 그들 영혼의 비극과 정신적 고통을 적나라하게 보여 주었다. 보통 근로 인민 閏土, 祥林아주머니, 하층 지식인 孔乙己, 魏連殳, 子君과 涓生에 대하여 魯迅은 그들이 어떻게 압박받고 유린당했는가를 피상적으로 묘사한 것이 아니라 그들의 육체와 영혼이 어떻게 처절하게 훼멸되어 가는가를 리얼리틱하게 묘사하고 있다.

또한 魯迅은 후기의 역사소설 夏禹와 墨子 등 긍정적 인물의 형상을 통하여 중국인민의 역량을 보여주었을 뿐만 아니라 시, 산문같은 것으로도 독자들의 정신을 분발시키고 인민대중의 인격을 정화시켰다. 후기에 그는 더욱 복잡하고 치열한 민족모순과 계급투쟁 앞에서 문학작품이 有閑階級들의 장식물 따위로 취급되는 것을 더욱 반대하였다.

---

15) 「文藝與革命」, 위의 책, 84쪽.
16) 「『藝術論』譯本序」, 『魯迅全集』, 위의 책, 263쪽.

모래바람이 일고 이리 떼들이 무리지어 달려오는 이 때 누가 琥珀으로 만든 장식구슬이나 비취반지 따위를 감상할 틈이 있겠는가? 그것들이 우리의 눈을 즐겁게 해준다 할지라도 우리가 필요로 하는 것은 모래바람 속에 솟아오른 견고하고 웅대한 대형건축물이다. 설령 그것들이 우리의 마음을 만족시켜 준다 할지라도 우리가 필요로 하는 것은 비수와 투창과 같은 예리하며 견실한 것이어야 하지 우아함 따위가 아니다.[17]

　　인민대중이 필요로 하는 것은 琥珀이나 비취가락지 같은 장식품이 아니라 전투적이며 건실한 예술이며, 폭풍에 흔들리지 않는 견고하고 웅대한 대형건축물 같은 것을 필요로 한다는 것이다. 魯迅의 문학활동을 전반적으로 살펴보면 前期에는 사회의 병근과 국민의 정신적 고통을 드러내어 그 치료에 심혈을 기울였으며, 後期에는 중국인의 마비된 정신과 영혼을 부각시키는데 주의를 기울였다. 魯迅은 세상을 떠나는 前夜에도 사람들에게 다음과 같은 의미 있는 글을 남겼다.

　　나의 피와 살이 동물에게 먹힌다면 사자나 범, 매에게 먹히고 싶다.……장한 그들이 하늘이나 바위 위에, 사막이나 밀림 속에 출몰하는 것은 실로 볼만한 것이다. 그들을 잡아다가 동물원에 가두어두거나 표본으로 만들어도 사람들을 흥분시키고 속된 마음을 사라지게 할 수 있다.[18]

　　死後에까지도 인간의 의식을 각성시키고 싶어하는 魯迅의 이 같은 글에서 우리는 계몽가의 한 진정한 모습과 그 위대한 정신을 본다.

---

17)「小品文的危機」,『魯迅全集』, 4권, 575쪽.
18)「半夏小集」,『魯迅全集』, 6券, 597쪽.

2)

魯迅은 日本에서 의학을 포기하고 문학에 종사하면서부터 '5.4'文
學革命에 이르기까지 줄곧 '인생을 위하는 것'을 문학창작의 지침으
로 삼아 왔다. 문학이 '인생을 위해야 한다'는 것은 문학과 사회와의
관계에 있어서 문학예술의 특수한 사회적 기능에 대한 심도 있는 인
식으로부터 나온 결론이었다. 그는 다음과 같이 주장하였다.

　　과학은 이성적으로 사람들에게 사회 각 영역의 지식을 넓혀주
　지만 문학은 감성적으로 독자들에게 전면적으로 인생을 啓示해준
　다. 사람들은 문학작품을 통하여 인생을 구체적으로 체험하고 이
　해하게 되며 장점과 결점을 올바로 발견하여 그 문제점을 원만히
　해결함으로써 인생을 개조하는 목적에 도달할 수 있다.[19]

魯迅은 日本 留學時節에 이미 인생에 있어서 문학의 鼓舞作用과
覺醒作用을 깊이 인식하였다. '5.4'시기에 이르자 그는 인생과 사회
에 대한 문학의 역할을 더욱 중시하였다. 『吶喊』과 『彷徨』에서 魯迅
은 모순과 질곡에 빠진 중국현실을 심도 있게 묘사하였으며 중국사
회에 뿌리 깊이 스며든 병근을 들추어냄으로써 치료에 주의를 불러
일으켰다.

20년대 말 - 30년대 초 중국사회의 모순이 심화되고 계급투쟁이 치
열해진 상황 속에서 魯迅은 맑스주의를 학습하게 되었다. 이로부터
중국사회에 대한 그의 인식은 더욱 명료해졌고 세계정세에 대한 이
해 또한 더욱 새로워졌다. 1928년 그는 다음과 같이 말하였다. "지금
은 격변의 시대이고 동요하는 시대이며 변혁하는 시대이다. 계급대립

---

19) 「摩羅詩力說」, 『魯迅全集』, 1券, 72쪽.

이 매우 첨예화되어 있고 노농대중이 갈수록 중요해지고 있다."[20] 1930년 봄, 左聯이 성립될 때 그는 "노농대중이 갈수록 강대해지는 한, 프롤레타리아 혁명문학도 갈수록 발전해 갈 것이다."[21]라고 말하였다. 여기서 우리는 '인생을 위하는' 魯迅의 문학관이 노농대중을 위하는 문학관으로 바꾸어졌다는 것을 알 수 있다. 魯迅은 「左聯作家聯盟에 대한 意見」에서 이 점을 매우 강조하였다.

20년대 말에서 30년대 초기의 혁명문학가들은 '無産階級'이란 개념에만 집착하여 현실과 괴리된 프롤레타리아문학을 독립적으로 창조하려고 시도하였다. 그러나 魯迅은 당시의 현실에 근거하여 무산계급혁명문학이란 주로 혁명적인 소자산계급지식인이 창조한 노농대중의 문학을 말하며 노농대중을 떠나서는 무산계급혁명이 있을 수 없다고 주장하였다.

중국무산계급혁명문학의 첫 유형 작품들은 많은 소자산계급 지식인들에 의하여 쓰여 졌다. 당시 소자산계급 출신의 좌익작가들은 자신이나 자신이 속해있는 단체의 사람들만이 무산계급의 작가이며 노농대중의 대변자라 여겼다. 魯迅은 여기에 대하여 "좌익 작가가 쉽사리 우익작가로 될 수 있다"[22]고 강조하였다. 단지 무산계급의 이론을 잘 알고 있다하여 프롤레타리아 계급이나 혁명가가 될 수 있는 것은 아니다. 직접 노농대중 속에 들어가 생활하고 체득하면서, 진정으로 자신을 개조해야만이 진정한 프롤레타리아 작가가 되어 노농대중을 위한 작품을 쓸 수 있다는 것이다. 그는 작가들이 노농대중보다 우월하다고 여기면서 노농대중이 특별히 우대해 줄 것을 요구한다면 노농대중의 문학을 써낼 수 없을 뿐만 아니라 오히려 무산계급문학과

---

20) 「醉眼中的朦朧」, 『魯迅全集』, 4券, 63쪽.
21) 「中國無産階級革命文學和前驅的血」, 『魯迅全集』, 4券, 283쪽.
22) 「對於左聯作家聯盟的意見」, 위의 책, 233쪽.

노농대중문학의 반대편에 서게 될 것이라고 말하였다.

> 자신을 타인의 광대로 비하시키면서 경시하지도 말고 남들을
> 자신의 졸개로 보지도 말아야 한다. 그는 오로지 대중 속의 한사
> 람인 것이다. 그래야 비로소 대중을 위한 사업을 할 수 있는 것
> 이다. 23)

노농대중을 위한 문학작품을 창작하려면 우선 노농대중을 위하여
복무하려는 관념부터 가져야 한다는 것이다. 무엇보다도 먼저 노농대
중의 생활 속에 뛰어들어 노농대중과 함께 生死苦樂을 나누며 그들
의 숨결을 깊이 느껴야 한다는 것이 魯迅의 일관된 견해이다.

그런데, 노농대중을 위한 문학이라면 노농대중을 위하는 내용이 있
어야 할 뿐만 아니라 노농대중이 잘 이해할 수 있는 언어 및 예술적
형식과 수법이 있어야 한다. '文藝의 大衆化'를 지지하였던 魯迅은
"문예는 영원히 소수인(天才)의 專賣品이며 대다수 사람(민중)의 문예
는 없다"24)는 梁實秋의 의견에 대하여 반대하였다. 그러나 그는 동시
에 全體大衆化를 동의하지 않았으며 문학작품의 예술성격을 낮추어
문예대중의 문화수준에 맞추는 것에는 찬성하지 않았다. 魯迅은 그렇
게 하면 사실상 "대중에게 영합하고 아부하는 것이며 대중과 영합하
거나 아부하는 것은 좋지 않는 일이다"25) 고 생각했던 것이다.

魯迅은 1936년에 제기한 '民族革命戰爭의 大衆文學'의 구호에서도
'大衆'을 잊지 않고 노농대중을 抗日民族統一戰線의 주체로 간주하
였으며 문학운동과 문학창작의 중심내용으로 삼았다.

---

23) 「門外文談」, 『魯迅全集』, 6券, 102쪽.
24) 梁實秋, 「文學與革命」, 璧華 編, 『魯迅與梁實秋論戰選』, (臺灣, 天地圖書有限公
司:1978), 42쪽.
25) 「文藝的大衆化」, 『魯迅全集』, 7券, 349쪽.

3)

　魯迅은 '5.4'이후 중국에 있어서 사실주의 문학의 대표자이며 20세기 상반기에 있어서 세계사실주의 문학의 대가이다. 그는 숨기고 속이는 문예를 반대하고 현실을 제대로 직시하여 "인생을 심도 있게 잘 관찰하여 그들의 피와 살을 써낼 것"[26]을 주장하였다. 무릇 작가란 사회생활을 심도 있게 인식하여 그 자신이 겪은 일을 묘사함으로써 작품의 진실성을 반영하여야 한다는 것이다. 魯迅의 소설에는 병태적 사회의 불행한 사람들이 리얼하게 묘사되어 있으며 현생활의 문제점과 폐단점이 극명하게 드러나 있다.

　그러나 魯迅의 사실주의는 文學硏究會作家들의 사실주의와 완전히 다르다. 日本留學時節 魯迅은 이론주장에서부터 구체적인 문학창작에 이르기까지 옛 규범을 벗어나 마음을 직접적으로 토로하는 적극적이고 혁명적인 낭만주의자였다. '5.4'이후 그는 낭만주의로부터 사실주의로 전환하였으나 낭만주의의 적극적인 요소를 버리지 않았다.『狂人日記』는 이 점을 잘 반영해 주고 있다. 그는 1927년 문학작품과 작가의 관계를 말할 때에도 이렇게 말하였다. "작품이란 무릇 작가가 타인을 빌어 자신에 관하여 쓰거나 그렇지 않으면 자신을 중심으로 타인을 추측하여 쓴 것이다."[27] 이런 의미에서 어떤 작가의 문학작품이든 모두 개인이 꾸며낸 것이다. 이 관점은 郭沫若이 강조한 '自我表現'과 비교적 비슷하다. 사실상 魯迅의 작품들은 사실주의의 진실한 묘사의 제한을 받지 않고 주관적 체험과 주관적 서정성에 주의를 돌렸다.

　'5.4'이전 魯迅은 안드레예프 소설의 신비하고 심오하며 독자적인

---

26)「論睛了眼看」,『魯迅全集』, 1券, 240쪽.
27)「怎麼寫?」,『魯迅全集』, 4券, 23쪽.

특징에 대하여 흥미를 느끼면서 그의 작품을 번역하기 시작하였다. '5.4'이후 그는 안드레예프의 작품을 다음과 같이 칭찬하였다.

> 그의 작품은 모두 엄숙한 현실성 및 심각성, 섬세성으로 인하여 상징인상주의와 사실주의가 잘 조화되어 있다.……내면세계와 외적표현의 차이를 없애고 영혼과 육체가 일치된 경지를 이루었다. 그러므로 이런 저작들은 상징 인상주의적인 특색이 완연하면서도 의연히 현실성을 가지고 있다.[28]

소설집 『吶喊』과 『彷徨』의 많은 작품들에서 우리는 이러한 상징주의와 사실주의의 조화를 엿볼 수 있으며, 상징적 특색과 현실성의 통일을 찾아 볼 수 있다.

세계 근대 문학사를 살펴보면 浪漫主義, 寫實主義, 現代主義 (modernism) 등 근대문학사조와 유파가 연이어서 출현한 것을 알 수 있다. 魯迅은 그의 문학에서 사실주의와 낭만주의를 융합시켰을 뿐만 아니라 현대주의를 받아들임으로써 그의 개방적인 '가져오기 주의'를 충분히 구현하였다. 베르그송, 프로이드로부터 구리가와학손의 이론에 이르기까지 모두 상이한 각도에서 작가의 주체의식과 잠재의식의 중요성을 강조하였으며 이것이 또한 현대문학의 공통적인 사상적 기초가 되고 있다. 魯迅은 그들의 주장 및 그 주장을 체현한 표현방법, 더욱이 상징주의 표현방법을 선별적으로 흡수하였다. 그의 첫 번째 白話小說 『狂人日記』는 바로 寫實主義, 浪漫主義 그리고 象徵主義가 융합된 것이었다.

魯迅은 세계문학의 역사발전에 대하여 특히 문학작품에 작용하는 작가의 주체의식의 발전역사에 대하여 심도 있는 연구를 하였다. 그는 19세기 이후의 문예는 18세기 이전의 문예와 완전히 다르다고 말하고 있다.

---

28) 「『暗澹的烟靄裡』譯者附記」, 『魯迅全集』, 10券, 185쪽.

이전의 문예는 마치 별개의 사회를 쓴 것 같아 우리는 감상할
따름이다. 지금의 문예는 우리 자신의 사회를 쓰며 우리들 자신
까지도 쓴다. 소설에서 사회를 발견할 수 있다. 이전의 문예는 강
건너 불 보듯 자신과 밀접한 관계가 없었으나 지금의 문예는 자
신도 그 속에서 불타므로 반드시 심각하게 느끼게 된다. 자신이
느끼게 되면 반드시 사회 속에 들어가게 된다.29)

　　여기에서 말한 '이전의 문예'는 주로 古典主義 文藝를 가리킨 것
으로서, 인간의 관념과 자아에 대한 의식, 개성주의 사상 등이 당시
의 사회 및 문학에서 주요한 자리를 차지하지 못했었다는 것을 말하
고 있다. 반면에 '현재의 문예'는 浪漫主義, 寫實主義, 특히 現代主
義 文藝를 가리킨 것으로서 이때에 와서 '인간'의 발견, 개성의 각성
으로 인하여 '자아'의 존재는 사회에서나 문학예술에서 간과할 수 없
는 요소로 되었다. 그러므로 이제 소설과 기타 문예예술에서 사회표
현과 자아표현, 사회발견과 자아발견이 혼연일체가 되고 있다. 작가
는 사회를 체험하거나 관찰하여 남(사회)을 빌어 자신을 쓰거나, 자신
으로써 남(사회)을 추측하여 작품을 쓴다. 문학예술의 창작에서 작가,
예술가들의 현실생활에 대한 실제적인 체험은 중요한 의의를 가지는
바, 이런 체험을 떠나서는 어떤 문예작품도 나올 수 없다. 그러므로
魯迅은 "문예란 무릇 현재의 생활체험으로부터 몸소 느낀 것을 쓴
것이다"30)라고 말하였다. 물론 이 생활체험은 사회를 떠날 수 없는
것이다. 생활체험에 대한 작가, 예술가들의 예술적 표현은 자발적, 적
극적인 것으로써 사회를 문학작품 속에 반영함으로써 사회에 영향을
파급시키고 변혁시킨다.31) 이것이 바로 魯迅이 주장한 辨證法的唯物

---

29)「文藝與政治的岐路」,『魯迅全集』, 7권, 118쪽.

30) 위의 책, 115쪽.

31)「致徐懋庸」, 1933년 12월 20일자,『魯迅全集』, 12券, 302쪽.

論의 文學觀이다.

魯迅이 문학창작에서 작가의 생활체험을 중시한 것은 現代主義文藝중 象徵主義와 新感覺主義의 長點을 주체적으로 잘 받아들인 것이다. 그러나 魯迅의 문학관은 現代主義 文學思想과 또 완전히 다르다. 현대주의 작가들은 사실주의에 대한 부정을 출발점으로 삼아 상이한 방법과 형식으로 작가의 주관적 생명, 내심적 느낌을 표현하며 작가의 주관적 느낌, 직감적 인상을 객체에 몰입시킴으로써 작가의 감성과 생명이 포함된 새로운 현실과 예술의 세계를 창조한다. 그들은 심지어 문예창작을 잠재의식이나 무의식의 심리활동으로 해석하면서 외부의 객관세계와 아무런 연계가 없는 것으로 간주한다. 이에 반하여 魯迅은 사실주의에 대한 긍정을 출발점으로 삼아 사실주의를 위주로 하면서 현대주의의 각종 사상과 표현방법의 장점을 융합시킬 것을 주장하였다. 그는 문예창작이 작가의 체험을 떠날 수 없고 작가의 주관적 체험도 또한 현실생활을 떠날 수 없으며 주관적 체험을 표현하는 것은 현실생활을 더욱 심도 있게 표현하기 위한 것이라고 생각하였다. 魯迅의 소설에 담겨있는 주관적인 체험은 한결같이 현실생활에 밀착되어 있는 것이었다. 『狂人日記』에서 표현된 구예교와 구사회의 食人的인 本質은 魯迅이 오랜 동안 중국사회를 관찰하는 과정에서 얻은 현실적 사실에 부합되는 실제 체험이며 이 체험은 미친 사람의 생활경력과 생활체험을 통하여 표현되고 있다. 『阿Q正傳』은 작가가 몸소 겪은 辛亥革命을 바탕으로 쓴 것이다. 그러나 작가의 이런 주관적인 체험은 작품에서 현실적인 삶과 未莊의 革命에 대한 묘사 속에 융합되고 있다.

魯迅은 문예창작에서의 작가의 주관적 체험, 주관적 정신의 작용을 줄곧 중시하였다. 그는 문학의 길을 걷기 시작할 때 국민의 요구, 사회 전진의 발걸음을 감지할 수 있었다고 말하였으며, '5.4'시기에는 작가들이 진보적인 사상과 인격을 갖추어야 한다고 호소하였다. 문학창작에서의 작가의 주관적 체험의 중요성에 대한 魯迅의 견해는 사회생활을 반영하는 문학의 주요한 특징과 예술법칙을 심도 있게 구현한 것이었다. 그것은 작가가 문학창작의 주체이며 창작주체로서의 작가는 생활로부터 창작에 이르는 전반과정에서 자발성과 창조성을 충분히 발휘해야 한다는 것을 표명하고 있다. 다음으로 모든 문학예술의 창작활동은 생활실천과 감성적 기능을 떠날 수 없으며 모두 감성을 위주로 하는 정신적 활동이라는 것을 지적하고 있다.

사실주의 문학은 진실성과 현실성원칙에 기초하고 있다. 魯迅의 작품은 현실성으로 충만 되어 있으며 현실생활이 진실하게 묘사되어 있다. 그는 사실주의를 근간으로 하여 상징주의, 현대주의 등의 창작방법을 적절하게 운용하였으며 현실을 더욱 전면적이고 심도 있게 반영하였다. 魯迅의 창작은 중국에 있어서 사실주의 발전에 성공적인 모범을 보여주었고 巴金, 曹偶의 문학창작과 胡風의 문학이론에 커다란 영향을 미쳤다.

4)

앞장에서 魯迅은 인생을 개량하고 마비된 정신을 고취하기 위하여 문학운동을 제창하였다는 것을 살펴보았다. 魯迅은 이러한 목적을 달성하기 위하여 悲劇文學을 통하여 사회의 모순과 중국인민의 불행한 삶을 묘사하였다. 魯迅의 悲劇文學은 傳統的인 西洋의 悲劇作品과는 다른 독특한 특징을 갖고 있다.

傳統的인 西洋의 悲劇文學이 주로 영웅을 주인공으로 다루고 있는 반면 魯迅의 悲劇文學은 억압받고 착취 받는 농민이나 부녀자,

동요하는 지식인들의 비극적인 생활이 반영되어 있으며 또 그들에게
있어서 인생의 가치 있는 것이 어떻게 암흑세력에 의하여 훼멸되어
가는가를 보여준다. 이러한 비극적인 주인공들의 삶은 독자들로 하여
금 공포심과 연민을 느끼게 하며 이와 동시에 모순 된 사회를 타파
하도록 고무시켜 준다.

"인생의 가치 있는 것을 파멸시켜 독자들에게 보여준다"[32] 라는
魯迅 悲劇文學의 핵심은 맑스주의 비극적 관점[33] 만큼 과학적이지는
못하지만 어느 면에 있어서는 맑스주의 비극관과 상당히 일치한 면
이 있다. 魯迅은 비극을 아름답고 가치 있는 것을 파괴시키는 것으로
여겼고 사회생활 속에서 신·구역량의 모순, 가치 있는 것과 무가치
한 것의 충돌로 간주하였다.[34] 魯迅 소설에 등장한 대부분의 주인공
들은 구사상과 신사상이 교체되는 사이에서 구제도에 억압당하여 실
패의 길을 걷는다거나 구제도에서 벗어났지만 아직도 봉건적 잔재를
철저히 청산하지 못하여 사회발전과 더불어 모순을 일으키며 그 갈
등을 이겨내지 못하고 비극적인 종말을 거두게 된다. 魯迅은 사회현
실의 모순점을 직시하고 모순 된 쌍방이 충돌을 일으키는 원인을 주
시하였으며 그 충돌로부터 일어나는 비극의 근원을 밝혔다.

魯迅의 비극 작품은 비극의 근원을 초 자연력의 운명에 귀결시키
는 希臘式의 運命悲劇이나 주인공 성격상의 약점으로 돌리는 세익스
피어식의 性格悲劇에도 속하지 않는다. 그는 자신의 審美理想으로
부터 출발하여 독특한 비극예술을 창조하였으며 비극의 근원을 현실
사회의 모순점에서 찾고 있다.

---

32) 「再論雷峰搭的倒掉」, 『魯迅全集』, 1券, 192-193쪽.
33) 역사적으로 필요한 요구와 그 실현의 실제적 불가능 사이에서 비극은 발생한다
   는 관점.
34) 陳明華, 「試論魯迅的悲劇觀及其小說的悲劇特色」, (『魯迅硏究』, 1981年 1期, 北京博
   物館出版)

魯迅은 또한 英雄悲劇과 구별되는 지극히 평범한 사람을 소재로 하는 '平凡悲劇'을 제기하였다. 그는 「거의 일 없는 비극」(幾乎無事的悲劇)에서 다음과 같이 말하였다.

지극히 평범한 것들 혹은 거의 일이 없는 것에 가까운 비극은 마치 소리 없는 언어와 마찬가지여서 시인이 그 형상을 그려내지 않으면 쉽게 알아차리지 못한다. 그러므로 사람들에게는 영웅이 멸망하는 비극은 극히 적고 지극히 평범하고 거의 일이 없을 정도로 가까운 곳에 비극은 매우 많다.[35]

일 없는 비극이란 비극자체가 일이 없다는 뜻이 아니다. 수천 년간 封建專制主義와 夢寐主義에 빠진 無聲의 中國에 비극적인 사건들이 늘 일어나지만 그러한 비극적인 사실을 일이 없다는 식으로 방관한다는 뜻이다. 자신의 불행으로부터 이웃의 불행 심지어 민족과 국가의 불행까지 하늘이 정해준 것이라 생각한다. 혹독한 겨울이 지나면 반드시 따뜻한 봄이 온다는 식의 운명론적인 중국인의 처세철학은 오늘날 비극적인 현실을 목도하고 아무런 일 없는 것으로 간주하게 한다. 魯迅은 바로 이러한 평범한 생활 속에서 비극이 많이 존재하고 있지만 사람들에게 흘시 당하고, 사람들이 항상 일어나는 비극 가운데서 자각하지 못하고 있음을 가슴 아프게 느꼈다. 그러므로 그는 이런 평범한 비극을 강조했고 이런 비극을 비극의 중요한 하나의 유형으로 간주하였다.

중국의 悲劇文學은 서양의 悲劇文學과는 달리 '團圓主義'(원만한 결말)를 중시하였다. 원만한 결말로써 커다란 시련을 당한 비극의 주인공으로 하여금 기쁨과 환호의 절정을 맞게 한다는 것이다. 魯迅은 이 大團圓主義의 十景病[36]을 반대하였다. 魯迅은 十景病의 결점에

---

35) 「幾乎無事的悲劇」, 『魯迅全集』, 6券, 371쪽.

대하여 다음과 같이 말하였다.

　비극의 비참함과 희극의 익살은 모두 十景病의 원수이다. 왜냐
하면 그것들이 파괴하는 면은 비록 다르지만 모두 파괴성을 가지
고 있기 때문이다. 만일 十景病이 그대로 존재한다면 루소와 같
은 미치광이가 나타날 수 없을 뿐만 아니라 비극작가, 희극작가
나 풍자시인도 절대 나올 수 없다. 있을 수 있는 것은 오직 희극
적인 인물이나 희극도 비극도 아닌 인물들이 각기 10경병을 지니
고 서로 모방하여 만들어놓은 十景속에서 살게 되는 것이다.[37]

　魯迅은 또한 후기에 다음과 같은 의미 있는 말을 하였다. 普遍, 永
久, 完全, 이 세 가지 보배는 대단하다. 그러나 이것은 작가에게 있어
서 관을 박는 못과 같은 것이어서 그를 못 박아 죽일 것이다.[38]
　魯迅은 이렇게 완전함을 추구하는 옛사람들의 문학에 대한 태도를
엄중하게 비난하였다. 魯迅은 허위의 十景病을 悲劇文學을 창작하는
데 있어서 가장 큰 장애물이자 심지어는 예술 창조의 무덤이라고 여
겼다. 그러므로 그는 十景病을 청산하여 진실하고 대담하게 사회의
가치있는 것과 무가치한 것을 파괴시켜야 만이 비로소 진정한 작품
이 나올 수 있다고 여겼다.[39]

---

36) 중국인들은 옛부터 10이라는 완성된 숫자를 좋아하여 경치에는 10景, 과자에는
　　10樣錦, 요리에는 10가지 채, 음악에는 10가지 악기, 閻羅殿에는 十殿, 藥에는 10
　　全大補湯, 나쁜 행실이나 죄목 까지도 대체로 10가지를 열거했다 한다. 「再論雷
　　峰搭的倒掉」, 『魯迅全集』, 1券, 191쪽.
37) 위의 책, 193쪽.
38) 「答 『戲』 周刊編者信」, 『魯迅全集』, 6券, 147쪽.
39) 魯迅은 비극은 사람들에게 인생의 가치 있는 것을 파멸시켜 보여주고 희극은 사
　　람들에게 가치 없는 것을 폭로해 보여준다라고 말하였다. 여기서 가치있는 것이
　　라는 것은 살리는 역량, 선한 것, 좋은 것, 정의로운 것, 좋은 품성, 도덕, 사상
　　등을 포괄한다. 무가치한 것은 이것의 반대 개념이다. 그는 가치있는 것을 파괴
　　시켜 독자로 하여금 비극미를 조성시켰고, 무가치한 것을 폭로, 조소, 풍자시켜
　　희극미를 조성시켰다. 이 두 가지는 비록 사람들에게 정반대의 감정을 느끼게

魯迅은 또한 '사기와 기만의 문예'를 반대하였으며, 문예는 반드시 생활을 진실하게 반영해야 한다는 사실주의 원칙을 고수하였다. 그는 「눈을 똑바로 뜨고 본데 대하여」라는 글에서 다음과 같이 말하였다.

> 결함이 드러날 위기일발의 순간에 다 달으면 그들은 얼른 그런 일이 없었다고 하는 동시에 눈을 감아버린다. 이렇게 눈을 감으니 모든 것이 완전무결한 것 같이 보이며 당면한 고통은 하느님이 그 사람에게 큰일을 맡기려 할 때 우선 그의 마음을 고통스럽게 하고 그의 살과 뼈를 단련시키며 배를 굶주리게 함으로써 그를 시험하게 한다는 것이다. 그렇기 때문에 아무런 문제도 생기지 않으며 결함도 없고 불평도 없다. 따라서 해결할 것도 없고 개혁할 것도 없으며 반항할 것도 없다. 만사가 다 원만한 결말로 끝나기 마련이니 안타까워 할 필요가 없다.[40]

이러한 사기, 기만의 문예인 團圓主義는 사람들로 하여금 사회결함 및 이러한 결함이 만들어낸 고통 앞에 낙관주의와 자아마취를 조성케 한다는 것이다.

이러한 점에 비추어 紅樓夢의 성공점은 團圓主義 틀을 벗어났다는 점이라고 말할 수 있다. 그러나 魯迅은 紅樓夢의 續作이 원본의 결함을 보충하여 마침내 원만한 결말을 맺게 함으로써 문학의 진실성을 외면하고, 비극의 특색을 매장시킨 저급한 예술이라고 평하였다.

魯迅은 또한 비극을 더욱 심화시키기 위하여 희극을 융합시켰다. 『阿Q正傳』과 『孔乙己』는 희극성을 띤 비극작품이다. 이 두 사람의 성격은 비극과 희극 두 가지 요소가 모순 통일된 것이다. 이 두 사람은 무대에 등장할 때마다 독자들에게 웃음을 자아내게 하지만 그 뒤에는 항상 더 큰 비애를 자아내게 한다. 魯迅은 희극을 통하여 비극

하지만 미를 직.간접적 으로 긍정한다는 면에서 미학범주에 속한다.
40) 「論睛了眼看」, 『魯迅全集』, 1券, 237-238쪽.

의 효과를 더욱 증폭시키고 있다.

魯迅의 悲劇文學은 슬픔과 좌절로 끝난 것이 아니라 미래에 대한 낙관적인 정서와 전투정신이 숨겨져 있다. 이러한 비극적인 특징은 낡은 사회, 낡은 세력에 대하여 사람들을 항거하도록 고무시켜준다. 魯迅은 『藥』이라는 작품에서 夏瑜의 무덤 위의 화환을 통하여 미래에 대한 낙관적인 희망과 후계자들의 끊임없는 항거를 기대했다. 또한 『故鄕』에서 "희망이라는 것은 있다고도 할 수 없고 없다고도 할 수 없는 것이다. 이것은 바로 지상의 길과 같은 것이다. 기실 지상에는 원래 길이 없었으나 다니는 사람이 많아짐으로 말미암아 길이 생겼다"41) 라고 말하였다. 희망이 있는가 없는가는 투쟁과 실천에 의해서 결정된다는 것이다. 오직 끊임없이 투쟁한다면 희망은 기필코 현실로 될 수 있는 것이다.

4절 결론

한 인간의 사상형성에 있어서 가장 크게 영향을 미치는 것은 역시 환경일 것이다. 魯迅이 살아왔던 환경은 魯迅의 사상형성에 커다란 변수로 작용하였다. 그리고 그러한 환경은 魯迅 사상의 밑거름이 되어 작품창작의 커다란 礎石이 되었다.

魯迅家로부터 전개되는 대가족제도의 모순, 조부의 과거사건으로 인한 투옥, 부친의 마약중독으로 인한 病死와 淸末 봉건주의와 부패한 정부의 무력함, 辛亥革命 실패 후 혼란과 좌절로 치닫는 淸末帝國 등은 魯迅으로 하여금 현실사회에 대한 새로운 인식을 하게 하였다. 특히 서양문명의 도입으로 인한 새로운 사상의 접촉은 魯迅의 文

---

41)「故鄕」,『魯迅全集』, 1券, 485쪽.

學思想 形成에 결정적인 영향을 미쳤다. 이러한 배경 하에 환등기 사건은 魯迅에게 코페르니쿠스의 대전환으로 작용하였다.

마비된 중국인의 정신을 일깨워주고 개조시키는 것이 가장 시급하다고 깨달은 魯迅은 의학을 버리고 문학을 선택했으며 이리하여 중국 문예혁명의 거대한 물결이 일게 되었던 것이다. 그 자신이 「왜 소설을 쓰게 되었는가」에서 분명히 밝히고 있듯이 魯迅文學의 출발점은 바로 중국인의 마비된 정신을 깨우치고 인생을 개량하고자하는 계몽주의로부터 시작되었다. 이러한 목적에 어떻게 이를 것인가에 대하여 魯迅은 먼저 병든 사회의 불행한 사람으로부터 소재를 구하여서 상류사회의 타락함과 하층사회의 불행을 묘사하였다. 그리고 봉건계급의 비인간성과 허위의식을 공격·폭로하면서 동시에 우매한 노농대중들의 절망과 어둠을 비판하고 해부하였던 것이다. 인생의 가치있는 것을 훼멸시켜 현실의 암흑을 낱낱이 드러냄으로써 사람들에게 동정과 분노, 그리고 각성을 불러일으켰다.

일반 대중의 절망과 어둠을 그 자신의 것으로 껴안고 격동의 시대를 환희와 절망으로 살았던 魯迅은 사실주의 문학의 본질에 충실하여 당시 구중국의 복잡한 사회모순을 형상화시켰을 뿐만 아니라, 이러한 모순을 조성시키는 봉건사회제도와 그 봉건사회제도 속에서 마비된 국민성을 산생시키는 근본적인 원인을 날카롭게 지적하였다. 오랜 세월 동안 阿Q的 思考方式으로 굳어진 중국인과 수천 년간 깊은 잠에 빠져 있던 無聲의 中國을 구하고자 노력했던 魯迅은 일생을 통하여 국민성을 개조하는 문제에 대하여

노신의 가족사진
(허광평, 주해영)

연구하였다. 한 혁명적인 계몽주의자로서의 魯迅의 초기 문예사상은 5.4이후 北京女師大 事件과 3.18 학살 사건을 겪으면서 커다란 발전을 하였으며, 1927년의 4.12정변과 혁명문학가와의 논쟁은 그의 진화론적 사고방식을 철저하게 무너뜨려 그로 하여금 맑스주의 사상을 받아들이게 하였다. 그의 사상이 비록 後期에 혁명민주주의로부터 공산주의로 전환하였지만 국민성을 개조해야 한다는 생각은 끝까지 변하지 않았다. 魯迅이 묘사하고 있는 작품의 내용은 하나의 가상적, 허구적인 픽션이 아니다. 바로 魯迅이 살았던 현실과 겪었던 경험을 반영한 사실주의 문학이며 봉건사회에 커다란 파문을 일으킨 혁명문학이자 휴머니즘 문학이다.

제 2장 노신문학의 비극성

20세기 초 중국은 온통 비극적인 사건으로 얼룩진 참담한 상황이었다. 이 때는 바야흐로 봉건세력이 붕괴되고 신세력이 산생되며, 낡은 것이 아직 철저히 청산되지 않고 새 것이 제자리를 잡지 못한 과도기적 시기였다.

위대한 문학가이자 혁명가인 魯迅은 바로 이러한 비극적 시기에 태어나 소년시절에 몰락하는 가정의 비극을 직접 목도 하였다. 넉넉하게 살다가 가난에 쪼들리게 되면서부터 魯迅은 세상 사람들의 진면목을 볼 수 있었고 농민들과 접촉하는 가운데서 그들의 삶과 고통을 이해하게 되었으며 상류사회의 타락상과 하층사회의 불행을 가슴 깊이 느끼게 되었다. 魯迅은 암울한 중국 사회에 널리 퍼져있는 비극을 목도하면서 개인의 이해득실에서 벗어나 자신의 고통을 인민대중의 고통, 조국과 민족의 불행과 긴밀히 연결시켰다. 냉혹한 사회의 비극은 魯迅으로 하여금 민족과 국가에 대하여 강력한 애증을 불러 일으키게 하였으며 모순과 질곡에 빠진 암울한 중국을 개혁해야 한다는 혁명정신을 촉발시켰다.

또한 비타협적인 반제·반봉건적인 5.4정신은 魯迅의 정신과 예술적 열정을 불러 일으켰다. 그리하여 그는 끓어오르는 열정으로 1911년 辛亥革命前後時期와 5.4시기의 비극적인 역사적 내용을 『吶喊』과 『彷徨』을 통하여 소설로 형상화 시켰다.

『吶喊』의 14편과 『彷徨』의 11편은 몇 편을 제외하고 대부분 비극 작품이다. 魯迅文學에 대한 중국현대문학의 연구 성과를 살펴볼 때 그 풍성함에 비하여 魯迅文學에 드러나는 비극적인 측면에 대한 연구는 상대적으로 미비함을 발견할 수 있다. 본고는 이러한 미비함을 보충하여 새로운 시각에서 그의 작품을 고찰하기 위해 魯迅文學의 비극성을 주안점으로 하여 집중 분석하고자 한다. 魯迅文學의 기저에 깔려있는 비극관은 어떤 것이며, 비극적 현실 속에서 파멸당한 중국 국민의 영혼을 어떻게 해부하여 펼쳐 보이고 있는가, 그리고 그러한 魯迅의 文學에 대한 태도가 작품 속에서 구체적으로 어떻게 드러나 있는가 고찰하고자 한다.

1절 노신 문학에서의 비극

고전적 의미에서의 비극에 대한 정의는 일찍이 고대 희랍의 아리스토텔레스로부터 그 연원을 찾을 수 있다. 그는 비극이란 "평범한 사람보다 더 훌륭한 인간을 다룬다"[1]고 말하였다. 비극적인 것은 현실보다 아름다우면서도 일반 사람보다 고귀한 인간을 모방하며 또 그들의 파멸을 통하여 관중의 연민과 공포를 환기시킴으로써 사람들을 정화시킨다는 것이다. 이 같은 고전적 비극관은 19세기 러시아 문학 비평가 벨렌스키로 이어져 왔다. 그는 "비극은 가장 숭고하고 시의(詩義)가 풍부한 생활단편을 집중시키는 바, 그것은 오직 영웅들에게 적용될 뿐 기타 인물에게는 적용되지 않는다"[2]고 했다.

반면에, 18세기 프랑스의 디드로는 '가정의 불행한 사건'을 비극의 주제로 삼아 일상생활을 묘사했으며, 독일의 레싱 또한 평범한 사람들의 운명을 묘사하는 시민비극을 주장하였다. 이것은 19세기에 이르러, 푸시킨, 고골리, 도스또예프스키, 체홉 등 러시아의 비판적 사실

---

1) 아리스토텔레스, 해밀턴.화이프 해설, 김재홍 역,『詩學』, (서울 : 평민사, 1984), 40-41쪽.
2) 임범송, 김해룡 저, 『미학에의 초대』, (서울 : 도서출판 이웃, 1990), 187쪽.

주의 작가들이 '소인물'과 '쓸모없는 자'의 비극을 통하여 인간의 존엄을 말살하는 사회를 고발하는 것으로 발전되어 갔다.

노신은 서양의 전통적인 영웅 비극관을 특별히 반대하지는 않았지만 그것보다는 고골리, 도스또예프스키, 체홉 등의 소인물 비극관을 원용하여 반봉건·반식민지로 전락한 중국의 실정에 맞는 나름대로의 비극관을 정립하였다.

예컨대, 노신은 고골리의 「죽은 넋(死靈魂)」에 대하여 '무력한 삶의 悲劇'을 썼다고 평가하면서 다음과 같이 말하였다.

　　극히 평범한 것들 혹은 거의 일이 없는 것에 가까운 비극은 마치 소리없는 언어와 마찬가지여서 시인이 그 형상을 그려내지 않으면 쉽게 알아차리지 못한다. 따라서 영웅적이고 특별한 비극 때문에 파멸하는 사람은 극히 적고 지극히 평범하고 거의 무력한 삶의 비극에 힘을 소모하는 사람은 오히려 많다.[3]

이렇게 노신은 고골리를 비롯한 비판적 사실주의 작가들의 창작실천으로부터 '무력한 삶의 비극'이란 새로운 명제를 도출해냄으로써 노신은 비극을 영웅적인 인물의 협소한 범위에서 벗어나 억압받는 수많은 소인물의 비극적 운명을 호소하는 예술양식이 되게 하였다.

평범하고 일상적인 일에서, 그리고 억압받고 소외당한 소인물의 파멸에서 진정한 비극적 요소를 발굴한 노신은 "비극은 사람들에게 인생의 가치 있는 것을 파멸시켜 보여주고 희극은 사람들에게 가치 없는 것을 보여 준다"[4]고 정의하기도 하였다. 인간에게 있어서 영혼의 파멸은 최대의 파멸이며 영혼의 파멸을 그리는 비극이야말로 최대의

---

3) 「幾乎無事的悲劇」(『文學』月刊 第 5卷, 2號, 1935. 8), 『且介亭雜文二集』, 『魯迅全集』, 6卷, 371쪽.

4) 「再論雷峰搭的倒掉」(『語絲』周刊, 第 15期, 1925. 2. 23), 『墳』, 『魯迅全集』 1卷, 192-193쪽.

비극이라 할 수 있는 바, 노신은 영혼의 파멸을 최대의 비극으로 강조함으로써 비극의 본질을 내적으로 심화시켰다. 5)

중국에 있어서 노신 이전 혹은 동시대의 평범비극(平凡悲劇)이 주인공의 개인적인 불행이나 고통과 멸망 등의 평범한 사건에 주의를 기울였다면, 노신의 비극문학은 바로 동시대인을 대표하는 주인공의 정신적인 파멸을 그림으로써 비극을 더욱 심도 있게 반영했다고 할 수 있다. 또한 노신의 비극작품은 운명비극이나 성격비극과도 다르다. 운명비극과 성격비극은 모두 비극의 원인을 초 자연력의 운명에 귀결시키거나 주인공의 성격상의 결함으로 돌리고 있기 때문에 유심주의에서 벗어나지 못하고 있다.6) 노신은 이 유심주의의 오류에서 벗어나 비극의 근원을 모순 된 현실사회 - 특히, 식인적인 봉건제도에서 찾고 있다. 이와 같은 노신의 관점은 비극의 모순충돌을 강조한 헤겔의 사상과 맥을 같이 하고 있다. 헤겔은 "비극의 본질은 두 가지의 대립된 이상이나 두 가지의 윤리관념의 충돌과 화해에 의해 구성된다"7)고 주장하였으며, 맑스와 엥겔스는 이보다 한 걸음 더 나아가 더욱 과학적이고 포괄적으로 설명하였다. 그들은 비극적인 것을 "새로운 사회제도가 낡은 사회제도를 대체하는 신호"로, 또한 "사회생활에서의 신·구역량간의 모순갈등의 필연적 산물"8)로 보았다. 이와 같이 미적 범주로서의 비극은 일정한 사회 역사적 조건하에서 상대적으로 약하고 착한 사회적 역량이 강대하고 추악한 세력과의 투쟁에서 당하게 되는 실패와 고난 및 희생을 이른다.9)

---

5) 夏明釗, 「魯迅悲劇觀初探」, 安徽學報, 1982年 第 1期, 81쪽, 李力,黃南山의 공동논문인 「魯迅悲劇藝術的歷史性貢獻」(『江南社會科學學報』, 1985年 1期, 81쪽)이란 글에서도 이 같은 주장이 발견된다.
6) 陳明華, 「試論魯迅悲劇觀及其小說的悲劇特色」, 『魯迅研究』, 1988. 65쪽.
7) 劉再復 著, 『魯迅美學史上論考』, (北京 : 社會科學出版社, 1981), 83쪽.
8) 임범송, 김해룡 저, 앞의 책, 142쪽.
9) 위의 책, 139쪽.

노신 개인사를 살펴볼 때, 주안(朱安)과의 결혼은 주안의 경우뿐만 아니라 노신 자신도 봉건가족제도의 희생양임을 나타내주는 것으로서, 평생 노신으로 하여금 '인의도덕'이라는 봉건제도의 암울한 족쇄에서 자유로울 수 없게 한, 그의 생애동안 점철되었던 방황과 갈등의 내재적 요인 중 하나였다. 따라서 그 누구보다도 노신은 봉건제도의 식인성에 대해 통렬하게 비난할 수밖에 없었으며, 그의 대다수의 작품은 낡은 구제도의 폭력 아래 파멸되어 가는 나약한 인간존재를 형상화해냄으로써 비극적 심미효과를 자아내고 있는 것이다.

이와 같은 노신의 비극문학의 연원은 그의 계몽주의 문학관에서 찾을 수 있다. 「나는 왜 소설을 쓰기 시작하였는가? (我怎麼做起小說來)」라는 질문은 바로 '왜 비극작품을 쓰게 되었나?'로 순환(feedback)된다고 할 수 있다.

> 왜 소설을 썼는가를 말한다면, 나는 여전히 10년 전의 계몽주의를 품고 이로써 인생을 위하고 인생을 개조하기 위하여 소설을 썼으며 …… 그러므로 나는 소설의 제재를 병든 사회의 불행한 사람들로부터 취하여 이들을 통하여 사회의 병든 곳을 폭로하여 치료에 주의를 돌리고자 하였다.[10]

노신은 이 같은 목적을 실현시키기 위해 다음과 같은 창작방법을 취하였다.

첫째, 병들고 모순 된 사회의 불행한 사람들을 소재로 삼았다. 상류사회의 타락성과 하층사회의 불행을 묘사하여 사람들에게 인생의 가치 있는 것을 파멸시켜 보여줌으로써 선량한 사람들에 대한 동정을 불러 일으켰으며, 아름다운 것에 대한 찬사, 부패한 것에 대한 증

---

10) 「我怎麼做起小說來」(『申報月刊』2卷, 6號, 1933. 6.), 『南腔北調集』, 『魯迅全集』, 4卷, 512쪽.

오, 악한 세력에 대한 항거를 불러 일으켰다.

둘째, 숨기고 속이는 문예를 반대하였다. 인생이란 본래 완전할 수 없으며 현실생활 또한 모순과 결함이 있기 마련인데 그 동안의 작가들은 모두 사기와 기만에 도취되어 모든 것을 완벽하게만 묘사하였다. 노신은 여기에 맞서 작가들이 허위의 가면을 벗어 던지고 진실되고 깊이 있게, 그리고 대담하게 인생을 관찰함과 동시에 그 피와 살을 써야 한다고 주장하였다. 그는 특히 허위와 기만의 상징인 십경병(十景病)을 반대하였다.

> 십경병은 일종의 형식의 아름다움으로써 실질의 추악함을 감추는 허위의 병이며, 사상에 있어서는 자신을 기만하고 남을 속이는 정신 승리법의 병이며, 예술에 있어서는 태평스럽게 꾸미고 모순을 감추는 천박병, 사기병이다.[11]

셋째, 비속한 대단원주의를 반대하였다. 서양의 비극은 일반적으로 주인공이 비극적인 종말을 맞게 되는데 중국의 전통적인 비극은 이와 달리 곡종지아(曲終奏雅 : 유종의 미를 이룬다)를 중시하였다. 예컨대 중국의 전통비극에서는 주인공이 불행을 당하지만 결국에는 그 비극이 기쁨으로 변한다. 그러므로 중국 전통문학에는 서양에서 말하는 엄밀한 의미의 비극은 존재할 수 없다. 노신은 모순을 감추고 현실을 미화하면서 자신을 속이고 맹목적인 낙관과 만족으로 투쟁의지를 마비시키는 대단원주의의 본질을 밝히면서, "만사가 다 단원 (원만한 결말)이 있기 마련이니 우리들이 안타까워할 필요도 없다. 마음놓고 찻물이나 마시고 잠이나 자면 그만이다"[12]라고 대단원주의를 비난하였다. 이렇게 노신은 전통적인 원만한 결말을 부정하고, 가치 있

---

11) 劉再復, 앞의 책, 88쪽. 재인용.
12) 「論睛了眼看」, 『墳』, 『魯迅全集』 1卷, 238쪽.

는 것의 파멸과 비극적인 현실을 대담하게 독자들에게 펼쳐보임으로써 마비된 중국인의 각성을 촉구하였다. 이 같은 노신의 계몽주의 문학관은 비극작품을 낳은 근간이 되는 바, 그의 비극문학은 한 마디로 인민대중이 역사와 예술의 주인이며, 비극적 현실을 청산해야 할 주역이 되어야 함을 강조하고 있다 하겠다.

2절 국민정신의 비극

노신의 비극작품은 구시대의 암울한 현실을 적나라하게 반영하고 있다. 작품집 『납함』과 『방황』에서는 신해혁명전후부터 제 1차 국내혁명전쟁 전후에 이르는 중국의 반식민지 반봉건의 암울한 사회제도 아래 신음하고 있는 농민, 여성, 지식인들의 비극적 삶이 극명하게 그려져 있다.

앞에서 서술한 바와 같이 노신은 비극의 근원을 현실사회의 구조적 모순에 두고서, 그 모순 된 사회 속에서 왜 영혼이 파괴될 수밖에 없는가를 비극이라는 예술적 무기를 통하여 예리하게 드러냈다. 노신이 이렇게 정신비극을 창조한 것은 그의 창작목적 - 마비된 국민의 의식을 개조하고 인생을 개량, 올바른 사회를 건설하고자 하는 - 에 따른 당연한 귀결이었다. 그리하여 노신은 파멸당하는 국민의 영혼을 심도 있게 묘사하였으며, 다른 한편으로 '침묵하는 국민의 영혼'을 묘사하여 국민을 분개, 각성하게 하였다. 그는 그들의 불행에 대해서는 동정하였지만, 방관하면서 싸우지 않는 사람에 대해서는 추상같이 분노하였다.

1) 농민의 비극

노신의 소설에서 대표적인 향토소설로 들 수 있는 「아Q정전」, 「고향」, 「풍파」, 「내일」, 「축복」, 「이혼」의 주인공들은 대부분 사회 저변층을 대표하는 농민들로서, 현실과 장래에 대하여 한 가닥의 희망조차 없이 비극적으로 살아간 인물들이다. 노신이 이같이 천하고 억압받는 농민을 비극의 주인공으로 삼은 이유는 크게 두 가지로 요약해 볼 수 있다.

첫째, 절대 다수를 차지하는 농민은 중국국민을 대표함과 동시에 피억압계층의 대표자이다. 따라서 그 사회의 전반적인 문제점과 국민정신의 취약점을 드러내는 데에는 농민이 가장 적합한 대상이었다.

둘째, 중국농민은 오랜 세월동안 억압과 착취를 당해 왔지만 그들 자신이 왜 그러한 비극적인 삶을 살아야 하는지조차 깨닫지 못하였다. 그러나 그 농민들이 정신적으로 깨어나기만 한다면 비극적인 삶에서 벗어날 수 있을 뿐만 아니라 낡은 세계를 파괴하는 혁명역량이 될 수도 있다. 따라서 노신이 농민을 주인공으로 선택한 것은 자연스러운 것이었다 하겠다.

신해혁명을 다룬 노신의 비극작품 중 가장 뛰어난 것으로 알려진 「아Q정전」에는 신해혁명에 대한 국민의 반응과 실패한 혁명의 비운이 아Q의 죽음을 통하여 잘 형상화되어 있다. 노신은 수많은 중국인들의 특징을 모아서 아Q의 형상을 창조하였고 아Q를 통하여 중국국민의 약점을 드러냈다. 오랜 봉건사회제도와 봉건예교에 의하여 마비된 그의 영혼은 중국사회의 특유한 산물이며 중국의 암울한 현실을 비추어 주는 본보기였다.

예컨대, 아Q는 실패를 승리로, 치욕을 영광으로, 환상을 현실로 간주하여 스스로 변명하며 만족해한다. 노신은 아Q의 행동이 중국문화의 특징인 독단적이고 자기 분열적인 사회양
식을 대표하고 있다고 믿었으며 이 추악하고
가증스러운 정신승리법을 가차없이 파멸시켜
사람들에게 보여주고자 하였다. 혁명의 의미
를 알지 못하는 아Q는 그를 억압하는 조태
야, 가짜양놈, 조수재, 심지어 그와 같은 사
회적 지위에 있는 소D, 왕호(王鬍)까지 혁명
의 대상으로 생각한다. 그가 생각하는 혁명
은 그들을 죽이는 것이며 그들의 물건과 마
음에 드는 여인을 빼앗는 것이다. 그 같은
아Q의 혁명에는 농민 보복사상과 민가를 습
격, 약탈하는 사상이 들어있으며 동시에 아Q의 정신이 전통적인 노
예근성에 의해 매우 부식되어 있음을 보여준다. 애석하게도 아Q는
혁명대열에 끼어보지도 못하고 혁명군의 누명을 쓰고 사형대에 올려
진다. 마지막 총살되기 직전에 서명하는 그의 모습은 비통한 슬픔을
자아냄과 동시에 마비된 그의 영혼에 대하여 분개를 느끼게 한다.

> 아Q는 붓을 어떻게 쥐었으면 좋을지 몰라 망설이고 있었다.
> 그것을 보고 종이와 붓을 가지고 온 사나이가 한 곳을 가리키며
> 거기다 서명하라고 하였다. "전...글을...모릅니다" 아Q는 붓을 덥
> 석 쥐고 불안스럽게 부끄러운 듯 말하였다. "그럼 동그라미를 하
> 나 그려라 !" 아Q는 동그라미를 그리려고 하였으나 붓을 잡은 손
> 이 떨리기만 하였다.......아Q가 동그랗게 그리지 못한 것을 창피해
> 하고 있는데 그 사람은 별로 탓하지 않고 어느새 종이와 붓을 거
> 두어 갔다.[13]

---

13) 「阿Q正傳」, 『吶喊』, 『魯迅全集』 1卷, 524쪽.

이처럼 아Q의 관심은 자신이 무고하게 잡힌 것에 대한 해명이나 항쟁이 아니고 자신의 서명이 어떻게 그려졌는가에 있다. 이러한 현상은 무성(無聲)의 중국 - 국민들의 영혼이 마비된 중국 -에서만 일어날 수 있는 것이다. 자신의 비극적 운명까지도 하늘에서 정해준 것처럼 생각하여 운명을 순순히 받아들이는 아Q의 침묵하는 영혼은 죽어가는 국면에서도 자신을 합리화시킨다. "아마도 사람이 인간 세상에 태어나서 살아가노라면 때로는 목을 잘리 우는 일도 있을 것이다."[14] 이처럼 수천 년 동안 내려온 봉건사상에 의해 마비된 아Q의 정신은 자신이 왜 죽어야 하는가에 대한 문제제기조차도 하지 한 채 죽음의 길로 가도록 방기하였다. 이렇게 아Q의 비극은 자신을 깨우치지 못한 국민 영혼의 처절한 비극인 것이다.

「고향」에서는 윤토라는 농민을 통하여 당시의 비극적인 현실과 일그러진 농민의 영혼을 보여 주고 있다. 20년 전 소년시절의 윤토는 붉은 홍조를 띤 기상이 넘치는 소년이었는데, 지금은 모든 것을 박탈당한 것처럼 푹 패인 붉은 두 눈 덩이에 파리한 얼굴을 하고 있다. 이러한 것은 화자인 '나'로 하여금 윤토를 완전히 꼭두각시처럼 느끼게 한다. 그 윤토의 변모는 자신의 내부변화에 의한 것이 아니라 제국주의와 군벌혼전이란 사회적 환경의 결과로서, 신해혁명 실패 후 중국 경제의 파산을 진실하게 반영하고 있는 것이다. 노신은 소년 윤토와 중년 윤토의 외적인 변모뿐만 아니라, 정신적인 변모에도 주의를 기울이고 있다.

> 겨울이 되어서 아무것도 없습니다. 이건 집에서 말린 청콩인데 나으리님께서……그는 그저 머리를 절레절레 흔들 뿐이었다. 얼굴에는 숱한 주름살이 잡혔으나 전혀 움직이지 않아 그것은 마치 석상과 같았다.[15]

---

14) 「阿Q正傳」, 『吶喊』, 위의 책, 525쪽.

소년시절에는 '나'를 형님이라고 부르면서 허물없이 지냈던 윤토가 지금은 "나으리"라고 부르는 이 한 마디는 짓밟히고 파멸당한 윤토의 일그러진 영혼을 적나라하게 드러내주는 말이라 하겠다.

또한 지난 20년 동안 군대와 비적, 관료 등의 억압과 착취로 인하여 생활이 빈궁하게 되었을 뿐만 아니라, 정신까지 마비된 윤토는 향로와 촛대를 소중히 간직하는 등, 윤토의 비극성은 사회가 그에게 노예적인 지위를 규정해 주었다는 사실에 앞서 그에게 노예적 근성을 조장시켰다는 데에서 더욱 심화된다. 놀라울 정도로 뿌리 깊은 자비감(自卑感), 조마조마하면서 순종밖에 모르는 비굴성 - 윤토의 이러한 노예근성으로의 변모는 과거의 아름다운 세계를 파멸시킨 추악한 현실에 대하여 증오를 불러일으키게 한다.

2) 여성의 비극

노신은 농민 못지않게 여성의 문제를 중시하였다. 중국사회에서 여성은 봉건제도의 희생물이며 남자의 종속물이었다. 『납함』과 『방황』에 나타나있는 대부분의 여성은 구사회, 구제도의 희생물로서 새로운 사상, 문화, 교육 등을 전혀 접해보지 못한 전형적인 농촌여성들이다. 선량하고 순수한 이들은 새로운 역량을 받아들이지 못하여 구세력에 의해 철저히 파멸당하고 만다.

「축복」의 주인공 상림수는 이와 같은 여성상을 드러내는 대표적인 인물이다. 처음 넷째 나으리 집에 나타났을 때의 그녀는 튼튼하고 일도 잘했었다. 그러나, 남편과 자식을 잃어버린 후 그녀는 육체적, 정신적으로 극심한 상처를 입고 노진(魯鎭)으로 다시 돌아온다. 그녀는

---

15) 「故鄕」, 『吶喊』, 위의 책, 483쪽.

노예가 되어 안정된 삶을 영위할 수 있기를 바랬지만 냉혹한 현실은 이를 받아주지 않는다. 아들의 죽음과 재가에 대한 죄책감, 이웃사람들의 조소, 유씨 어멈과 넷째 아주머니의 위협 등은 상림수로 하여금 차라리 죽는 것이 더 나으리라는 생각이 들게 한다. 죽은 후에 더 좋은 곳에 가고자 정성들여 제사를 지내면서 있는 돈을 다 털어 토지묘(土地廟)에 시주하던 그녀는 결국 죄의식을 이기지 못하고 죽고 만다. 이 같은 줄거리에서 노신이 무엇보다도 관심을 집중한 것은 상림수의 정신적 파멸에 대한 것이라 보여진다. 노예가 되고 싶어 했던 그녀의 마비된 정신, 봉건예교에 사로잡혀 죽어가면서도 자각하지 못한 채 미신을 믿어야 했던 가엾은 여성, 제사에 정성을 들임으로써 현실에서 이루지 못한 것을 이승에서 해결하려는 우매한 영혼 등을 꼼꼼히 해부해 보이면서 결국 상림수를 비극적인 결말에 이르게 한 봉건예교의 본질을 철저하게 펼쳐 보인 것이다.

이와 유사한 형태로 청상과부의 비극을 다룬 「내일」이 있다. 빈농의 과부 선사부인은 베를 짜서 세 살 박이 아들을 연명시킨다. 그녀에게는 아들이 빨리 자라는 것 이상의 희망은 없다. 그러나 아들은 기대를 저버리고 죽어버린다. 봉건사회에서 아무런 지위도 없는 여성에게는 남편이나 아이가 최대의 희망이라 할 수 있다. 아들이 죽어버리자 재가도 못하는 그녀는 희망을 잃고 결국 삶의 의의조차 상실해 버린다. 이러한 비극을 낳게 한 원인이 봉건예교에 있음은 더 말할 나위가 없다. 이것은 선사부인 일개인의 삶이 아니라 어두운 봉건사회의 전체 빈농여성들의 삶이었던 것이다. 이 작품에서도 노신은 봉건예교의 폐해를 보여주는 데에 각별한 주의를 기울이고 있다. 즉, 봉건예교의 미신성은 다음과 같은 아들의 장례식 때 더욱 두드러진다.

선사부인은 보아(寶兒)에게 지극한 정성을 다 기울였다. 어제는 종이 돈 한 묶음을 태웠다. 오전에는 49권의 대비축문(大悲呪文)을 태웠다. 입관할 때는 보아에게 새 옷을 입혔고 평소에 좋아하던 장난감 - 흙인형 하나, 나무공기 두개, 유리병 두개 - 을 베갯머리에 놓아주었다. 왕구(王九)할머니가 뒤에 손가락으로 꼽아가며 이것저것 헤아려 보았으나 거의 빠뜨린 것이 없을 정도다.[16]

죽은 사람에게 주문을 외우거나 대비주문을 태워주면 저승에서 재화를 모면하고 극락에 가서 살 수 있다는 봉건적인 미신은 「축복」의 상림수와 같이 선사부인에게도 극심하게 드러나 있는 것이다.

「이혼」은 「축복」이나 「내일」과 유사한 농촌 여성소설이지만 또 다른 면모를 보여준다. 상림수나 선사부인은 구사회에 철저히 순종하는 가엾은 영혼을 가진 인물들이지만, 「이혼」의 애고(愛姑)는 구사회에 맞서 싸우는 반항자의 비극이라 할 수 있다.

그녀는 남편의 불륜에 항거하여 이혼을 하기 위해, 학식 있고 권세 있는 일곱째 나으리를 찾아가 이혼의 정당성을 재판해 주기를 청한다. 그러나 그녀가 생각했던 재판은 이루어지지 않고 그들의 압력과 위세에 눌려 오히려 굴복하고 마는데, 자신이 굴복할 수밖에 없는 원인을 그녀는 피상적으로만 파악할 뿐이다. 그녀의 진정한 비극은 봉건관료를 상징하는 일곱째 나으리에 대한 환상에 있으며, 봉건사상의 질곡에서 벗어나야만이 진정한 인간의 권리와 여성해방을 쟁취할 수 있다는 사실을 깨닫지 못했다는 점에 있다. 여기에서 애고의 자각하지 못한 정신비극이 생겨난다.

상림수와 선사부인이 현실을 직시하지 못한 채 모순 된 현실에 순응하며 살아가려 하지만, 그러한 삶조차 박탈당하는 구세대의 비극을 대표한다면 애고의 경우는 어느 정도 현실의 모순을 알고 그것을 타

---

16) 「明天」,(『新潮』月刊, 第 2卷 1號), 『吶喊』, 위의 책, 455쪽.

파하려고는 하나 철저히 깨어있지 못한 정신과 성격상의 결함으로
인하여 파멸의 길을 걷는 신세대의 비극이라 할 수 있다. 이처럼 비
교적 새로운 문물을 접한 애고의 세대까지도 낡은 봉건제도에 의해
철저히 파멸 당한다는 것은 노신이 바라본 현실의 어둠이 얼마나 깊
었는가를 가늠할 수 있게 해준다.

예컨대, 자신의 부인에 대한 다음과 같은 노신의 견해는 그가 바라
보는 봉건적인 중국 여성관을 단적으로 드러내 준다 하겠다.

> 중국여자는 틀렸다. 하루 종일 아무것도 하지 않고 방안에 들
> 어앉아 있다. 아무런 움직임, 아무런 생활도 하고 있지 않다. 우
> 리 집사람 같은 사람이 그 대표적인 예다. 그 사람은 어머니의
> 며느리지 나의 아내는 아니다.[17]

스스로 '달팽이'에 비유한 바 있는 주안[18]을 노신은 평생 아내가 아
닌, '어머니의 며느리'로만 간주하였다. 이는 앞에서도 언급한 바 있는
노신의 이중구조로서 그의 방황과 고뇌의 근원지의 하나였다. 즉 봉건
가족제도의 장남으로서의 역할에 최선을 다한 그는 분명 '인의도덕'에
사로잡힌 고풍스런 인물이었으며, 동시에 봉건적인 인습의 굴레를 깨
고 제자를 아내로 삼은[19]그는 하나의 자유연애 사상가였던 것이다.

---

17) 후쿠오카 세이치 著,『魯迅의 結婚』, 南雲智 著, 정성호 역, 앞의 책, 86쪽, 재인용.
18) 언젠가 朱安은 자신을 달팽이에 비유한 적이 있다. 몸을 껍데기로 둘러싸고 한
    자리에서 죽어라 하고 꼼짝도 하지 않는, 그것이야말로 바로 그녀의 인생이었다.
    봉건 사상에 듬뿍 젖어 그러한 삶의 방식을 그대로 받아들이고 있던 그녀는 자
    식을 낳지 못하는 것에 대해 공포감까지 품고 있었다. 그 때 사람들은 자식을
    못 낳는 여자는 죽어서 지옥에 떨어진다고 믿고 있었다. 유방,『내가 기억하는
    魯迅 先生』, 南雲智 저, 정성호 역, 앞의 책, 36쪽. 재인용.
19) 18세 연하의 許廣平이 魯迅의 실질적인 아내였음은 익히 알려진 사실이다. 魯迅
    은 끝까지 본처와 이혼절차를 갖지 않았으며, 시어머니의 비문에 許廣平의 이름
    대신에 朱安의 이름이 새겨져 있다는 것은 許廣平이 주씨 가문에 있어서는 결국
    하나의 첩이었음을 말해준다 하겠다.

이와 같은 현실 속에서 당대의 누구보다도 노신은 여성의 삶에 깊은 관심을 갖고 있었다. 본 부인 주안에게서 전형적인 중국 봉건 여인상을 본 노신은 자신의 소설에서 여성들에 대한 동정과 연민만을 그린 것이 아니었다. 노신은 봉건제도 자체에 대한 증오와 분노뿐만 아니라, 그에 물든 여성들의 몽매함과 자각 없는 맹목성에 대해 노여움을 표하면서 그들의 각성을 촉구하였던 것이다.

3) 지식인의 비극

농민이나 여성들 못지않게 비극적인 삶을 살았던 또 하나의 계층은 하층 지식인들이었다. 그 자신도 지식인이었기에 보다 더 주변 지식인들의 허위와 모순, 그리고 비극적인 삶에 대하여 깊이 있게 관찰할 수 있었던 노신은 지식인에 대하여 상당한 애정을 가지고 있었으며, 그들의 삶에 대하여 동정과 분노를 표하였다. 『방황』의 대다수 작품에 묘사되어 있는 지식인의 비극적 삶은 바로 노신의 지식인에 대한 애정과 관심의 반증이라 하겠다.

『납함』과 『방황』에 묘사된 지식인은 크게 두 가지 유형으로 분류할 수 있다. 그 중 한 유형은 신해혁명 이전의 봉건적인 농촌에서 자라면서 오로지 과거에만 몰두하다가 몰락한 구독서인 공을기와 벼슬과 재물에만 정신이 빠진 과거시험 낙방생 진사성 등과 같은 인물이다.

공을기의 비극은 그의 비천한 사회적 지위와 가난한 경제생활, 그리고 사대부 계층의 자존자대심리(自尊自大心理)등의 상존할 수 없는 모순 된 심리에 기인하고 있다. 공을기는 천진난만한 아이를 좋아하고 외상값을 꼬박꼬박 갚는 선량한 사람이다. 그러나 그는 곧잘 도둑

질도 서슴지 않는다. 그러면서 "선비는 원래 가난한 법"이며 "훔치는 것은 도둑이 아니다"[20]라고 합리화시킨다. 여기서 우리는 봉건 지식인의 모순 된 심리와, 그의 영혼 속에 숨겨진 구린내 나는 독창(毒瘡)을 엿볼 수 있다. 노신은 도적질하다 얻어맞아 부러진 공을기의 다리에 동정을 보내면서 동시에 봉건주의 교육에 구속되어 진보할 줄 모르는 그의 마비된 의식과 낙후된 사상에 대하여 가차없는 비판을 가하고 있다.

진사성 역시 공을기와 비슷한 봉건제도의 희생물로서 그는 16차례나 과거시험에 응시했다가 낙제한 낙방생이다. 한 마디로 그는 과거제도의 환상에 사로 잡혀 이성을 잃은 희생물이다. 공명을 추구하고 재물에 눈먼 그는 과거시험에 또 다시 실패하자 보물을 찾기에 전력하지만, 결국 환각 속에서 굴을 파다가 호수에 빠져 죽고 만다.

이와 같은 유형과 다른 또 하나의 유형으로는 신해혁명전후 5·4운동의 세례를 받은 보다 진보적인 지식인을 들 수 있다. 「술집에서」의 여위보, 「고독자」의 위련수(魏連殳), 「단오절」의 방현작(方玄綽), 「비누」의 사명 등이 그들이다. 이 유형의 지식인들은 모두 5·4시기에 이상을 품었던 참신한 인물들로 봉건세력에 반항하였다. 그러나 선각자라 할 수 있는 그들은 사회에 용납되지 않았으며 일반대중의 무리 속에도 들어갈 수 없었다. 대체로 그들은 신·구역량의 모순 속에서 몸부림치며 방황하다가 구세력의 압력과 도전에 의해 파멸되거나, 혹은 구사회와 타협, 투항하는 길을 걷다가 마침내 비극적인 종말을 맺는다.

「고독자」의 위련수(魏連殳)는 이러한 지식인의 대표적 인물이다. 제목처럼 위련수는 정말 고독하다. 고독이라는 말은 위련수 일 개인뿐만 아니라 당시의 모든 지식인에게 해당되는 말로서, 완전히 깨어

---

20) 「孔乙己」(『新靑年』第 6卷 4號, 1919. 4), 『吶喊』, 『魯迅全集』 1卷, 435쪽.

있는 지식인 속에도, 혹은 우매한 대중 속에도 귀속되지 못한 그들의 운명은 비극적으로 끝날 수밖에 없었다. 그렇게도 위세가 당당했던 위련수는 직장에서 해고되고 경제적 압박을 받게 되자, 군벌인 두(杜) 사단장의 고문이 되어 자신이 증오했던 모든 것을 몸소 행하게 된다. 그는 상대가 누구든간에 보복의 총을 겨누었으며 동시에 그 자신도 내적인 고통과 회한을 안고서 살다가 비참하게 세상을 등진다. 노신은 외롭고 고통스러운 위련수의 영혼을 깊이 동정하면서 그의 불쌍한 영혼의 울부짖음을 다음과 같이 묘사하고 있다.

> 그것은 길게 울부짖는 소리 같기도 하였다. 마치 상처 입은 이 리가 깊은 밤중에 광야에서 울부짖는 것 같은 그 슬픔 속에는 분노와 비애가 뒤섞여 있다.21)

「술집에서」의 여위보는 미신타파를 주장하기도 한, 비교적 진보적인 지식인이었다. 한때는 중국을 개혁할 방법을 의논하다가 의견이 맞지 않는 사람들과 싸움까지 벌였던, 의욕 넘치던 그는 현재 아무런 의의도 없는 일에 자신을 내맡기고 스스로 위안을 삼을 뿐이다. 진보적이고 씩씩한 청년 여위보에서 목표도 없이 흐리멍텅하게 살아가는 중년 여위보로의 변화에서 독자는 그 외적인 변모보다 정신적인 변모에 더욱 커다란 비애감을 느끼게 된다. 여위보는 혁명의 앙양기에 원대한 희망을 품고 혁명의 대열에 참가하였지만, 그 혁명이 좌절되고 봉건세력이 헤게모니를 잡게 되자 자신의 주장을 완전히 포기하고 현실과 타협해 버린 것이다. 이것은 그의 불쌍한 영혼뿐만 아니라 나약하고 기회주의적인 지식인의 속성을 잘 드러내주는 경우라 하겠다.

---

21) 「孤獨者」(1925. 10. 10), 『彷徨』, 『魯迅全集』 2卷, 107-108쪽.

「비누」의 사명과 「고로부자」의 고간정의 비극은 그들의 모순 된 허위의식에서 비롯되고 있다. 예컨대, 사명은 학교의 폐해를 개탄하면서도 자기 자식을 학교에 보내 공부시키고 있다. 그가 학정(學程)을 중국식과 서양식의 절충학교에 입학시킨 것도 모순 된 의식이 빚어낸 비극적 현상이다. 여자의 단발은 군인이나 토비가 되는 것보다 더 잘못된 것이라고 생각한 그가 서양문물을 대표하는 비누를 사 가지고 오는 행위 또한 지식인의 모순 된 심리의 반증이다. "비누를 사서 이 소녀거지의 온몸에 오독오독 문질러 보면 어떤 기분이겠냐"22)라는 어떤 사람의 야유에 분개하면서도 한편으로는 소녀거지에 대하여 음욕을 품는 모습에서 봉건사대부들이 갖고 있는 허위의식이 적나라하게 드러나고 있다.

「고로부자」의 고이초(高爾礎) 또한 모순 된 의식을 가진 비극적 지식인의 대표자이다. 고리끼를 숭상하여 고이초라고 이름을 바꾸기까지 하였으면서도 고리끼 같은 삶을 살기는커녕 여전히 옛 것에 집착하여 '중국국수주의론'을 발표한 것을 보면 그의 의식이 얼마나 모순되어 있는가를 알 수 있다. 또한 남자학교가 있는 것만으로도 풍기가 문란해지는데 여학교까지 세운다면 앞으로 어떤 일이 벌어질지 모르겠다라는 생각이야말로 '고로부자'식의 국수주의 모습이다. 따라서 국수를 주장하면서 여학교의 교사가 된다는 것은 바로 자신을 죽이는 자충수 격이라 하겠다. 그는 마침내 여학교 교사가 되었으나 강의를 철저하게 준비하지 못하여 학생들에게 수모를 당한다. 그러면서도 그는 여전히 "여학교는 풍기가 문란하니 문을 닫아야 해"23)하고 자신을 합리화시킨다. 이와 같은 심리는 일종의 '정신승리법'으로서, 아Q만의 고유한 것이 아니라 전 중국민들의 공통된 것임을 보여준다. 이렇게

---

22) 「肥皂」(『晨報副刊』, 1924. 3. 27/28 分載), 『彷徨』, 위의 책, 53쪽.
23) 위의 책, 82쪽.

노신은 사명과 고이초를 통하여 위선적인 이중심리를 적나라하게 밝힘으로써 지식인의 본질을 솔직하게 펼쳐 보이고 있을 뿐만 아니라, 봉건사상의 해독에서 벗어난 참된 지식인들의 부재에 대한 분노와 비판을 아낌없이 퍼붓고 있는 것이다.

4) 영웅 비극

평범비극에 관심을 기울였던 노신은 영웅비극을 많이 쓰지 않았다. 노신의 작품에서 영웅들에 관한 비극이 흔치 않다는 것은 물론 노신에게만 특이한 현상은 아니다. 일반 서민을 독자로 둔 소설의 발전사에서 드러나듯 왕이나 고위 귀족, 영웅들이 중심인물이 된다는 것은 극히 드문 일로서, 제재를 과거에서 구하지 않는 한 영웅적인 주인공을 찾기란 그리 쉽지 않은 것이다. 그렇지만 노신은 또 영웅비극의 주인공을 '사업에 몰두하는 사람', '목숨을 내걸고 분투하는 사람', '백성들의 질고를 부르짖는 사람', '희생을 두려워하지 않고 진리를 용감하게 추구하는 사람' 등으로 생각했다. 『납함』과 『방황』에서 영웅비극으로 간주될 수 있는 작품을 찾아본다면 「약」 한 작품을 들 수 있겠다.

「약」에서는 혁명가와 우매한 국민의 이중적 비극이 묘사되어 있다. 혁명가 하유(夏瑜)는 민중을 위하여 투쟁하다가 희생되지만, 우매한 군중은 그 혁명가의 죽음의 의의를 알지 못한다. 그의 희생은 사람들에게 구경거리일 뿐이며 찻집 사람들의 이야깃거리를 보태주었을 뿐이다. 더욱 비분을 자아내게 하는 것은 그 혁명가의 피를 폐병을 치료하는 좋은 약이 될 것으로 믿는다는 것이다.

여기서 '인혈만두'는 중요한 비극적 요소가 되고 있다. 혁명열사의 붉은 피는 인민을 발동하는 불씨가 되어야 하는데 도리어 인민을 속이는 도구가 되어 버린 것이다. 동시에 그것은 화로전(華老栓)의 비극을 산생시키는 열쇠가 된다. 「약」에서는 화로전이 인혈만두를 가지러 갈 때와 그것을 받았을 때의 모습을 이렇게 묘사하고 있다.

> 화로전의 기분은 상쾌하였다.......마치 십대독자를 안은 듯이 그 밖의 어떤 일에도 관심이 없었다. 그는 지금 이 종이에 싼 새 생명을 자기 집에 옮겨 심어 숱한 행복을 거두고 싶었다.[24]

화로전의 이러한 내면의 모습은 선량하면서도 미신적이고 노예적인 영혼을 적나라하게 나타내준다. 인생의 최대비극은 육체의 파괴가 아니라 자신의 운명에 대한 무지라 할 수 있다. 하유가 처형되는 장면에서 묘사하고 있는 것과 같이, "군중들은 모두들 목을 길게 빼고 있었는데 마치 보이지 않는 손에 잡혀 쳐들린 오리"[25]처럼 정신적으로 철저히 파괴당한 가엾은 영혼들이다. 하유가 죽은 후 친척들은 발길을 끊고 하유의 어머니는 아들의 죽음을 수치로 여기며, 우매한 군중들은 자신들의 이익에만 급급하다. 노신은 이렇게 하유, 화로전(華老栓), 하유의 어머니와 우매한 군중들의 파멸된 영혼을 독자들에게 펼쳐 보여줌으로써, 고독한 혁명가의 비극뿐만 아니라 군중과 괴리된 신해혁명이 실패할 수밖에 없었다는 것을 역설하고 있다. 또한 「약」의 처형장면은 '예수의 죽음장면을 묘사한 「복수 2」[26]의 경우와 흡사하다.

---

24) 「藥」(『新靑年』 第 6卷 5號, 1919. 5) 『吶喊』, 『魯迅全集』, 1卷, 442쪽.

25) 「藥」, 『吶喊』, 위의 책, 441쪽.

26) "병사들은 그에게 자줏빛 옷을 입히고, 가시관을 씌워, 그를 찬양하였다. 갈대로 그의 머리를 때리고, 침을 뱉고, 무릎 꿇고 절하였다. 조롱하기를 마친 뒤에는 자주빛 옷을 벗기고 본래의 옷으로 갈아 입혔다......통행인들 모두가 그를 비방하고, 제사장과 서기관들은 그를 우롱하였다. 함께 십자가에 매달린 두 사람의

노신은 예수를 영웅으로 간주하였는데 이 "영웅은 천상과 지상의 중간에 매달려 비극적인 운명으로 끝날 수밖에 없었다"[27]고 규정한다. 신의 세계에도 지상의 세계에도 속할 수 없는 예수는 신의 희생물인 동시에 민중의 속죄양이었다. 우매한 민중들은 현실을 직시하지 못한 채 자신들을 해방시키러 온 영웅까지 죽이고 마는데, 이 같은 예수의 죽음은 혁명가 하유의 희생만큼 부조리한 것으로서, 독자들로 하여금 동정을 넘어선 분노를 일으키게 한다.

3절 노신비극의 특징

1) 비극과 희극의 융합

아리스토텔레스는 희극이 평범한 사람보다 더 열등한 인간을 다룬다고 말하였다. 그의 견해에 따르면 희극적인 것은 현실의 추악하고 익살스러운 사건에 대한 예술적 모방이라는 것이다. 체르니셰프스키는 "희극적인 것의 진정한 영역은 인간, 인류사회, 인류생활에 있으며", "추악한 것은 익살스러운 것의 근원이며 본질이다"[28]라고 말했다. 이 같은 견해는 아리스토텔레스의 그것보다는 진보적이지만, 희극의 본질을 전면적으로 설명했다고 보기에는 불충분하다. 그에 비하면 비극이나 희극을 신구역량의 갈등에서 파생된 것으로 보았던 맑스. 엥겔스의 견해는 보다 더 설득력 있게 받아들여진다. 맑스는 변증법적 유물론에 입각하여 "모든 대 사변과 대 인물은 첫 번째는 비

도둑조차도 그를 비웃었다." 「復讐 2」(『語絲』周刊 第 7期, 1924. 12. 29), 『魯迅全集』 2卷, 『野草』, 174-175쪽.

27) N. 프라이 저, 임철규 역, 『비평의 해부』 (서울 : 한길사, 1980), 289쪽.

28) 임범송, 임해룡 저, 앞의 책, 153-154쪽.

극으로, 다음에는 희극으로 나타난다"[29]고 말하였다.

그에 따르면 비극이란 신·구 역량이 교체되는 사이에서 구 역량을 대표하는 주인공이 비극적 결말을 맺거나, 신 역량이 진보계급의 역량을 대표하지만 그들의 요구는 역사조건의 미성숙으로 인하여 아직 실현되지 못하고 구역량에 압도당하여 비극적인 결말을 맺는 경우이다. 반면에 희극적인 것은 새로운 역량이 승리한 이후나 머지않아 승리하게 될 때 낡은 사물에 주어지는 부정이라 할 수 있다. 낡은 사물은 낡은 시대의 찌꺼기로, 그것이 이미 공인된 진리와 모순될 때 풍자와 부정의 대상이 된다. 바로 희극의 본질은 추악한 것을 비판, 부정하고 아름답고 선한 것을 찬양하는 것이다. 이와 같은 견해와 궤를 같이하여 노신은 「무너진 뇌봉탑에 대하여 다시 한 번 논하다(再論雷峰塔的倒掉)」에서 "비극은 사람들에게 인생의 가치 있는 것을 파멸시켜 보여주지만 희극은 사람들에게 가치 없는 것을 파멸시켜 보여준다"[30]라고 말하였다. 여기서 '가치 있는 것'이란 선한 것, 좋은 것, 정의로운 것, 좋은 품성, 도덕, 사상 등을 말하며 '가치 없는 것'이란 이것의 반대 개념이라 하겠다. 노신은 가치있는 것을 파멸시켜 비극미를 조성시켰고, 무가치한 것을 폭로, 조소, 풍자하여 희극미를 조성시켰던 것이다.

「아Q정전」, 「공을기」, 「축복」, 「풍파」 등과 같은 대표적인 작품에는 비극적인 요소와 희극적인 요소가 절묘하게 융합되어 있는데, 바로 이 점에서 노신의 독특한 예술성을 찾아볼 수 있다. 중국의 전통적인 비극작품과는 달리, 노신작품에 드러나는 비극과 희극의 융합은 결코 슬픔과 기쁨이 분리된 것이 아니다. 희극적인 요소는 작품의 비극성을 더욱 심화시켜 주며 주인공의 비극적 운명의 필연성을 더욱

---

29) 위의 책, 154쪽.
30) 「再論雷峰搭的倒掉」, 『魯迅全集』 1卷, 192-193쪽.

잘 나타내줄 뿐 결코 작품의 분위기를 희석시키지 않는다. 따라서 희극적인 요소 또한 줄곧 비극적인 기조를 유지하고 있다. 이러한 점에서 노신은 전통적인 비극예술의 고착성을 깼다고 할 수 있다. 중국의 전통적인 비극작품에서는 희극적인 요소가 곧잘 비극을 희화시키는 약점을 가지고 있었던 것이다. 『배월정(拜月亭)』,『두아원(竇娥冤)』,『조씨고아전(趙氏孤兒傳)』,『서상기(西廂記)』등의 경우가 그러한 대표적인 작품들로서, 원만하게 끝을 맺음으로써 침중한 분위기가 가벼워지고 심지어는 비극적인 것이 희화되어 비극적 예술성이 감소되고 마는 것이다.

이와는 달리 「아Q정전」,「공을기」,「풍파」,「이혼」 등의 작품에 드러나 있는 희극성은 웃음을 통하여 비극을 더욱 심화시켜 주고 있다. 진보와 개혁을 모르고 안주하려고만 하는 중국인의 특유한 심리구조인 아Q의 정신승리법은 가장 무가치한 것으로서 응당 타기되고 비판되어야 할 것이다. 노신은 이를 희극적인 수법으로 가차없이 파멸시키고 있다. 아Q는 자기보다 힘 있는 자에게 두들겨 맞고는 "내가 결국 아들놈한테 맞은 셈이군. 요즘 세상은 정말 말이 아니야"[31]라고 하면서 자신을 합리화시켜 버린다. 그리고 나서 그는 곧잘 힘없는 소D나 비구니에게 분풀이를 한다. 약자에게 강하고 강자에게 비굴하게 구는 아Q의 사대주의적 노예근성이 표출되는 것이다. 제 2장 「승리의 기록」에서는 또 아Q의 정신승리법을 이렇게 희극적으로 묘사하고 있다.

그러나 그는 실패의 기분을 곧 승리의 기분으로 전환시켰다. 그는 오른손을 들어 힘껏 자기의 뺨을 때리고 나니 마음이 가라앉고 기분이 누그러졌다. 때린 사람은 자기이고 맞은 사람은 또

---

31) "我總算被兒子打了, 現在的世界眞不像樣…"「阿Q正傳」,『吶喊』, 위의 책, 492쪽.

다른 사람인 것처럼 느껴지더니 좀 지나니 자기가 다른 사람을 때린 것처럼 생각되었다. 아직은 좀 얼얼하지만 그는 자기가 이긴 것처럼 흐뭇한 마음으로 자리에 누웠다.[32]

노신은 이렇게 아Q의 추한 정신승리법에 조소를 보내면서 독자로 하여금 이러한 추함으로부터 벗어나고 싶게 만드는 것이다.

신해혁명의 폭풍우가 미장(未莊)에 불어오자 아Q는 혁명의 광상곡에 도취되어 제멋대로 생각한다.

그 때면 미장의 사내놈들과 계집년들 꼴보기 좋겠다. 무릎을 꿇고 "목숨만 살려주게, 아Q"하고 빌 것이다. 홍, 누가 들어준데, 쳇! 제일 먼저 죽일 놈은 소D와 조영감이야. 그 다음에 생원님, 가짜 외국놈이구...... 몇 놈을 살려준다? 텁석부리 왕가는 살려둘 수 있어, 에잇, 그 놈두 안살려 둔다. 그리고 물건은...... 곧장 뛰어들어가 상자를 연다. 그러면 은으로 된 말굽이며 은화며 양사 저고리이며...... 얼마든지 있다. 먼저 생원놈 여편네의 영파식(寧波式) 침대를 토지묘에 날라 오고 그 다음에는 전가네 책상과 걸상도 가져온다. 아니면 조가네 걸 갖다 써도 되겠지. 나는 가만있고 소D보고 나르라고 시켜야지. 빨리 빨리 나르지 않고 꾸물거리면 따귀를 올려붙일 테다......

조사신(趙司晨)의 누이동생은 정말 박색이다. 주칠 아주머니의 딸년은 몇 해 후에 다시 보고, 가짜 외국놈의 여편네는 머리태가 없는 사내 녀석과 잠자리를 같이 했으니 그건 쌍년이구! 생원년의 여편네는 눈두덩이에 흠집이 있구..... 오어멈은 오랫동안 보지 못했는데 지금은 어디에 있는지. 그런데 유감스럽게도 발이 너무 커.[33]

이처럼 아Q의 심리는 희극적이다. 이러한 희극성에는 구질서 파괴에 대한 아Q의 통쾌함과 동시에 그 우매함에 대한 조소가 내포되어

---

32) 위의 책, 위의 글, 494쪽.
33) 위의 책, 위의 글, 515쪽.

있다. 혁명이 무엇인지도 모르고 혁명당의 일원인 것처럼 행세하는 우스꽝스러운 그의 모습이나 가짜양놈, 조백안(趙白眼)이 그를 제외시키고 소위 혁명을 한다고 하자 자신의 분수도 모르고 그 대열에 참여하려는 희화적인 아Q의 모습은 단순한 웃음보다는 오히려 가련하다는 동정을 일으키게 하며, 동시에 그러한 추한 모습에서 떨어져 나오고 싶게 하는 것이다.

아Q의 마지막 서명 장면은 희극과 비극의 융합의 절정이라 할 수 있다. 자신이 왜 총살당해야 하는지 영문도 모르고 무조건 서명을 해야 하는 상황, 어떻게 서명을 해야 할지 몰라 쩔쩔매는 그 당혹스럽고도 우스꽝스러운 그의 모습에서 독자는 동정을 넘어선 분노와 비애를 느끼게 된다.

공을기(孔乙己) 또한 희·비극의 주인공이다. 가난한 그는 항상 더럽고 찢어진 장삼(長杉-사대부들이 입는 옷)을 걸치고 있다. 그는 술집에 나타날 때마다 항상 웃음을 자아내게 한다. 책을 훔쳤으면서도 "책을 훔친 것은 도적질이 아니다"[34]라고 강변한다. 그의 지위는 미천하지만 말할 때는 항상 "지호자야"(之乎者也)라 하며 고투어를 쓴다. '나'는 글자를 배우는데 관심이 전혀 없는데도 그는 '나'에게 글을 가르쳐 주면서 쓰는 방법이 여러 가지가 있다고 아는 체를 한다. 도적질을 하다가 다리가 부러졌음에도 불구하고, 술 한잔 먹고 싶어서 거적을 밑에 깔고 그것을 새끼에 매달고 나타나는 그의 모습은 눈물을 자아내는 웃음을 불러일으킨다. 노신은 이렇게 공을기의 추한 모습을 통하여 쓴웃음을 자아내게 하면서 동시에 봉건사회와 봉건교육에 의해 침식당한 현실 모습을 가차 없이 파멸시키고 있는 것이다.

「행복한 가정」은 주인공의 '행복한 가정생활'이라는 허상을 통하여 비극성을 더욱 심화시키고 있다. 재난이 빈번한 구 중국에서 이상적

---

34) 「孔乙己」, 위의 책, 435쪽.

인 착한 가정에 대하여 쓴다는 것 자체가 현실과 괴리된 것으로서, 주인공 자신의 생활이 확실한 증거이다. 주인공 부부는 결혼한 지 5년이 지났으나 그들의 궁핍한 생활은 그들을 기아선상에서 헤매게 만들었으며 결국 애정마저 철저히 파괴시킨다. 그러나 작가인 주인공은 자신의 현실생활과는 완전히 대조적으로, 서양인 유학생 부부가 넓고 좋은 집에서 용후투(龍虎鬪)라는 음식을 먹으며, 한가하게 생활하는 모습을 그려내고 있다. 노신은 이렇게 의식적으로 비극에 희극성을 침투시킴으로서 비극과 희극이 서로 전화된 문예변증법을 사용하여 소설의 주제를 더욱 심화시키고 있다.

2) '무력한 삶의 비극'

'무력한 삶의 비극'은 노신 비극예술의 정수이다. 노신의 소설에는 영웅적인 주인공도 별로 없으며 손에 땀을 쥐게 하는 흥미진진한 사건도 없어서 그저 '일이 없는 것'처럼 느껴진다. 내용자체가 일이 없을 정도로 평범하고 소재 또한 극히 사소하며 일상적이어서 주목하지 않으면 작품이 의도하는 시사점이 선뜻 발견되지 않는다.[35]

'무력한 삶의 비극'이란 의식이 마비되어 사물의 본질을 올바로 파악해내지 못하고 삶을 주체적으로 살아가지 못하는 민중이, 모든 사건을 '일이 없다'는 식으로 방관함으로써 오는 비극을 말한다. 노신은 중국의 비극적인 현실이 개인의 불행이나 이웃의 불행, 민족과 국가의 불행을 오불관하며 일이 없는 것으로 간주하는 민중들의 무관심과 무력감에서 초래되었다고 생각했다. 또한 이 '무력한 삶'을 산생시키는 근원을 오랫동안 민중의 의식을 지배해 온 봉

---

35) 張大雷, 「論魯迅小說悲劇性」, 蘭州大學學報, 1982. 第 1期, 87쪽.

건예교, 봉건교육과 봉건사상에서 찾고 있다. 비극은 바로 봉건사상에 의해 마비된 의식에서 생겨난다는 것이다. 무지몽매한 민중들은 자신의 운명과 국가의 운명을 이미 하늘이 정해 준 것처럼 생각한다. 그리하여 개인과 민족이 불행한 사건이나 커다란 시련에 부딪칠 때 문제의식을 가지고 그 사건의 본질을 파악하려는 것이 아니라, 하느님이 더 커다란 일을 맡기기 위해서 시련을 주는 것이라고 운명에 순응해 버린다. 그렇게 하면 문제는 없어져버리고 마음은 편안해지기 마련인 것이다. 그래서 노신은 「눈을 똑바로 뜬 데에 대하여」에서 다음과 같이 말했다.

> 결함이 드러날 때나 위기일발의 순간에 다다르면 그들은 얼른 그런 일이 없었다고 하는 동시에 눈을 감아 버린다. 이렇게 눈을 감으니 모든 것이 완전무결한 것 같이 보이며 당면한 고통은 하느님이 그 사람에게 큰 일을 맡기려할 때 우선 그의 마음을 고통스럽게 하고 그의 살과 뼈를 단련시키며 배를 굶주리게 함으로써 그를 시험하게 한다는 것이다. 그렇기 때문에 아무런 문제도 생기지 않으며 결함도 없고 불평도 없다. 따라서 해결할 것도 없고 개혁할 것도 없으며 반항할 것도 없다. 만사가 다 원만한 결말로 끝나기 마련이니 안타까워할 필요가 없다.[36]

비극은 이렇게 문제의식을 갖지 못한 채 해결할 것도, 개혁할 것도, 반항할 것도 없다는 마비된 의식에서 기인하는 것이다. 노신의 소설은 이 같은 비극에 대한 관심을 보여주고 있다.

「『납함』자서」의 환등기 사건에 나타난 우매한 군중이나 「약」에서 혁명가의 사형을 바라보는 군중은 모두 문제의식을 지니지 못한 '무력한 삶의 비극'의 산물들이다. 이 방관자들을 질책하고 깨우치기 위

---

36) 「論睛了眼看」, 『墳』 『魯迅全集』, 1卷, 237-238쪽.

하여 노신은 『야초』에서 「복수」라는 글을 썼다. 성경의 이야기를 빌려 자신의 분노와 울분을 토로한 작품이다. 여기에서 군중들은 일이 없다고 여기는 방관자뿐만 아니라, 도살자의 공범으로 묘사하고 있다.

로마의 빌라도 총독은 예수를 풀어주려고 했으나 정작 군중들은 그를 십자가에 못 박아 죽일 것을 요구했다. 노신은 이 같은 예를 들어 폭군 통치하의 백성들은 대개 폭군보다 더욱 강폭하다면서 "폭정이 타인의 머리 위에 떨어지기만을 바라고 그것을 보고 기뻐할 뿐만 아니라 잔혹함을 즐기고, 타인의 고통을 감상함으로써 안위를 삼을 것이다"37)라고 비판한다.

이처럼 무지몽매한 민중에 대한 노신의 태도는 두 가지로 즉, 동정적 태도와 비판적 태도로 나타나고 있다. 노신은 무력한 민중의 불행과 죽음에는 동정과 슬픔을 표하였으나 싸우지 않는 방관적 태도에는 진노하였던 것이다.38)

'무력한 삶의 비극관'에는 또한 노신의 예술심리학이 반영되어 있다. '무력한 삶의 비극'이 발생하는 데에는 사회 역사적 원인 이외에 한 개인의 심리적 원인도 작용한다는 것이다. 인간의 고통은 극에 이르면 도리어 슬픔이 없어진다. 노신은 이에 대하여 "고통을 당할 때는 고통을 말할 수 없으며 가장 고통스러운 지옥에 있는 영혼들은 도리어 부르짖음이 없다"39)라고 말했다. 이러한 현상은 그의 소설의 여러 인물들의 모습에서 쉽게 찾아볼 수 있다. 영혼을 압살당한 윤토(閏土)는 "고개만 절레절레 흔들 뿐이었다……. 그는 괴로움을 느끼긴 하였으나 그것을 말로 형용할 수 없었는지 한동안 덤덤히 앉아 있다가 장죽만 빨고"40)있다. 공을기는 사람들이 "자네 정말 글을 아나",41)

---

37) 「暴君的臣民」(『新靑年』 第 6卷 6號, 1919. 11. 1) 『熱風』, 위의 책, 366쪽.

38) 林志浩, 『魯迅硏究』(下), (北京 : 人民大學, 1988), 13쪽.

39) "石幷壁"之後(『語絲』周刊 29期, 1925. 6. 1), 『華盖集』, 『魯迅全集』, 3卷, 68쪽.

40) 「故鄕」, 『吶喊』, 『魯迅全集』 1卷, 483쪽.

"자네, 또 도적질 했지"[42]라는 놀림에 대하여 다시는 자기를 놀리지 말아달라고 애원할 뿐이다. 고독하게 일생을 마친 위련수는 "죽은 후 입가에 차가운 미소가 어려있었는데, 그것은 마치 이 우스운 시체를 냉소하고 있는 것 같았다."[43] 상림수의 경우를 보면 "겁에 질려 오돌 오돌 떠는 폼이 마치 대낮에 구멍 밖에 나온 쥐를 방불케 한다. 그렇지 않으면 멍하니 앉아 있는데 그 꼴은 나무로 깎은 허수아비 같다."[44] 자군(子君)은 "침묵을 지킬 뿐이었다. 그녀는 허기진 아이가 어머니를 찾을 때처럼 사방을 휘둘러보았다."[45]

이와 같이 가장 극심한 고통은 오히려 소리가 없으며 결국 '일 없는 것'으로 넘어가 버리는데, 이것이 바로 '무력한 삶의 비극'의 정체이다. 위에서 보는 것과 같이 노신은 아주 간결하고 절제된 묘사를 통해 비극미를 한층 심화시키고 있다.

3) 비극 속의 낙관적인 정서

노신의 『납함』과 『방황』 그리고 『야초』의 기본적인 흐름은 암담하기 짝이 없다. 물론 「아Q정전」, 「공을기」, 「풍파」 등에는 희극적인 요소가 많이 가미되어 있지만 오히려 참담한 기분을 고조시킬 뿐이다. 그렇다고 해서 노신 작품 전체가 완전히 절망과 비관으로 일관되어 있다고 단정 지을 수 없는 문제이다.

노신 자신이 「『납함』자서」에서 "희망에 대해서 말하자면 그것은

---

41) 「孔乙己」, 위의 책, 436쪽.
42) 위의 책, 위의 글, 435쪽.
43) 「孤獨者」, 『彷徨』, 『魯迅全集』, 2卷, 107쪽.
44) 「祝福」, 위의 책, 21쪽.
45) 「傷逝」(1925. 10. 21), 위의 책, 124쪽.

말살할 수 없는 것이다. 희망이라는 것은 미래를 향하는 것이므로 반드시 없다고 하는 내 증명을 가지고 있을 수 있다는 그의 주장을 꺾을 수 없다"[46] 라고 말한 바와 같이 그는 절망과 방황 속에서도 항상 '희망'을 희구했다. 1932년 「『자선집』자서」에서는 또 다음과 같이 밝히고 있다.

> 물론 그 기분 속에는 낡은 사회의 병근을 폭로하여 어떠한 방법이든 치료법을 강구하도록 사람들의 주의를 환기하고 싶다는 희망도 섞여 있지 않다고는 말할 수 없다. 다만 이 희망을 달성하기 위해서는 선구자와 동일한 보조를 취할 필요가 있었다. 그래서 나는 암흑을 좀 깎고, 웃는 얼굴을 좀 더하여 작품에 어느 정도나마 밝은 색을 내게끔 했다. 이것이 후에 한 권으로 묶은 『납함』이다.[47]

이 같은 노신의 직접적인 고백에는 암흑의 현실 속에서도 희망을 갖고자하는 그의 낙관적인 정서가 드러나 있다. 「광인일기」을 보면, 미래에 대한 노신의 소망이 다음과 같이 표출되어 있다.

> 너희들은 지체 없이 마음을 고쳐야 한다. 진심으로 고쳐야 한다. 앞으로는 사람을 잡아먹는 자들은 이 세상에서 살 수 없다는 것을 알아야 한다.[48]

마지막 13장에서는 "혹시 사람의 고기를 먹어 보지 못한 아이가 아직도 있을련지? 아이들을 구해야지"[49]라고 말하면서 미래에는 사람

---

46) 「『吶喊』自序」, 『吶喊』, 『魯迅全集』 1卷, 419쪽.
47) 「『自選集』自序」(上海天馬書店, 1993. 3),『南腔北調集』, 『魯迅全集』 4卷, 455-456쪽.
48) 「狂人日記」, 『吶喊』, 앞의 책, 431쪽.
49) 위의 책, 위의 글, 432쪽.

을 잡아먹지 않는 아이들만이라도 구해내야겠다는 강렬한 희망을 나타내고 있다. 이 같은 비극 속의 낙관적인 정서는 낡은 사회, 낡은 세력에 대하여 사람들로 하여금 증오와 항쟁을 불러일으키게 할 뿐만 아니라 이상적인 미래를 위하여 투쟁하도록 고무시켜준다.

「광인일기」를 쓴 지 약 1년 후 그는 「수감록66」에서 다음과 같이 말하였다.

> 어떠한 암흑이 조류를 막는다 할지라도 어떠한 비참한 것이 사회를 습격한다 할지라도 어떠한 죄악이 인도주의를 모독한다 할지라도 완전한 것을 갈망하는 인류의 잠재력은 언제나 이러한 가시철망을 짓밟아버리고 앞으로 나아갈 것이다.
> 생명은 죽음을 두려워하지 않으며 죽음 앞에서 춤추며 사멸해가는 사람을 넘어 앞으로 나아간다. 길이란 무엇인가? 바로 길이 없었던 곳을 사람이 밟고 지나감으로써 만든 것이며 가시덤불 속에서 개척해낸 것이다. 옛날부터 길은 있었고 앞으로도 영원히 있을 것이다. 인류는 결코 쓸쓸하지 않을 것이다. 생명이란 진보적이고 낙천적이기 때문이다.[50]

현재의 세상이 아무리 암울하고 비참하여도 결국 이 암흑은 극복될 것이며 희망찬 미래가 오기 마련이라는 다분히 '진보적이고 낙관적인' 생각은 현실을 뛰어넘어 미래에 희망을 거는 노신의 통찰력을 나타내준다 하겠다. 또한 「약」에서는 하유의 무덤둘레에 놓여있는 화환을 통하여 구사회의 어둠에 대한 항쟁과 민중의 희망을 미래에 기탁하는 낙관적인 정서를 보여주고 있다. 무덤까지 찾아올 친척도 아이들도 없는데 꽃이 놓여 있다는 것은 그의 희생이 완전히 헛된 것이 아니었음을 말하고자 하는 작가 자신의 의사표현이라 하겠다. 노신 자신이 「『납함』자서」에서 "공연히 곡필을 들어 이유 없이 꽃다발

---

50) 「隨感錄66.生命的路」(『新靑年』 第 6卷 6號, 1919.11.1), 『熱風』, 위의 책, 368쪽.

을 하유의 무덤 주위에 놓았다"[51]고 밝힌 것을 상기해 볼 때, 미래에
의 희망을 희구하는 노신의 의식을 알 수 있다.

「고향」은 이보다 좀 더 밝은 정조를 드러내고 있다. 노신은 여기서
옛 농촌의 아름다운 시절에 대한 그리움을 노래하면서 군인과 토비,
세금 등이 없는 진정으로 태평하고 행복하며 자유스러운 세계에의
희망을 표현하고 있다. 그는 「생명의 길」에서 말한 것과 비슷한 논조
로 「고향」의 결말에서 다음과 같이 말하고 있다.

> 희망이라는 것은 원래부터 있다고 할 수 없고 없다고도 할 수
> 없는 것이 아닌가. 그곳은 마치 땅위에 난 길과도 같은 것이 아
> 닐까. 사실 말이지 길이란 원래부터 있는 것이 아니라 다니는 사
> 람들이 많아지면서 차차 생긴 것이다.[52]

희망의 존립여부는 투쟁과 실천에 의하여 결정된다. 오직 투쟁과
실천을 견지해 나갈 때 길이 열리듯 희망은 현실화될 수 있는 것이
다. 이렇게 비록 당시의 노신은 미래에 대한 뚜렷한 목표를 제시할
수는 없었지만 늘 미래에 대한 희망을 버리지 않았다고 할 수 있다.

1926년 8월 22일 북경여자사범대학에서 행한 다음과 같은 노신의
강연은 미래에의 희망에 대한 강도 높은 열망을 느낄 수 있게 한다.

> 아무리 생각해 보아도 미래에 대한 희망이 있기 때문에 우리
> 는 위안할 수 있습니다. 희망이라는 것은 존재하는 것과 함께 하
> 므로, 존재가 있으면 즉 희망이 있는 것이고 희망이 있으면 빛이
> 있는 것입니다. ...... 어둠은 점차적으로 멸망하는 것과 함께 하므
> 로 그 사물이 멸망하면 어둠 또한 함께 멸망하며 영원히 존재하
> 지 못합니다. 그러나 미래는 영원히 빛과 함께 존재할 것입니다.

---

51) 『『吶喊』.自序」, 위의 책, 419쪽.
52) 「故鄕」, 위의 책, 485쪽.

다만 어둠의 부착물이 되지 않고 빛을 위하여 사라진다면 우리에
게는 반드시 영원한 밝은 미래가 있을 것입니다.[53]

이것은 노신이 북경여자사범대학 사건을 겪은 이후 학교를 그만두
고 하문(厦門)으로 떠나기 4일 전에 행한 강연이다. 이즈음 노신은 오
랫동안 몸담고 있던 교육부에서의 해고, 북경여자사범대학 사건과 가
정의 불화, 허광평(許廣平)과의 사랑 등으로 인하여 심정적으로 많은
고통과 변화를 겪고 있었으며 암담한 좌절에 빠져들던 시기였다. 그
러나 위의 글에서 보다시피 이러한 절망은 오히려 강도 높은 낙관적
인 정서로 표출되어 있다. 그것은 바로 노신이 말한 대로 희망이 없
으면 존재할 수 없고 사멸할 수밖에 없기 때문일 것이다. 그는 또한
하문대학 학생들이 운영하던 빈민학교의 학생들에게 행한 연설에서
"여러분의 가난한 아이들은 모두 총명하며 똑같이 지혜를 가지고 있
습니다. ……여러분은 반드시 성공할 것이며, 앞날이 밝을 것입니다"[54]
라고 말하면서 그들에게 희망과 격려를 아끼지 않았다.

20년대 말에 이르러 진화론적인 세계관이 붕괴되고 계급론자로
변신한 노신은 무산계급에게 미래에 대한 기대를 걸었다. "오로지
신흥하는 무산자만이 전도가 있다"[55]라든가 "당신들에게 중국과 인
류의 희망이 기탁되어 있습니다"[56]라는 확신들은 전기의 작품에서
볼 수 없는 것이었다. 전기에 진화론적 관점에서 미래에 대하여 막
연한 기대를 갖고 있었던 노신이 후기에 들어와서는 무산계급사회
라는 대안을 가지고 미래를 낙관했던 것이다.

---

53) 「記談話」(『語絲』周刊, 94期. 1926. 8. 24), 『華盖集續編』, 『魯迅全集』, 3卷, 359쪽.
54) 『魯迅在厦門』, (福建 : 福建人民出版社, 1976), 99쪽.
55) 「『二心集』序言」, 『魯迅全集』 4卷, 190쪽.
56) 「중국 공농홍군 장정 승리에 대하여 중공중앙에 보낸 전보문」(1935)『魯迅言論選
集』 (연변인민출판사, 1976), 21쪽.

노신의 일생은 끊임없는 절망 속에서도 한 가닥의 희망을 찾고자 하는 몸부림이었다.

노신의 삶과 마찬가지로 작품 또한 구체적인 전망은 아닐지라도 미래에 대한 희망과 기대를 담고 있다. 노신의 비극문학은 궁극적으로 사람들을 나약하게 만들거나 굴종으로 이끌어 가는 것이 아니라, 이상의 실현을 방해하는 모든 것

노신의 묘소(상해)

에 대하여 비판, 항거하도록 하는 힘을 갖고 있는데 이것은 바로 그의 작품의 비극성 속에 내재되어 있는 낙관적인 정서의 힘이라 하겠다.

4절 결론

이상에서 살펴본 바와 같이 魯迅은 주로 19세기 러시아 비판적 사실주의 작가들의 비극관을 원용하여 반봉건 반식민지 사회의 중국의 실정에 부합되는 독특한 비극관을 창조해냈다.

이제까지의 많은 중국의 많은 문학가들이 좌시 해 온 일상적 생활 속에서 독특한 '무력한 삶의 悲劇'을 창조해낸 것이다. 이 '무력한 삶의 悲劇'은 오랜 동안 봉건 전제주의가 사람들의 정신을 마비시키고 비극적 영혼을 조성한데서 산생된 것이었다. 노신은 모든 사물을 '일 없는 것'으로 받아들이고 문제 의식없이 방관자로 살아가는 국민들 때문에 중국이 비극적인 운명에 처할수 수밖에 없었다

는 것을 명확히 규명해내고 있다. 이 '무력한 삶의 悲劇'에는 魯迅의 깊은 인도주의 정신이 깃들어 있으며 魯迅의 藝術心理學과 寫實主義 精神이 반영되어있다.

魯迅은 인간의 영혼이 파멸되는 것을 최대의 비극으로 간주함으로써 비극의 본질을 심층적으로 파악하였는데 그가 창조한 비극 중 가장 핵심적인 부분은 국민영혼의 비극이다. 그는 국민성을 개조하려는 목적으로 국민영혼의 비극을 해부해 보였던 것이다. 본고는 『訥喊』과 『彷徨』을 중심으로 하여 각 계층별 - 농민, 여성, 지식인, 영웅 -로 그 비극성을 살펴보았다. 魯迅은 辛亥革命時期로부터 5.4운동 전후시기 반식민지 반봉건적인 중국사회의 잔혹한 압박과 착취 속에서 사람들의 영혼이 어떻게 파멸되어 가는가를 적나라하게 파헤쳐 보이면서 비극적 갈등의 근원을 국민의 마비된 정신에서 찾음으로써 국민성 개조의 절박성을 더욱 강조하였다. 또한, 이를 위해 魯迅은 전통적인 大團圓主義와 十景病을 철저히 부정하면서 암담한 중국의 현실을 대담하게 펼쳐 보였다. 그리하여 노신의 소설에 묘사된 비극은 독자들의 심금을 울려 사상과 감정을 정화시켜주는 깊은 미학적 가치를 발휘하게 된 것이다. 한마디로 魯迅의 소설은 비극예술의 정품으로서 사실주의 창작의 빛나는 성과물이다.

魯迅의 일생은 끝임 없는 절망 속에서도 한 가닥의 희망을 찾고자 하는 몸부림이었다. 마찬가지로 우리는 魯迅의 작품에서 구체적인 전망은 아닐지라도 미래에 대한 희망과 기대를 읽어낼 수 있다. 비록 그 구체적인 전망이 미흡한 것은 애석한 일이라 할지라도.

Ⅱ 중국문학에 있어서 성과 여성

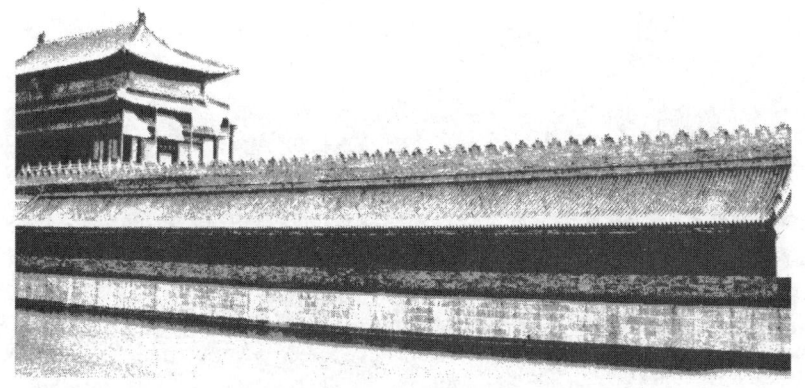

제 3장 魯迅과 李光洙 文學의 여성주의 比較

1절 서 론

魯迅과 李光洙의 문학은 여러 각도에서 다양한 연구가 진행되어 왔다. 이 두 작가는 각각 중국과 한국의 현대문학의 정립기에 주도적 위치를 차지하고 있어, 문학연구가라면 누구나 한 번씩은 건너야할 아포리아라 하겠다. 더욱이 韓·中 양국의 현대문단 초기에 거대한 足跡을 남긴 이 두 작가는 서로 많은 유사성을 갖고 있어 대단히 흥미롭다.

魯迅은 1881년 지주의 집에서 태어났으나 조부의 하옥, 아버지의 병사 등 잇달은 불행으로부터 시작하여 淸日戰爭, 義和團의 亂, 辛亥革命, 5.4運動, 3.18事件, 5.30運動, 4.12政變, 滿洲事變 등 중국 근현대사에 있어서 가장 숨 가쁜 격동기를 온몸으로 살다가 산화해 간 사람이다. 李光洙 또한 1892년에 태어나 1950년 6.25사변으로 납북되기까지 한말의 격동기에서 시작하여 일제의 침략, 그 후의 혼란까지 우리 민족의 근대화 과정에서 겪은 혼란기를 모두 겪었다.

그들은 모두 유년시절에 가장을 잃고 불우한 처지에 빠졌으며 이러한 어려움을 극복하기 위해 신학문을 선택했다. 둘 다 일본유학을 하였으며 유학 중에 결혼했으나 배우자와 곧장 별거하였다. 두 사람 모두 민중을 계몽하고 이상 국가를 건설하기 위하여 문학을 선택했으며, 교사였다는 점, 비슷한 시기에 문단에 데뷔했다는 점(魯迅은 1918년에 「狂人日記」로, 李光洙는 1917년에 「無情」으로 데뷔함), 한쪽은 백화문 운동을, 다른 한쪽은 언문일치 운동을 전개했다는 점이

흡사할 뿐만 아니라 그들은 초기에는 프로문학을 반대했으며 사상전
변으로 인하여 말년에는 모두 역사소설에 전념했는데, 소설, 시, 산문,
평론, 잡문 등 다양한 장르를 다루었지만 소설에서 가장 큰 성과를
거두었다는 점에서도 일치를 보여주고 있다.

본 연구는 이러한 유사점에서 출발하여 페미니즘[1] 관점에서 그들
의 문학을 비교, 고찰하고자 한다. 魯迅은 중국에서 문학가이자 사상
가, 혁명가로서 최고의 찬사를 받아왔기에 그의 문학에 대한 연구는
양적으로나 질적으로 대단한 상태이다. 그럼에도 불구하고 그의 문학
을 최근에 제기되고 있는 페미니즘 관점에서 조망한 연구는 거의 보
이지 않는다. 李光洙의 문학적 업적은 魯迅의 것과 비견할만 하지만
사상의 훼절로 인하여 평가 절하되어 있다. 또한 그의 문학에서 여성
은 빼놓을 수 없는 제재임에도 불구하고 페미니즘 관점에서 접근한
연구는 많지 않다.

더구나 魯迅과 李光洙의 문학을 직접 비교 연구한 사례는 거의 전
무한 상황으로, 국내의 경우, 소개차원에 지나지 않는 한편의 자료뿐
이다.[2] 이 두 작가의 개인사와 작품면에서 페미니즘을 중심으로 비

---

1) 근래에 들어 국내에서 페미니즘에 관한 담론이 급속히 증가하고 있으며 페미니즘
  입장에서 중국문학작품을 분석한 연구자료들도 점차적으로 증가하고 있다. 김경
  수 외, 『페미니즘과 문학』(서울: 문예출판사, 1988), 이창순 외 편역, 『페미니즘과
  포스트모더니즘의 만남』(서울:한울, 1997), 이정호 저, 『페미니즘문학론』(서울:한국
  문화사, 1996), 한국여성소설연구회 지음, 『페미니즘과 소설비평(근대편)』(서울:한길
  사,1995), 『페미니즘과 소설비평(근대편)』(서울:한길사,1997), 조경희의 「노迅 전기문
  학에 나타난 여성관」(『중국어문논총』9집,1995), 최용철의 「홍루몽의 여성존중 의식
  연구」(『아세아여성연구』 35집, 숙명자대학교, 1996), 고문희의 「홍루몽에 대한 페
  미니즘적 고찰」, (『중국어문논총』12집, 1997.6), 「정령의 여성주의 문학」 등을 들
  수 있다.
2) 李光洙에 관한 연구 또한 魯迅에 비견할 수는 없지만 다른 작가에 비한다면 여러
  방면에서 많은 연구가 되었다. 대표적인 연구결과물만 소개해보면 김윤식의 「李
  光洙와 그의 시대」, 조연현의 「李光洙論」, 백철의 「춘원의 문학과 그 배경」, 안병
  욱의 「李光洙의 민족개조론」, 이영희의 「춘원의 역사소설고」, 정은숙의 「춘원과
  동인의 작품상에 나타난 여성관」, 구인환의 「李光洙 小說硏究」, 김동인의 「춘원연

교, 고찰할 수 있는 많은 여지에도 불구하고 그러한 시도가 이루어지지 않는 것이다.

본 연구는 魯迅의 작품 중 여성을 소재로 한 「傷逝」, 「離婚」, 「祝福」, 「내일」(明天), 「행복한 가정」(幸福的家庭) 등을 연구범위로 삼았다. 李光洙의 경우, 연령에 따라 그의 사상변화가 뚜렷이 나타나 있는 바, 35편의 장편 중 여성문제를 보다 적극적으로 다루었다고 생각되는 작품들을 제한적으로 선택하여 연구대상으로 삼았다. 민족의식을 강조하고 있는 초기작품에서는 『無情』을, 그리고 『再生』을 지나 『群像』삼부작 중 『혁명가의 아내』를, 후기 작품에서 『흙』, 『그 여자의 일생』등이 그것이다. 먼저, 제 2장에서는 작품과 잡문들을 통해 드러난 두 작가의 여성관[3]을 살펴본다. 그들은 똑같이 남녀평등, 자유연애, 자유결혼, 여성해방, 개성해방을 부르짖었으나 작품에는 서로 다른 양상으로 나타난다.

제 3장에서는 그 여성관의 차이를 작품을 통해 구체적으로 추적해본다. 두 작가의 여성관이 어떠한 형태로 형상화되었는지, 두 남성 작가가 보여주는 여성주의의 면모와 한계는 어떠한가를 살펴보고자 한다.

魯迅과 李光洙는 동시대에 비슷한 환경에서 성장하고 공부하였지

구」, 김현의 「李光洙」, 한국문학연구총서인 「최남선과 李光洙의 문학」 등을 들 수 있다. 車相轅의 「한·중신문학운동의 비교연구」, 胡啓建의 「한·중양국의 근대초기 문학 비교연구」, 金允植의 「근대문학에 있어서 한·일·중 삼국의 관계검토와 그 문제점」에서는 魯迅과 李光洙에 대하여 부분적으로 언급하였을 뿐 작품을 직접적으로 비교, 분석하지 않았으며 단지 문제를 제기하는데 그치고 있다. 유여아씨의 논문 「魯迅과 春園의 比較研究」에서는 魯迅과 李光洙의 작품을 분석하였지만 두 사람의 작품을 종합적으로 비교 분석하지 않고 따로 따로 분석하여 본격적인 비교 연구라기 보다는 두 작가의 특징을 나열한 듯한 그 한계점을 드러내고 있다.

3) 본고의 논제가 「魯迅과 李光洙 문학의 페미니즘 비교」이기는 하나, 페미니즘과 페미니즘 문학비평이론을 분석의 틀로 삼지는 않았다. 페미니즘 논의는 서양에서 진행된 성과이므로 아무리 '여성'을 범역사적으로 논한다 하더라도 그들의 경험을 바탕으로 하고 있기 때문에 중국문학에 대입하기에는 문제가 있다고 생각되기 때문이다.

만 서로 영향을 주고받은 증거가 없다. 그러므로 그들을 서로 연결시켜 영향관계를 찾아 이해하기는 어렵다. 본 연구는 그들의 유사성에서 출발한 만큼, 공통된 테마를 찾아 두 작가의 작품들을 계층별, 주제별로 묶어 비교 고찰하여 귀납적으로 분석하고자 한다.

2절 여성관 비교

1) 魯迅의 女性觀

魯迅은 어렸을 때부터 많은 여성들이 갖가지의 고난 속에서 살아가는 것을 목도하면서[4] 자랐다. 더 나아가 봉건제도의 피해자인 본부인 朱安을 평생 지켜보면서 살아갔던 魯迅은 누구보다도 중국 여성문제에 대하여 지대한 관심을 가졌다. "나는 중국의 여인들이 어떻게 억압을 받았는지 기억한다. 어떤 때에는 짐승보다 더 못하게 대접을 받았다."[5]라고 밝힌 바와 같이 魯迅은 중국 여인들이 감수해야 하는 억압을 가슴 깊이 인식하고 있었으며, 그 원인을 봉건제도와 봉건문화에서 찾았다.

그래서 魯迅은 여성을 억압하는 사회제도와 문화를 다음과 같이 비판하면서 사람이 사는 참 세상이 되기 위해서는 억압구조인 봉건제도와 봉건문화를 타파하여야 한다고 역설하였다.

---

4) 절강일대에 유행한 白蛇 아가씨의 이야기는 魯迅의 어린 마음에 깊은 인상을 심어놓았다. 일본 유학시기에 그는 秋瑾 등이 조직한 "天足會"에 커다란 지지를 보냈고 선진의학으로 전족을 한 부녀의 고통을 없애주자고 하였던 것이다. 교육계에 있었을 때, 봉건 복고주의자들이 머리를 짧게 자르는 여학생을 제적시키자 항의를 하고 제적당한 사람들이 입학할 수 있도록 보증까지 섰다.

5) 「忽然想到」, 『華蓋集』, 『魯迅全集』 3卷, 60쪽.

"하늘에는 10개의 태양이 있고 사람에게는 10등급의 계층이 있다. ····臺만이 신하를 갖고 있지 못하다니 불쌍하지 않을까하고 생각할지 모른다. 하지만 걱정할 것이 없다. 더욱 지위가 낮고 힘이 약한 자식을 거느리고 있으니까. 또 아들에게도 희망이 없는 것이 아니다. 성인이 되어 '臺'로 승격하면 자기보다 지위가 낮고 힘이 약한 아내나 자식을 턱으로 부리는 신분이 되기 때문이다."[6]

봉건사회에서는 상층계층을 제외한 모든 사람들이 억압받는 소외계층들이었으며, 특히 여성이야말로 가장 많은 억압을 받았다. 여성은 남자의 성의 노예로, 아이를 낳는 공구로 간주되었으며, 여자를 불길한 징조의 상징물로 여길 정도로 여자를 핍박하였다. 일찍이 문인들은 安祿山의 亂이 일어난 죄를 楊貴妃에게, 周朝가 멸망하게 된 죄를 褒姒에게, 殷나라가 멸망한 원인을 妲己의 책임으로 돌렸다. 이들이 중국 역사상 실제 인물이었는지, 또 황제의 권한이 지고무상한 남성주의 사회에서 한 여자가 황제의 권한을 초월하여 국가의 흥망을 결정할 수 있었는지는 사실 의구심이 든다. 魯迅은 이 점을 「阿金」에서 다음과 같이 예리하게 지적하였다.

"나는 줄곧 昭君이 변방에 나가 한나라를 편안하게 했고 木蘭이 종군하여 隋나라를 구했다는 말을 믿지 않는다. : 또한 妲己가 殷나라를 망하게 하고 西施가 吳나라를 구렁텅이 빠지게 하며 楊貴妃가 唐나라를 어지럽게 하였다는 낡은 말을 믿지 않는다. 나는 남자 중심사회에서 여인들이 이러한 커다란 역량이 있을 것이라 믿지 않는다. 흥망의 책임은 마땅히 남자가 지어야 한다. 지금까지 남성 작가들은 패망의 죄를 여인에게 돌렸는데 이것은 一錢의 가치도 없는 별 볼일 없는 남자들이다."[7]

---

6) 「燈下漫筆」, 『墳』, 『魯迅全集』 1卷, 北京, 人民文學出版社, 1989, 215-216쪽.
7) 「阿金」, 『且介亭雜文』, 『魯迅全集』 6卷, 201쪽.

남자의 사유재산과 수단에 불과한 여성들이 혼인에 있어서 자주적인 발언권을 갖지 못함은 지극히 당연했다. "봉건사회에서 남자들은 여자 포로와 여자 노예를 마음대로 강간할 수 있었다."[8]고 魯迅이 지적한 바와 같이, 봉건제도하의 남자들은 영원히 살아있는 재산을 얻게되고, 신부는 신랑의 침대에 놓여있게 될 때, 단지 의무만 있을 뿐 연애할 자유도 없게 된다. 사랑하든 그렇지 않든 간에 周公과 孔子, 聖人의 이름아래 평생토록 정조를 지켜야 하는 것이다.

그렇다면 이렇게 억압된 봉건제도와 봉건문화를 깨뜨려 여성을 해방시키려면 어떻게 해야 하는가? 魯迅은 진정한 해방을 위해서는 여성도 남자와 동등한 경제권을 가져야 한다고 주장한다.

「노라는 가출하여 어떻게 되었는가?」에서 魯迅은 여성들의 경제권에 대해 설득력 있는 견해를 펴고 있다.

"그러므로 노라를 위해서는 돈- 고상한 말로 하면 경제인데 그것이 가장 중요합니다. 물론 자유는 돈으로 살 수 있는 것이 아닙니다. 그러나 돈을 위해 팔 수는 있습니다. 인류에겐 하나의 커다란 결점이 있습니다. 끊임없이 배가 고파진다는 것입니다. 그 결점을 보완하기 위해서 … 경제권이 가장 중요한 존재로 떠오르게 됩니다. 따라서 첫째로 가정 안에서 먼저 남녀균등의 분배를 취하는 일입니다. 둘째로 사회에서 남녀평등의 힘을 얻는 것이 필요합니다. 하지만 유감스럽게도 그 힘을 어떻게 하면 획득할 수 있느냐는 것을 나는 모릅니다. 그 또한 투쟁해서 얻을 수밖에 없다는 것을 알고 있을 뿐입니다. 그리고 그렇게 하기 위해선 참정권을 요구하는 일보다도 훨씬 격렬한 투쟁이 필요할 것이라는 생각이 듭니다. …

전투란 바람직스러운 일이 아니며 우리는 누구에게나 전사가 되라

---

8) 「男人的進化」, 『僞自由書』, 『魯迅全集』 5卷, 283쪽.

고 말할 수도 없습니다. 그렇다면 평화적인 방법도 중요한 셈입니다. 그 평화적인 방법이 무엇이냐고 하면 앞으로 친권을 사용해서 자신의 자녀를 해방하는 것입니다."9)

현존하는 사회 조건하에서는 무엇보다 우선 여성도 남자처럼 경제권을 얻어야 한다는 것이다. 그렇지 않으면 노라는 가정을 뛰쳐나왔지만 결국 타락하든지 아니면 돌아올 수밖에 없을 것이라는 것이다.

이 같은 魯迅의 견해는 분명 정확한 진단이기는 하나 여성이 어떠한 경로를 통하여 경제권을 획득할 수 있는가에 대한 관점은 모호하였을 뿐만 아니라 구체적인 대안이 없었다. 또한 "친권을 사용하여 자신의 자녀를 해방시켜야 한다.", "친권을 사용하여 자녀들에게 재산을 균등하게 분배해야 하며 그들이 평화롭게 충돌 없이 동등한 경제권을 얻어야 한다."는 등의 견해도 체계화된 인식은 아니었다.

그러나 평생 동안 여성이 남성과 똑같이 평등하기를 요구하였던 魯迅은 여성의 평등한 지위를 다음과 같이 거듭 소망했다.

"그러므로 일체의 여자들이 만약 남자와 동등한 경제권을 얻지 못한다면 나는 그것은 좋은 명목에 지나지 않으며 모두 헛된 말이라고 생각한다. 자연히 생리적으로나 심리적으로 남녀는 차이가 있는 것이다. :즉 동성간에도 서로 차이를 면할 수 없는 것인데 지위가 동등해야 한 것이다. 지위가 동등해진 후에야 비로소 진정한 여성과 남성이 있게 되고 비로소 탄식과 고통을 사라지게 할 수 있는 것이다."10)

그리하여 魯迅은 여성들이 진정한 해방을 원한다면 잠시 동안의

---

9)「娜拉走後怎樣?」,『墳』,『魯迅全集』1卷, 161쪽.
10)「關於婦女解放」,『南腔北調集』,『魯迅全集』4卷, 598쪽.

위치에 만족해서는 안되며, 끊임없이 사상을 해방하고 경제권을 위해서 투쟁할 때 진정으로 남녀평등이 이루어지며 사회의 해방과 함께 여성의 해방이 올 수 있다고 강조하였다. 그러나 魯迅은 이에 대한 구체적인 방안을 더 이상 마련해놓지는 못했다. 여성의 해방과 경제권의 확립, 봉건문화의 타파, 이 모든 것이 가능하려면 무엇보다도 먼저 기득권을 지니고 있는 남성의 절대적인 노력, 협조 없이는 불가능한 것이다.

2) 李光洙의 女性觀

魯迅이 여성을 봉건제도의 희생물로 보았다면, 李光洙는 여성을 유교의 인습, 특히 정조관의 희생물이라는 보다 구체적인 문제에서 접근하였다. 유교의 생활이란 가족간의 애정이 없는, 단지 의무만을 강요하는 도덕률의 생활이라고 생각하면서, 이를 망국의 원인으로 여겼던 李光洙는 봉건가정을 개혁하는 일이 급선무라고 생각하였다.

> "自來 儒敎風의 조선의 부부제도의 결함의 요점은 男尊女卑, 親權의 절대형식주의, 개인의 행복의 무시, 愛敬을 婚姻의 根本要件으로 아니한 점입니다. 그 외에도 愛敬을 혼인의 근본 요건으로 아니한 것이 최대의 결함이니, 자래 조선부부간의 비극과 죄악은 실로 十의 九는 此에서 발한 것이외다."11)

조선의 결혼생활을 이렇게 진단한 李光洙는 그 밖에 「조혼의 악습」(1916), 「자녀중심론」(1918), 「여성교실」(1936) 등등에서 형식주의적 혼인과 가족제도를 비판하면서 사랑과 부부중심, 그리고 사랑에 의한

---

11) 「新生活論」, 每日新報, 1918, 9.6-9.10, 위의 책, 337쪽.

자녀교육을 제창하였다. 특히 李光洙는 그릇된 정조관의 오류를 다음과 같이 재차 강도 높게 지적하였는데 정조는 그의 소설을 이해하는데 중요한 실마리이다.

> "혼인은 일종의 계약이외다. 계약은 그 원인이나 당사자의 일방이 소멸할 것이외다. 혼인은 쉽게 말하면 '같이 살자'는 계약이외다. 이미 같이 살자 하였으니, 양편 중에 한편이 죽어 같이 살지 못하면 당연히 그 계약을 소멸할 것이외다. 고래로 남자에게는 이 진리를 적용하면서 여자에게는 적용치 아니함은 (그 이유가 아마 자녀를 양육함에 있으려니와) 옳지 아니하다 합니다. 그러므로, 정조는 부부 쌍방이 생존하는 동안에 논할 바이요, 일방이 死去하거나, 또는 혼인한 뒤에는 논할 바 아니라 합니다. 그러니까 처가 죽은 후에 夫가 자유로 再婚할 수 있음과 같이 夫가 죽으면 처는 자유로 재가할 수 있을 것이외다."[12]

위와 같이 전통적인 정조관을 통렬하게 비판하고 나선 李光洙의 사상은 변혁기의 선각자로서의 생활의식을 잘 보여줌과 동시에 그에 대한 페미니스트로서의 접근을 가능케 해준다. 그러나 이와 같은 '신정조관'이 자신의 소설에서 체현되고 있는 과정은 상당히 혼돈스럽게 드러나고 만다. 李光洙 소설의 대부분은 주인공이 신여성들인데 거의 전통적 정조관의 희생물들이다.

예컨대, 『흙』의 정선이나 『再生』의 순영, 『그 女子의 一生』의 이금봉 등은 모두 당시 최고의 고등교육을 받은 인텔리 여성들로 전통적 정조관의 희생물들이다. 그들은 삶을 주체적으로 살아갈 수 있었으며 진정으로 여성해방과 개성해방을 할 수 있었다. 그러나 그들은 모두 현실과 타협함으로 말미암아 비극적 결과를 맞이하게 된다.

---

12) 「婚姻論에 대한 管見」, 學之光 12號, 1917.4. 위의 책 46-47쪽.

"정선은 정조에 대하여 일시 퍽 너그러운 생각을 품었던 일이 있다. 그것이 아마 시대사조라는 것인지 모른다. 그러나 다리를 자르고 여러 달 동안 가만히 누워서 안으로 스스로 살펴보면 볼수록 제가 한 일은 죄였다. 남편을 둔 아내가 다른 사내를 가까이 하는 것은 아무리 생각하여도 양심이 허락하지를 아니하였다. 게다가 뱃속에 그 죄의 증거가 날이 갈수록 달이 갈수록 자라는 것은 마치 정선의 죄를 벌하는 하느님의 뜻인 것 같았다.[13]

여기에서 李光洙는 봉건유교문화의 정조관을 비판하고 있다기보다는, 타락한 시대풍조 속에서 정조관념을 잃어버린 정선으로 하여금 자신의 탈선을 명백히 죄로 인식하게 함으로써 여성의 정조관념의 중요성을 역설적으로 주장하고 있는 것이다.

이와 같은 춘원의 정조관념은 유순의 형상화에서 더욱 강하게 드러난다.

"이 남자 저 남자 입맛을 보고 살맛을 보아 물었다 뱉었다 하는 도회 신식 여성과 달라, 유순에게는 허숭은 유일한 남편이요. 남자였던 것이다. … 그가 조선의 딸의 맘을 그대로 지니지 아니하였다 하면, 그가 도회적, 이른바 신식여자라 하면 울고 원망하고 미쳐 날뛰고 혹은 서울로 달려 올라가 허숭의 결혼식에, 또는 가정에 한바탕 야료라도 하였을 것이다. 그러나 유순은 가슴에 어이는 듯한 아픔을 품고도 겉으로는 아무 일도 없는 듯한 태연한 태도를 가졌다."[14]

이와 같이 작가는 전통적인 열녀의 본을 따르려는 유순을 통하여

---

13) 『흙』, 『春園文學』 8권, (서울 : 도서출판 성한, 1985), 350-351쪽. 『李光洙全集』은 우신사, 삼중당, 도서출판 성한 등에서 간행되었는데, 본 논문에서는 도서출판 星韓 1985년 판을 저본으로 삼았으며 없는 부분은 삼중당에서 간행된 『李光洙全集』 10卷을 참조하였다.
14) 『흙』, 앞의 책, 84쪽.

엄격한 정조관념과 인내력을 가진 한국의 전통적인 여성상을 긍정적으로 평가하는 한편, 도회의 신식여성을 정조관념이나 인내력이 희박하다고 비판하고 있는 것이다.

> "순은 한갑에게 시집을 온 것은 숭을 위함이었다.… 순은 한마디도 남편에 대한 불평을 입 밖에 내려고 아니하였다. 끝까지 숭에게 대한 자기의 희생을 완성하려고 굳게 결심하였다.[15]

유순은 처음부터 끝까지 허숭에 대한 사랑으로 불행한 일생을 마친다. 춘원은 한국의 전통적인 가치관을 부정적으로 그렸음에도 불구하고 유순의 비극을 이렇게 자기희생적인 사랑으로 미화시키고 있다. 허숭에 대한 순애만을 관철하는 농촌여성 유순은 엄격한 정조관념과 인내심이라는 한국의 전통적인 여성의 미덕을 가진 여성상으로 나타나는 것이다.

이처럼 작품에서 드러나는 모순성은 이중구조로 싸여있는 李光洙 자신의 무의식의 발로라 하겠다. 그의 여성관은 다음과 같은 [신여성의 십계명]에서 보다 구체적으로 나타나 있다.

1. 건강하도록 위생, 운동, 영양, 생활의 규율에 주의하시기.
2. 조선역사, 조선어, 조선문학, 조선사정, 조선의 장래에 관하여 배우고 생각하시기.
3. 첫사랑은 남편에게 라는 주의를 준수하시기
4. 사치를 엄계하고 一身이나 가정에나 收支豫算을 세워 절약제일주의를 가지시되, 민족경제에 유의하시기
5. '우리 것' 주의를 지키시기
6. 내우, 수집음을 던지고 天然한 인격의 계엄을 지니시기
7. 개인생활, 가정생활, 사교생활, 단체생활, 기타에 개선을 염

---

15) 위의 책, 382쪽.

두에 두어 날로 때로 향상의 노력을 쉬지 마시기

8. 신문, 잡지, 서적을 보시기

9. 처녀여든 배우자 선택에, 아내여든 일하는 남편에 정신적
   협조를 주시기에 힘 쓸 것

10. 젊은 여성은 가정과 그 몸이 있는 곳에 평화와 빛을 주는
    것이니 천부의 성직이니, 항상 유쾌와 자애와 겸손의 덕을
    가지고 분노, 叱責, 질투, 투쟁의 형상을 보이지 마시기[16]

이와 같은 「10계명」이 李光洙 시대의 이른바 신여성들에게는 꽤
호소력을 가졌으리라 여겨진다. 그러나 여기서 특히 3항, 10항에 유
의한다면, 그의 작품에서 드러나는 여성관의 한계성과 모순성은 전혀
엉뚱한 결과라고 할 수 없다. 여기서 더 나아가 우유부단하고 이기적
인 남자 주인공들의 모순 된 의식 또한 자연스러운 출현이라 하겠다.

> "형식은 영채에 대하여 갑자기 싫은 마음이 생긴다. 저 계집이
> 이때까지 누군지 알 수 없는 수없는 남자에게 몸을 허하지 아니
> 하였는가. 지금 자기 신세타령을 하는 저 입으로 별의별 더러운
> 남의 입술을 빨고, 별의별 더러운 남의 마음을 호리는 말을 하던
> 입이 아닌가. 지금 여기 와서 이러한 소리를 하고 가장 얌전한
> 체하고 눈물을 흘리는 것은 육칠 년 전의 애정을 이용하여 나를
> 휘어 넘기려는 謀計가 아닌가."[17]

이와 같이 『無情』의 이형식의 경우, "정조는 여자의 생명의 전체가
아니다"라고 말하면서 영채에 대한 그의 태도에서 볼 수 있듯이 실제
로는 처녀성을 중시하는 것이었다.

또한, 영채의 시체를 찾으러 간 마당에 계향이라는 기생으로 인하
여 즐거움을 얻었다는 것이나, 여자가 무엇을 생각하며, 어떤 인생관

---

16) 「新女性十戒銘」, 萬國婦人, 1932.10, 『李光洙全集』 8卷(三中堂), 607쪽.

17) 『無情』, 『春園文學』, 1卷, 34쪽.

을 가진 어떤 인물이란 것을 생각지도 않고 외모와 재산같은 외적인 조건만으로 선형과 결혼한 점 등은, 형식에게서 선구자적인 사상과 인류애를 발견하기보다는 남성위주의 유교적 도덕에 대한 향수가 그의 가슴 밑바닥에 커다란 비중을 차지하고 있음을 짐작할 수 있다. 그의 양심은 유교적인 도덕률에 대한 향수로써 합리화할 수밖에 없었던 것이다.

『흙』의 허숭의 경우도 마찬가지이다. "농민 속으로 가자"는 이상을 가진 그는 평소 자기희생의 정신을 주장하고, 이기주의, 지방경시 의식, 계급의식 등을 비판하였다. 그러나 그는 서울의 양반집 딸인 정선의 미모와 재산에 끌려, 유순을 버리고 정선과 혼인하는 등 그의 이상이나 주장과는 모순 된 행동을 한다. 그리고 자신은 정선이나 유순에 대하여 배신행위를 하면서도 그의 정선에 대한 태도에서 볼 수 있듯이 사랑하는 여성에게는 엄격한 정조관념을 요구하고 있다. 이같은 남성의 이중구조에 의해 『흙』에 등장하는 여성인물은 거의가 철저한 정조관념을 가지고 있음을 볼 수 있다. 정선의 탈선은 아이의 잉태와 함께 양심의 가책, 자살로 이어지며, 결국 죽지도 못한 채 병신이 된다. - 정선은 한 번의 실수로 죽을 때까지 이 같은 죄과를 짊어지는데, 왜 이렇게 춘원은 여성에게 필요 이상으로 철저한 정조관념을 부각시킨 것일까? 이는 性의 상품화 측면에서 그에게 붙어있는 '통속소설가', '賣文主義者' 등의 수식어와 무관하지 않을터이며, 또한 性에 대한 그의 남성중심주의 발단이라 하겠다. 그래서 그는 여성을 항상 사랑과 정조, 한마디로 '남성'이라는 매개체를 통해서만 미화시켰던 것이다.

결국, 춘원은 많은 새로운 사조를 받아들였으면서도 여성에 대해서는 구세대의 유교적 윤리관에 더 집착하는 경향이 잠재되어 있었음을 알 수 있다.

3절 억압과 순응, 저항과 비극

1) 하층민 여성의 수난과 저항

魯迅이 주로 사회의 저변층을 대표하는 농민이나 하층여성의 삶에 주의를 돌렸다면, 李光洙는 도시생활, 특히 신여성에게 주의를 돌렸다. 그래서 李光洙의 여성소설의 주인공은 대부분 신교육을 받은 신여성들이다. 하층여성들은 대부분 조연들인데,『無情』의 영채,『흙』의 유순, 한갑 엄마,『어느 여자의 일생』의 금봉 엄마, 홍씨 부인, 손명규 부인, 하숙집 아줌마 등이 그들이다. 물론 魯迅의 여성소설에 비하면 수적으로 인물들이 훨씬 많고 다양하다. 그러나 李光洙 작품은 魯迅처럼 이들을 주인공으로 등장시키지 않았고 하층여성들의 수난과 억압, 고통과 번뇌 등을 다양하게 담아내지 못했다. 단지 신여성인 주인공과 작품의 전체적인 구성을 위하여 조연으로 등장시켰을 뿐이다. 이러한 점은 魯迅과 李光洙가 동일하게 여성문제에 관심을 두었지만 여성문제를 어떻게 상이하게 풀어갔는가를 보여주는 좋은 실마리이다.

불행한 사람들에게서 제재를 취했던 魯迅은 사회의 하층농민의 생활과 농촌의 여성에게 깊은 관심을 기울였는데 이들은 한결같이 신문화와 교육의 영향을 조금도 받지 못한 무지 몽매한 여성들이다. 그들은 모든 삶의 의미를 남편이나 아이들, 봉건가정에서 찾는데,「祝福」의 祥林嫂가 전형적인 인물이다.

공손하고 과묵한 시골 여인인 祥林嫂는 봉건예교의 신봉자였고 정조 관념이 매우 완고한 여인이었다. 그러므로 그녀는 열 살이나 손아래인 남편과 우울한 생활을 보냈던 것이다. 설상가상으로 남편은 죽고 이런 고통스러운 날조차 유지할 수 없게 된다. 사나운 시어머니가 그녀를 팔아넘기려하자 도망쳐 나와 일을 해야만 했다. 그녀가 시어머니에게 잡혀 팔려갈 때 그녀는 필사적으로 몸부림을 치며 울고, 저항하는데 이것은 모두 정조관념에서 나온 행위였다. 포악한 봉건세력의 억압아래 미약한 한포기의 풀에 불과한 그녀는 결국 재가하지만 다시 과부가 되고 아들마저 이리에게 잃고 만다.

> "그녀는 그때는 아무 대답도 하지 않았으나 무척 고민한 모양인지 이튿날 아침 일어났을 때는 두 눈자위가 거무스름했다. …
> "상림수, 너에게 묻겠는데 너는 그때 왜 결국 승낙했지?"하고 한 사람이 말한다."
> "정말이지 아깝게도 헛부딪쳤지"하고 한 사람이 그녀의 흉터를 바라보면서 장단을 맞춘다.
> 그녀는 그들의 웃는 얼굴과 말투에서 자기를 비웃고 있다는 것을 알고 있었으므로 매양 눈을 부릅뜰 뿐 한마디도 대꾸하지 않았으며 나중에는 머리도 돌리지 않았다. …그녀는 단 화젓가락을 만진 것처럼 손을 움츠렸다. 안색도 동시에 잿빛으로 변했다. 다시는 촛대를 가지러 가지도 않고 실신한 것처럼 서 있었다. 사숙이 분향할 때가 되어서야 가라고 해서 그녀는 비로소 나갔다. 이번의 그녀의 변화는 퍽 큰 것이었다. 이튿날은 눈이 움푹 들어갔을 뿐 아니라 기력마저 아주 없이 보였다. 게다가 몹시 겁보가 되어 깜깜한 밤이나 검은 그림자를 두려워할 뿐 아니라 사람을 보기만 하면 자기 주인일지라도 무서워하는 폼이 대낮에 굴을 나와 돌아다니는 새앙쥐 그렇지 않을 때는 인형처럼 계속 우두커니 앉아 있었다. 반년이 못 되어 머리털은 반백이 되고 기억력은 더욱 나빠져 심지어 쌀 일러 가는 것도 늘 잊어버렸다."[18]

두 번째 남편이 죽고 다시 식모로 들어간 祥林嫂는 이렇게 질시와

---

18) 「祝福」, 『彷徨』, 『魯迅全集』 2卷, 20쪽.

냉소 속에서 결국 정신적 파멸에 이르고 만다. 죄악이 많아 저승에 가서 엄혹한 형벌을 받을 것이라 생각한 祥林嫂는 오랜 동안 그녀의 의식을 마비시켜 온 봉건윤리에 순응하여 유마가 속죄의 길을 가르쳐 준 방법대로 문지방에 헌금을 한다. 그러나 돈만 착취당하고 그녀는 비극적인 결말을 맺는다.

동일한 농촌 여성의 수난을 그린 작품으로 「내일」(明天)을 들 수 있다. 빈농의 과부 單四婦人은 베를 짜서 세 살 박이 아들을 연명시킨다. 남편이 없는 單四婦人에게 있어서 아들은 자신의 삶을 지켜나갈 수 있는 유일한 희망이었다. "자아내는 무명실까지도 한 치 한 치가 모두가 의미가 있었고, 마디마디 모두 살아 있는 것 같았다."[19]즉 아들의 존재가 자신의 삶의 기반이었고, 생활의 원동력이었으며, 더 나아가 자신이 자신임을 인정받을 수 있는 최소권리의 상징이었던 것이다. 그러나 아들은 기대를 저버리고 죽어버린다. 봉건사회에서 아무런 지위도 없는 여성에게는 남편이나 아이가 최대의 희망이라 할 수 있다. 아들이 죽어버리자 재가도 못하는 그녀는 희망을 잃고 결국 삶의 의의조차 상실해버린다. 이렇게 빈농의 여성이 수난을 받게 된 원인이 봉건예교에 있음은 더 말할 나위가 없다. 이것은 單四婦人 일개인의 삶이 아니라 어두운 봉건사회의 전체 빈농여성들의 삶이었던 것이다. 이 작품에서도 魯迅은 봉건예교의 폐해를 보여주는 데에 각별한 주의를 기울이고 있을 뿐만 아니라 阿五와 老拱같은 깡패들 외에 何小仙의 봉건문화, 음양오행의 현란한 의술, 봉건경제의 착취, 고리대금의 저당제도 및 單四婦人을 둘러싼 냉혹하고 우매한 사회의 분위기를 보여주고 있다.

「離婚」의 愛姑는 앞의 祥林嫂나 單四婦人과는 사뭇 다른 모습의 농촌여성이다. 15살 때 시집을 간 그녀는 單四婦人처럼 고독하게 오

---

19) 「明天」, 『吶喊』, 『魯迅全集』 1卷, 455-456쪽.

열하는 모습도 없고 祥林嫂처럼 뼈 속 깊이 스며든 고통도 없다. 그녀는 체면 있는 여성이었고 위엄 있는 아버지도 있었다. 그녀는 향신가정 안에서 성장하였으므로 말이 능란하고 자신의 마음대로 행동할수 있었으며 억척스러웠다. 이것은 單四嫂人과 祥林嫂가 최소한의생존권리를 박탈당하거나 성실하고 무고한 그들이 침묵 속에 질식되는 것과 비교하면 선명한 대조를 이룬다.

그러나 그녀의 일거수 일투족과 말 한마디, 행동 하나는 모두 부패 - 반동적인 질서와 봉건제도와 관련되어 있었다. 愛姑는 구사회의 무수한 농촌 여인들처럼 봉건시대의 분위기 속에서 자라나 봉건질서와봉건제도의 반동성 및 부패성을 인식하지 못했다. 그래서 그녀가 사람을 위하여 일을 한다할지 시비를 가릴 때는 여전히 구사회가 기준이 되었고 젊은 남편이 과부와 사통하여 그녀를 버리려고 할 때도 "나는 전통혼례식에 따라 꽃가마를 타고 온 사람"[20]이라고 주장하였다. 그녀는 매우 억셌지만 유치하였고 확실히 전통혼례와 꽃 가마류의 혼인형식을 일종의 숭고한 의식으로 간주하였던 것이다. 祥林嫂나單四嫂人보다는 약간 깨어있는 여성이라 할지라도 그녀 또한 여전히봉건제도의 옹호자였던 것이다. 그래서 그녀는 상류사회의 인물인 일곱째 나으리를 학식과 교양, 예의를 갖춘 正人君子로 간주하였고 그를 찾아가 시비를 가려주기를 원했던 것이다.

그러나 일곱째 나으리 같은 도학자는 여성을 천시하는 전형적인부권주의자였다. 그는 협박으로 그녀를 굴복시키려고 할 뿐, 정작 그녀의 억울함을 풀어주지 않았다. 愛姑는 결국 그의 위엄 앞에 굴복하고 만다. "이전에는 모두 제가 잘못하여 방자하고 거칠었어요." 그녀는 매우 후회하였으며 "제가 본래 일곱째 나으리의 분부를 들어야 하는데"[21]하고 자신의 굳은 의지를 꺾고 패배하고 만다.

---

20) 「離婚」, 『彷徨』, 『魯迅全集』 2卷, 150쪽.

그녀는 비록 날카롭고 억셌지만 자신보다 지위가 높은 일곱째 나으리 앞에서는 마음이 뛰어 어찌할 줄 몰랐다. 이처럼 그녀는 나약하고 곤혹스러워 마지막에는 공손해지고 부드러워졌다. 그녀는 약자에게는 강하였고 강자에게는 약하여 권세나 이익에 따르는 위선적인 모습을 가지고 있었다. 다시 말하자면 봉건가정에서 태어난 그녀의 사상의식은 봉건관념의 영향을 엄중히 받았으며 봉건적인 전통 관념이 그녀를 지배하고 있어서 자각적이든 비자각적이든 그녀는 봉건예교의 법률에 의존하였던 것이다.

이처럼 봉건세력과 봉건예교는 祥林嫂, 單四婦人 뿐만 아니라 愛姑의 머리를 마비시켰다. 그들은 생활에 대하여 어떠한 희망도 없었고 노예 같은 평온한 생활도 할 수 없었다. 잡히든지, 팔리든지, 버림을 받던지 봉건적인 악마의 손은 시시각각으로 이 선량하고 우매한 영혼을 사로잡았다. 그들은 자신의 고통의 근원을 알지 못했던 것이다.

이처럼 魯迅은 하층민 여성의 억압과 수난의 원인을 봉건제도와 봉건예교에서 찾았는데 이 점은 李光洙도 궤를 같이 한다.

『無情』에서 영채는 부친에게서 배운 유교적 윤리관으로 인해 비극을 맞는다. 아버지를 구하기 위하여 자신의 몸을 판다할 지 아버지가 일찍이 짝지어 준 형식을 만나기 위하여 모든 인생을 건다든가, 혹은 잃어버린 정조 때문에 자살소동을 일으키는 것 등은 모두 봉건예교의 폐해라고 할 수 있다.

> 영채는 옛말을 생각하였다. 그때 아버지께서 제몸을 팔아 그
> 돈으로 그 아버지의 죄를 속한 옛날 처녀의 말을 들을 제, 아직
> 열살이 넘지 못하였던 영채는 눈물을 흘리며 나도 그리하였으면

---

21) 위의 책, 위의 글, 157쪽.

한 일이 있음을 생각하였다. …

내가 이제 옛날 처녀의 본을 받아 내 몸을 팔아 돈만 얻으면 아버지와 오라버니는 옥에서 나오시렸다. 옥에서 나오시면 칭찬을 하시렸다. 세상 사람들이 나를 효녀라고 … (중략) …칭찬하였다.[22]

이렇게, 어린 영채는 오직 옥중에 있는 부친과 형제를 구출하여 효녀라고 칭찬받고 싶은 마음으로 기생이 되고 만다. 그러나 부친과 형제를 구원하지 못하였을 뿐만 아니라, 영채가 기생이 되었다는 말을 들은 박진사는 절식하여 자살을 하게 된다.

또한 영채는 이형식의 은인의 딸로서 어렸을 적 아버지가 막연히 암시해 준 형식을 남편으로 생각하여 형식을 위하여 7년간 정절을 지킨다.

"몸이 팔려 기생 노릇한 지가 이미 육칠년에 여러 남자의 청구도 많이 받았건만 아직 한 번도 몸을 허한 적이 없음은 어렸을 적 소학 열녀전을 배운 까닭도 되거니와 마음속에 형식을 잊지 못한 것이 가장 큰 까닭이었다. 부친께서 '너는 형식의 아내가 되어라.' 하신 말씀을 자라나서 생각하니, 다만 일시 농담이 아니라 진실로 훗일에 그 말씀대로 하시려 한 것이라 하고 내 몸이 가루가 되더라도 아니 어기리라 하였다"[23]

이렇게 영채는 형식을 운명적으로 받아들이므로써 자기의 일생을 맡기고자 결심한다. 三從之道와 七去之惡을 내세우는 유교제도의 남자본위 사상에 대한 비판의식이 없었던 그녀는 그 같은 규범 속에서 남자의 노예에 불과하였던 것이다. 그녀는 여성의 위치를 한 번도 회의적으로 생각해보지 않고 다만 운명으로만 돌려 버리는 구시대 윤

---

22) 『無情』,『春園文學』 1卷, 45쪽.
23) 위의 책, 28-29쪽.

리관을 대표하는 여성이었다.

정절에 대한 봉건예교는 더욱 심각하다. 영채는 정절을 잃음으로 말미암아 인생의 지향점을 상실해버리고 자살할 결심까지 한다.

　　이 몸은 옛날 성인과 선친의 가르침을 지키어 선친께서 세상에 계실 때에 이 몸을 허하신 바 선생을 위하여 구태여 이 몸의 정절을 지키어왔나이다. ….

　　그러나 이 몸은 이미 더러웠나이다. 아, 아, 선생이시여, 이 몸은 더러웠나이다. 약하고 외로운 몸이 애써 지켜오던 정절은 작야에 수포로 돌아가고 말았나이다. 이제는 이 몸은 천지가 허하지 못하고 신명이 허하지 못할 극악한 죄인이로소이다.[24]

이와 같이 형식에게 남긴 유서에서 볼 수 있는 것처럼 영채가 정절을 생명처럼 중요하게 여긴 것은 바로 옛 성현과 선친의 가르침으로 말미암은 것으로 그 폐해는 魯迅이 「광인일기」에서 중국의 역사를 '식인의 역사'로 지적한 것처럼 막대한 것이다.

李光洙는 『흙』에서도 정절의 폐해를 다음과 같이 더욱 심각하게 지적하고 있다.

　　"당신께서도 아시는 바거니와, 우리 동네에서는 아직 한 번 맘으로 허락하였던 남편을 버리고 다른 남자에게로 시집을 간 사람은 없나이다. 내 조고모께서는 사주만 받고도 그 남자가 죽으매 일생을 그 집에 가서서 늙으셨고, 당신 댁에도 남편이 죽은 뒤에 소상을 치르고는 뒷동산 밤나무 가지 목을 달아 돌아가신 이가 있다 하나이다. 그것을 다 구습이라고 동네에서 말하는 이가 없지 아니하나 어리석은 제 맘은 그 본을 따를 수밖에 없다 하나이다. 부모님께서 정해 주신, 한 번 얼굴도 대해 보지 못한 남자를 위해서도 저를 지키거든, 저와 같이 제 맘을 사랑하고 또 비록

---

24) 위의 책, 134쪽.

잠시라도 당신의 품에 안겨 본 당신께서 저를 잊어버리신다고 저
마다 당신을 잊고, 이 몸과 맘을 가지고 또 다른 남자를 사랑할
생각은 없나이다."25)

단지 한번 허숭의 품에 안겼다고 해서 평생의 남자로 생각할 만큼
봉건윤리에 철저히 물든 유순은 결국 사랑하는 형식에 의하여 한갑
과 결혼하지만 남편의 오해로 임신한 채 죽음을 당한다. 그녀는 구제
도의 억압에 의하여 자신이 원하는 길을 선택하지 못하고 사랑하는
사람의 중매로 인하여 죽음의 길로 가게 되었던 것이다.

한편, 유순의 시어머니인 한갑의 어머니는 참으로 운명이 박복하
다. 일찍이 친구를 죽인 살인자 남편을 감옥에 보냈던 그녀는 아들
또한 농업기수를 때려 감옥에 들어갔다가 임신한 부인 유순이를 때
려 죽이자 자신의 운명을 비관하여 물에 빠져 자살해 버린다.

『그 여자의 일생』에 등장하는 기생 출신인 금봉이의 어머니 역시
박복한 운명은 마찬가지이다. 어려서는 가난으로 고생하고, 자라서는
이 사내 저 사내의 놀림감으로 고생했다가 남편을 만났지만, 재산과
청춘을 몽땅 빼앗긴 채 온갖 구박을 받다가 결국 우물에 빠져 자살
하게 된다.

병든 손명규 부인은 남편이 의지할 데 없는 여학생을 집안으로 불
러들여 농락하는 것을 보면서도 속수무책으로 남편의 횡포를 당하고
만 있다.

금봉의 하숙집 아줌마의 인생은 더 한층 비참하다. 남편이 죽은 이
듬해에 중학교 오학년에 다니던 아들이 해수욕장에 갔다가 물에 빠
져 죽고, 고등 소학교를 졸업하고 집에 있던 외동딸은 이층에 기숙하
고 있던 대학생의 유혹으로 아이를 임신하지만 그 대학생이 종적을

---

25) 『흙』, 앞의 책, 81쪽.

감추어 버리자 한 달 동안 날마다 울다가 기차에 깔려 자살을 한다. 하숙집 아줌마는 남편과 아들과 딸의 위패를 보면서 그들의 극락창생을 위하여 몇 번이고 나무아미타불하고 염불을 왼다.

이처럼 李光洙도 남성위주의 세계관의 한계를 극복하지는 못하였지만 봉건예교와 남성중심의 억압구조 속에서 희생당해야만 했던 하층민 여성의 비극적인 삶에도 많은 관심을 갖고 있었다.

2) 신여성의 해방과 비극

李光洙 작품의 대부분이 신여성을 주인공으로 삼은 반면, 魯迅의 경우 「傷逝」와 「행복한 가정」(幸福的家庭)을 제외하고는 거의 전무하다. 두 작가의 관심이 어디에 집중되어 있는가를 잘 나타내주는 예라 하겠다. 魯迅의 관심이 주로 하층계층의 억압받는 여성에 집중되어 있다면 李光洙의 관심은 주로 상류계층의 지식인 여성에 초점이 맞추어져 있는 것이다. 두 작가는 신여성을 통하여 모두 자유결혼, 자유연애, 개성해방, 남녀평등을 부르짖는데 魯迅이 개성해방과 더불어 경제의 독립, 사회해방을 강조한 반면, 李光洙는 여전히 구사상의 영향에서 벗어나지 못한 한계를 보여준다.

1923년 말 「노라는 나간 후 어떻게 되었을까」에서 魯迅은 중국여성의 철저한 해방과 경제제도의 근본적인 개혁을 피력했다. 여기에서 그는 현존하는 사회 조건하에서는 무엇보다도 우선 여성도 남성처럼 경제권을 얻어야 한다고 주장하였다. 그렇지 않으면 노라는 가정을 뛰쳐나왔지만 결국 타락하던지 아니면 돌아올 것이라는 것이다. 노라가 남편의 집에서 나온 것이나 「傷逝」의 子君이 아버지의 집에서 뛰쳐나온 것은 본질적으로 개인의 자유스러운 생활을 위한 것이었으며, 억압된 개성을 해방하자는 것이었다. 방대한 봉건암흑세력의 통치하에서 子君은 용감히 봉건가정을 뛰쳐나와 涓生과 결혼하여 살지만, 涓生이 회사에서 면직됨으로 말미암아 결혼생활은 비극으로 치닫게 된다.

경제적 타격은 정신적으로 철저히 해방되지 않은 子君으로 하여금 놀라고 당황하게 하여 어찌할 바를 모르게 한다. 환상은 이미 환멸로 변했고 활력은 점차 없어져 그녀는 이 타격 앞에 유약하게 된다.

그들의 감정에 있어서 두 번째 좌절은 그녀의 천박한 허영이다. 방 주인의 조소를 피하기 위하여 어려운 생활 속에서 자신도 먹을 수 없는 양고기를 阿隨에게 먹였으며 심지어 어떤 때에는 涓生으로 하여금 식사조차 하지 못하게 하였다. 涓生과 여러 차례의 싸움을 거치고 난 후에 닭을 죽여 먹게 되는데 이로 인하여 의기소침해진 子君은 항상 처량함과 무료함을 느끼며 심지어 입을 열려고도 하지 않게 된다. 결국 그들의 애정은 파국을 맞을 수밖에 없었다.

한마디로 子君은 성숙하지 못한 여성이었다. 그녀는 사회적 환경에 적응하지 못했으며 완전히 독립할 수 있는 자각성이 부족하였던 것이다. 철저한 개성해방 사상이 부족했던 그녀는 개성해방을 자유연애와 완전히 동등하게 여겼다. 자유연애는 단지 개성해방의 구체적 내용이지 개성해방의 전체가 아니다.[26] 소위 개성해방이란 혼인문제에서 봉건예교의 속박에서 벗어나 자신의 운명을 자신이 결정하는 것을 의미한다. 그러나 더욱 중요한 것은 사회생활의 각 방면에서 자유스럽고 독립적인 인격을 지녀야 하는 것이다. 子君에게 부족한 점은 바로 이것이며, 이점에 있어서 그녀는 입센의 노라와 같지 않다. "저는 저여요. 그들 누구도 저의 권리를 간섭할 수 없어요!"[27] 子君은 자유스러운 혼인문제에 대하여 이러한 신념과 용기를 가지고 있었다.

---

26) 『魯迅硏究 10』, (北京 : 社會科學院, 1987), 230쪽.
27) 「傷逝」, 『彷徨』, 『魯迅全集』 2卷, 112쪽.

그러나 그녀가 받아들인 개성해방 사상은 애정에서 시작되어 파멸로 끝난다.

子君은 애정문제에서 각성했지만 그 애정은 오히려 진보하는데 굴레가 된 것이다. 그녀는 자신이 선택한 사랑으로 인하여 파멸하였기 때문에 다시는 자유스러운 독립적인 요구도 없었다. 그녀는 정서적으로 涓生에게 버림을 받은 후 아버지 곁으로 돌아갔다. 子君은 5·4시대의 개성해방의 사상을 수용했지만 그것의 풍부하고 다양한 사상내용을 이해하지 못한 여성이었던 것이다. 이것이 子君의 애정비극을 조성시킨 주관적인 원인이다.

그러나, 근원적으로 살펴보자면 그들의 애정비극은 어두운 사회의 잔혹한 비극이 빚어낸 결과이다. 涓生과 子君의 자유연애, 자유혼인은 그 시대에 있어 常軌를 벗어난 행위였다. 그러므로 그것은 시작하자마자 어두운 악의 세력에 의해 용납되지 않았다. 길을 걸을 때, 때때로 부딪치는 탐색, 조소, 경멸의 눈빛 그 밖에 子君의 숙부는 涓生을 욕하였고 涓生의 친구는 그와 절교를 하였다. 이것들은 참을 수 있었지만 가장 참을 수 없었던 것은 경제의 문제였다. 경제문제를 해결하지 못한 子君은 할 수 없이 봉건가정으로 돌아갈 수밖에 없었고 子君은 마침내 부친의 위엄과 차가운 시선 속에 비참하게 죽어갔다.

이 같은 분석은 「傷逝」의 창작동기와 涓生과 子君의 애정비극의 근본적인 원인을 정확히 이해하게 해 준다. 「傷逝」는 당시 수많은 소자산계급의 지식청년들이 사회의 어둠을 직시하지 못한 채, 맹목적으로 혼인의 자유를 추구하거나 암흑의 세력과 과감히 싸우지 못하는 그들의 사상에 경종을 울리려고 하였던 것이다.

「행복한 가정」(幸福的家庭)은 신여성인 젊은 부부의 행복관과 냉혹한 현실사이의 첨예한 모순을 잘 반영하고 있다. 소설의 주인공은 행복한 가정을 꾸미기 위하여 노력한다. 그러나 군벌의 혼전에다 이리들이 도처에서 들끓는 암울한 세상에서는 행복한 가정을 꾸밀 수가 없다. 여기서 魯迅은 신랄한 풍자수법을 통하여 가정과 사회의 개조가 불가분의 관계에 있음을 설명하고 있다.

魯迅은 후에 「여성해방에 관하여」라는 글에서 다음과 같이 지적한다. "이 개혁되지 않는 사회에서 일체의 단독의 새로운 모습은 간판에 불과하며 사실 이전의 모습과 변함이 없다."[28] 여성이 억압받고 수탈받는 광대한 군중들의 일부인 이상, 아무리 자산계급이 엉뚱한 생각으로 새로운 모습을 만들려하더라도 여성들로 하여금 진정한 해방을 얻게 할 수는 없다. 祥林嫂, 單四婦人, 愛姑와 子君의 운명은 억압받고 수탈 받는 구중국의 광대한 군중들의 공통적인 운명이다. 여성의 해방을 사회해방의 대해 속에 끌어넣어야만 비로소 그들의 지위를 철저히 변화시킬 수 있다. 그래서 魯迅은 상술한 글에서 "사회를 해방해야만이 또한 자신도 해방된다."라고 역설한 것이다.

반면, 李光洙의 신여성에 대한 관점은 어떠하였는가? 魯迅이 여성의 해방을 사회문제로 확대해갔다면, 李光洙는 훨씬 개인적인 내면의 문제, 즉 '情의 문제'로 축소해서 접근해 간 양상을 보인다.

李光洙 소설의 신여성은 대부분이 미인이면서 이기적이고 세속적인데다 의지가 약한 여성들로 그려져 있다. "호리호리한 키와 날씬한 몸맵시, 얌전하게 윤이 흐르는 머리 모양"[29]이 예쁜 순영이라든가 "그 치렁치렁한 검은 머리, 하얀 목, 샛별같이 빛나는 눈, 그 조화 잘된 몸 모양, 그 보들보들해 보이는 조그마한 손, 그 걸음걸이, 모두다 사람들의 눈을 끄"[30]는 궁봉이 등, 李光洙의 신여성들은 미모와 재질이 뛰어나기 때문에 남성의 흠모의 대상이 될 뿐만 아니라 유혹

---

28) 「關於婦女解放」, 앞의 책, 598쪽(?).

29) 『再生』, 『春園文學』 3卷, 11쪽.

30) 『그 女子의 一生』, 『春園文學』 9卷, 17쪽.

의 대상이 된다.

　　"처음 만날 때 순영은 '저것이 백윤희' 하고선 선입견으로 백을 무서운 악인같이 보았으나 이 집에 들어와 오륙시간을 있는 동안에 백에게 대한 맘이 많이 변하였다. 첫째 백은 점잖고 공손한 사람이었다. 어쩌면 그렇게 얌전해 보이고 델리킷해 보일까. 순기는 못나 보이고 윤은 못난 듯하고 음흉해 보이고 최는 남자다우나 더펄이다. 김씨는 말라깽이요 추근추근하고 아니꼽게 군다. 그런데 백은 라운드하고 스무스하다. 진실로 아리스토크랙틱(귀족적)이다.
　　게다가 밀리어내어(백만장자)요, 이런 좋은 집이 있고 또 나를 사랑한다… 이렇게 생각할 때에 그는 혼자 웃고 혼자 얼굴을 붉혔다. 그러고는 곁에서 피아노를 타고 앉았던 선주가 그 늙은 변호사에게 시집을 가는 뜻을 깨달은 듯도 싶었다."31)

　　이와 같은 순영의 내면 갈등, 망설임, 변덕스러움은 극히 인간적이고 자연스러운 것이기는 하다. 그러나 이같이 세속적인 화려함의 유혹을 뛰어넘지 못한다는 데에 문제가 있다. 마침내 그녀는 돈과 물질에 순응하여 걷잡을 수 없는 타락의 길을 걷게 되는데, 이는 李光洙가 그린 신여성의 대표적인 기본 모델이다. 타락의 강도에서 순영보다 한 걸음 더 진일보한 금봉의 경우도 마찬가지이다.

　　"사람들은 돈과 음욕과 시기와 중상과 음모와 이것으로 일생을 살지 아니하는가, 남만 그러한 것이 아니라 금봉이 자신이 오늘까지 걸어 온 길도 그것이 아닌가. 왜 금봉은 명규헌테 시집을 갔나? 돈 때문이 아닌가. 왜 명규를 싫어하게 되었나? 역시 돈 때문이 아닌가. 왜 금봉은 아비 모를 자식을 낳았나? 음욕 때문이 아닌가. 명규의 정성에 움직였다는 등, 그 사랑에 감복하였다는

---

31) 『再生』, 앞의 책, 65쪽.

등, 명규씨를 깨끗한 생활로 인도하려 함이라는 등, 이런 것은 모
두 다 거짓의 껍데기나 아니었던가."32)

　미모와 재질을 겸비하여 모든 사람의 부러움의 대상이었던 금봉
은 완고한 아버지의 뜻을 거역하고 스승인 손명규의 도움으로 동경
에 유학을 갔다가 그의 사기와 돈에 현혹되어 결혼하나, 종국에는
손명규가 빈털털이라는 사실을 알고 타락의 늪으로 빠져들게 되는
것이다.
　금봉은 결국 돈 때문에 다시 김광진의 첩이 되고 심상태의 노리개
가 되었다가 모든 것을 잊기 위하여 출가하고 만다. 이렇듯 신여성에
대한 李光洙의 부정적인 견해는 『혁명가의 아내』에서 더 강하게 나
타나 있다.

　　　"그러나--그렇지만는,
　　　"흥, 정조. 의리. 남편을 섬김. 흥, 봉건사상. 노예 도덕…흥"
　　하고 정희는 열녀 타이프인 그 어머니 이 메이지에 침을 뱉고 발
　　길로 차 버린다.
　　　"그런 모든 인습적 우상에서--노예의 질고에서 인간을 해방하
　　는 것이 혁명이다!"
　　하고 정희는 혁명가다운 용기를 발하여 벌떡 일어난다.
　　　일어난 것은 건넌방으로 가자는 뜻이다. 지금까지 생각한 모든
　　것이 건넌방으로 건너가서 권과 같이 자도 옳다는 이론을 성립시
　　키려는 것에 불과하다."33)

　이렇게 『혁명가의 아내』 정희는 혁명가인 남편까지도 부정하고 비
판하여 급기야는 젊은 권의사와 연애하는 것도 옳은 것으로 간주할

---

32) 『그 여자의 일생』, 앞의 책, 283쪽.
33) 『혁명가의 아내』『春園文學』 1卷, 343쪽.

정도로 개방적이다. 이 같은 개성해방은 진정한 여성해방과 이어지지 못한 채 타락의 늪으로 빠지게 마련이다. 李光洙는 이렇게 정신적으로 허약한 신여성을 질타하는데, 시선을 보다 범사회학적으로 돌리지 못하고 '남성'과 '돈'이라는 매개체를 통해서만 여성을 파악하는 한계성을 보여준다.

그러나, 초기 작품 「無情」의 병욱은 이들 부정적인 지식인과는 아주 다른 양상으로 나타난다. 자살하기 직전 영채를 구해 준 병욱은 이제까지 봉건윤리에 억눌려왔던 개성을 해방시켜 준 진정으로 깨어 있는 신여성이다.

> 지금까지 여자는 남자의 한 부속품, 한 소유물에 지나지 못하였어요. 영채씨는 부친의 소유물이다가 이씨의 소유물이 되려 하였어요. 마치 어떤 물품이 이 사람의 손에서 저 사람의 손에 옮겨가는 모양으로… 우리는 사람이 되어야 합니다. 여자도 되려니와 우선 사람이 되어야 합니다. 영채씨께서 할 일이 많지요. 영채씨는 결코 부친과 이씨만을 위해서 난 것이 아니외다. 과거 천만대 조선과 현대 십 육억 동포와 미래 천만대 자손을 위하여 나신 것이야요. 그러니까 부친께 대한 의무 외에 이씨께 대한 의무 외에도 조상에 대한 의무를 아니하고 죽으려고 한 것은 죄외다.[34]

병욱은 비인간적인 사고방식에서 인간으로서의 의식을 찾으려는 전환기의 가장 대표적인 여성이다. 그녀는 여성이 남성의 소유물이었던 것과 생산의 도구, 향락의 대상으로만 생각되었던 것에서 탈피할 것을 강조하면서, 여성도 인격을 찾음으로써 개성을 가지고, 기능을 찾음으로써 남자와 같이 사회의 동등한 구성원이 될 것을 주장했다.

병욱과 영채의 대립, 즉 새로운 윤리와 낡은 윤리의 대립에서 결국 병욱은 영채에게 인간의 존엄성을 바탕으로 한 새로운 사상이

---

34) 『無情』, 앞의 책, 233-234쪽.

인간의 존엄성을 무시한 구세대의 낡은 인습보다 옳다는 것을 깨닫게 해 준다.

> "훙, 그 三從之道라는 것이 여러 천년간, 여러 천만 여자를 죽이고 또 여러 천만 남자를 불행하게 하였어요. … 다른 사람의 뜻을 위하여 제 일생을 결정하는 것은 저를 죽임이외다. 그야말로 인도의 죄라 합니다. 더구나 父死從子라는 말은 참 남자의 포악함을 표함이외다. 여자의 인격을 무시하는 말이외다.[35]

여기서 병욱이 三從之道가 여자뿐만 아니라 남자도 불행하게 하였다고 말하고 있는데, 여자의 해방이 남자의 해방과 연결되어 있다는 점을 시효하고 있는 것은 대단히 주목 할만한다. 이와 같은 발언은 구시대의 윤리관인 유교사상에 정면으로 도전한 것이다. 천만 여성의 율법이었던 三從之道를 '인간의 죄'라고 표현한 것은 실로 놀라운 발언이었다. 이것은 한국의 전통적인 가족제도나 사회윤리에 대한 공공연한 최초의 반역적인 선언이었다.

이처럼 병욱이라는 인물은 새로운 세대의 새로운 윤리의식을 가지고, 무자각적인 조선의 여성을 자각의 상태로 끌어올리는 정열을 가진 이상적인 여성이라 하겠다. 이러한 점은 魯迅의 관점과 유사한 것으로 진정한 페미니즘 문학은 휴머니즘을 바탕으로 한 것이라는 것을 환기시켜 준다.

3) 抑壓과 順應, 抵抗과 悲劇의 構圖

역사적으로 가장 오래, 가장 치밀하게 행해져온 억압은 바로 남성

---

35) 위의 책, 232-233쪽.

에 의한 여성의 지배라 할 수 있다. 魯迅과 李光洙의 여주인공들은 한결같이 그 억압 속에서 비극적인 최후를 맞는다고 해도 과언이 아니다. 본 장에서는 그동안 살펴본 작품들을 억압 - 저항 -순응 - 비극의 구도로 집약시켜 정리해 본다.

먼저, 魯迅의 「내일」(明天)은 單四婦人의 '순응성'이 두드러진다. 그러나 여기서 드러나는 순응성은 李光洙의 주인공들이 보여주는 순응주의와는 또 다른 것이다. 「내일」(明天)은 제목부터 상징적 의미를 갖는다. 내일에 대한 희망은 單四婦人에게 있어서 힘들게 고투하는 생활 속에서 갖는 유일한 신념이자 이상이며, 선량하고 고상한 미덕이다. 그녀는 아들 宝兒의 병이 나으리라는 희망을 끝끝내 버리지 못하지만, 사회의 냉혹함과 엉터리 의사의 오진으로 인하여 宝兒는 죽고 만다. 아들의 죽음을 믿을 수 없던 그녀는 이내 방적기 앞에 앉아 생활에 대한 희망과 신념을 가진다.

單四婦人의 선량함과 부지런함, 의연함과 분수를 지키는 것, '삶에 대한 희망' - 이런 것들은 봉건제도하에서 곧장 절망으로 변하였고 마지막에는 처참한 지경에 이르고 만다. 單四婦人의 숭고한 품격은 본래부터 비극적인 씨앗을 품고 있었다. 예를 들면 선조가 안배해 준 일정한 궤도의 생활을 따라서 산다는 것은 통치자의 치적이며 또한 그녀가 각성하지 못한 것의 반증인 것이다. 이 때문에 單四婦人은 주어진 운명에 대하여 순응할 수밖에 없었으며, 봉건제도는 그녀의 최소한의 권리를 박탈하였을 뿐만 아니라 그녀의 아름다운 이상에 냉담함과 경멸, 파멸을 덧붙였던 것이다.

「祝福」의 祥林嫂 역시 순박하고 선량한 농촌 여성이다. 고통속에서도 성실한 노력으로 인간으로서의 최소한의 생활을 유지하려고 하나 그녀 또한 결국 4가지 구속[36]에서 벗어나지 못한다.

---

36) 모택동이 지적한 봉건사회에서 주도적 위치를 차지하고 있는 政權, 族權, 神權,

그녀는 父權의 지배하에 불합리한 결혼을 참아야했고, 남편이 죽은 후, 도망쳐 나와 넷째 나으리 집에서 일을 도와야 했다. 그 당시 출가한 여인은 영원히 남편의 부속품이었다. 남편이 죽는다 할지라도 그가 남겨놓은 부속품이었다. 祥林嫂는 끝까지 반항하지만 마침내 남편의 집으로 다시 잡혀가 짐승처럼 벽촌으로 팔려간다.

> "허나 祥林嫂는 여느 여인들과도 달랐대요. 그들의 말로는, 가는 길 내내 울부짖고 욕을 하여 허씨 마을에 도착했을 때는 목이 꽉 잠겨버렸다는 군요. 가마에서 끌려 나온 뒤에도 두 남자와 시동생 셋이서 힘껏 붙들었지만 식을 올릴 수가 없었답니다. 그 사람들이 잠깐 방심해서 손을 늦추었더니, 어이구 이를 어째! 그 여자는 예식의 상 모서리에 머리를 부딪쳐 커다란 구멍을 내고 말았대요. 피가 펑펑 쏟아져 두 묶음이나 되는 향불의 제를 발라도 안 되고, 헝겊으로 싸도 피를 멈출 수가 없었더랍니다. 여럿이 달려들어 그 여자를 신랑과 함께 신방에 집어넣은 뒤에도 소리소리 질렀다는 군요. 아이구 정말…"[37]

비록 자신의 불행한 처지에 대하여 어떠한 자각도 없는 祥林嫂였지만, 失絶은 一夫從事의 봉건윤리를 깨는 것으로서 자신의 도덕성을 저버리는 것과 같은 것이었으므로 목숨을 걸고 지켜야 한다는 일말의 자존심이, 그녀로 하여금 목숨을 건 반항을 하게 하는 것이다.

특히 그녀의 두 번째 남편과 阿毛가 죽은 후, 다시 魯씨 집으로 돌아와 일을 할 때, 주위 사람들은 그녀의 비참한 운명에 대하여 비웃지만 그녀는 결코 대답하지 않는다. 오직 "침묵"만을 고수하는데 그것은 그녀의 침묵의 항의였다. 또한 祥林嫂는 죽기 전에 영혼과 지옥의 존재 유무에 대하여 회의를 한다. 이것 역시 비참한 운명에 대

夫權
37) 「祝福」, 앞의 책, 14쪽.

한 불복종의 표시이다. 祥林嫂의 일생은 수난의 연속이었으며 이 억압의 구조 속에서 몸부림치며 저항하지만 결국 비극적인 결말을 맞이할 수밖에 없었다.

「離婚」은 「祝福」이나 「내일」(明天)과 유사한 농촌 여성소설이지만 또 다른 면모를 보여준다. 祥林嫂나 單四婦人이 봉건사회의 억압에 묶인 하층 여성들에 속한다면 「離婚」의 愛姑는 구사회에 맞서 싸우는 반항성이 두드러진다.

愛姑는 15살 때 施씨 집에 시집을 와서 갖은 억압과 업신여김을 받아왔다. 愛姑의 남편 - 짐승 같은 놈-은 젊은 과부와 사통을 하고, 봉건세력인 慰나으리와 일곱째 어른과 결탁하여 愛姑와 離婚하고자 한다. 愛姑의 반항은 여기서부터 시작된다. 그녀는 거침없이 말하고 행동할 정도로 사나웠는데, 이러한 성격의 특징은 자연히 봉건예교가 오랜 동안 억압해서 생겨난 것이다. 魯迅은 이 농촌 여성의 분명한 반항적 태도를 다음과 같이 묘사하였다.

> "네… 알고 있어요. 우리 가난한 사람은 아무 것도 모릅니다. 저의 아버지가 세상의 의리나 인정조차 모르고 멍청해져 있는 것을 원망합니다. 그러니 저 '짐승 같은 늙은이'와 '짐승 같은 놈' 이 파놓은 함정에 빠질 수 밖에요. 그들은 마치 초상을 알리러 가듯이 서둘러 남모르게 개구멍을 빠져나가려고 애쓰는 인간들이예요."38)

봉건세력의 대표자인 慰나으리를 만날 때, 愛姑의 반항적 성격은 더욱 확실히 드러난다. 그녀는 일곱째 나으리 앞에서 시비를 가렸고 이치에 맞게 항쟁을 하였다. 慰나으리는 "公事公辦"으로 위협하였지만 愛姑는 조금도 두려워하지 않고 소리를 지른다. "저는 목숨을 걸

---

38) 「離婚」, 『彷徨』, 『魯迅全集』 2卷, 151쪽.

것이어요." 구 중국에서 평범한 농촌 여성이 어찌 봉건세력에 맞서 감히 성질을 내고 말할 수 있겠는가? 愛姑의 반항성은 억압자의 경멸과 배척을 통하여서 표현된 것이다. 그녀는 자신을 박해한 시아버지와 남편을 "老畜生"(짐승 같은 늙은이), "小畜生"(짐승 같은 놈)으로 불렀다. 慰나으리는 네 차례나 離婚에 동의하라고 권고하였지만 愛姑에게 거절당한다. 愛姑는 일곱째 나으리에 대하여 다소 환상을 갖고 있었지만 마음속에 어떠한 호감도 없었다. 그밖에 愛姑는 봉건 예절을 경시하였는데 이것 또한 그녀의 일종의 반항적 성격의 표현이었다."나를 버리려고 하는 것은 안돼. 일곱째 나으리도 좋고, 여덟째 나으리도 좋다. 나는 그들의 집이 패가망신하도록 시끄럽게 굴테니까!…"39) 이것은 억압자에 대한 愛姑의 보복이다. 이런 반항과 보복은 개인적이고 자발적인 것으로서 피억압 여성의 비타협, 투쟁정신인 것이다.

그러나 소설의 결미에서는 고립되어 도움을 받을 수 없는 지경에 처한 愛姑가 봉건세력의 포위와 협박에 마침내 굴복하고 만다. 魯迅은 愛姑의 거침없는 언어와 행동으로 농촌여성의 매서운 반항정신을 묘사하면서 저항하는 여성의 전형을 두드러지게 그려내고 있다. 이들 여성들이 몇천년 동안 구중국을 지배해 온 봉건제도와 봉건윤리에서 벗어나지 못한 채 순응하여 파멸의 길을 걷게 되는 것은 불가항력적인 것임을 토로한다. 신여성인 「傷逝」의 子君도 같은 범주이다.

용감하게 봉건가정을 뛰쳐나와 자신의 주장대로 사랑하는 사람과 결혼한 子君은 남편이 경제적 능력이 없어지자 그대로 무너지고 만다. 자신의 힘으로 삶의 방법을 모색해보지도 않고 다시 봉건가정으로 돌아가 순응하여 살려고 하는 것이다. 그러나 그녀 또한 봉건가정의 억압을 이기지 못한 채 파멸의 길로 가야만 했다. 자유혼인과 경

---

39) 위의 책, 146쪽.

제적 독립, 사회개조 등의 관계를 이해하지 못한 신여성 子君 역시 비극적 주인공일 수밖에 없었던 것이다. 이렇게 魯迅은 주인공들의 비극이 모두 개인의 문제가 아니라 봉건제도, 억압적인 사회구조가 빚어낸 산물임을 주지시키고 있다.

魯迅이 '사회비극'에 초점을 두었다면, 李光洙의 비극관은 그 자신이 밝힌 바 있듯이[40] '因果的 悲劇'이라 할 수 있다. 즉, 착하지 않은 행실과 마음 때문에 슬프고 비참한 결과를 거두고 만다는 것이다. 앞에서 다룬 작품들의 여주인공들 - 순영, 정희, 정선, 금봉은 한결같이 李光洙의 비극관을 잘 반영해주는 인물들이다.

미모와 재질이 뛰어난 「재생」의 순영은 돈과 남성, 욕망에 억압당하자 쉽게 현실과 타협하여 타락의 길로 접어드는 순응적 여인의 대표적인 인물이다. 그녀는 소경의 딸을 안고 물속에 뛰어들어 자살함으로써 비극적인 최후를 맞는다. 보다 사실적인 작품으로 주목받는 『群像』의 삼부작 중 『혁명가의 아내』 방정희도 똑같은 패턴이다.

> "정희가 부모에게 쫓아냄을 당하면서까지 반해서 따라오던 그
> 사내 공 산은 간 곳이 없었다.
> 공 산의 생명을 파 먹는 무서운 병이 구더기 모양으로 자기
> 몸으로 기어들어오는 것 같아서 정희는 누
> 운 채로 두어 뺨 남편에게서 물러나왔다. … 마음 놓고 하는
> 권 서방과의 사랑 이러한 생각이 생쥐를
> 따르는 족제비 모양으로 살랑살랑 지나간다."[41]

---

40) "그러나 같은 사회적 조건 아래서도 어떤 사람은 악하게 되고 어떤 사람은 선하게 되니까 - 그러니까 나 보기에는 마음이 착하면 그것이 '필연적'으로 - 결코 우연이 아니외다. - 행복을 거두고 그렇지 않으면 필연적으로 불행을 거둔다는 그런 비극 - 즉 因果的 悲劇이라고 스스로 판단하고 있어요." 『日記,自作의 辯』, 『春園文學』 16권, 389쪽.

41) 『혁명가의 아내』, 『春園文學』 1卷, 342쪽.

봉건가정을 뛰쳐나와 아무 것도 없는 공 산과 결혼했던 방정희는 남편이 병들자 그를 구박하고 젊은 권의사와 사랑을 하다 파멸의 길을 걷게 된다.

「흙」의 정선도 이들처럼 강력한 삶의 의지가 결여되어 있다. 아무리 봉건가정일지라도 신여성인 그녀는 終身大事인 결혼에 대하여 한 번 정도는 아버지에게 자신의 의사를 주장할 수 있음에도 불구하고 그저 순응해버린다.

"정선으로 말하면 원래 숭을 사랑한 것이 아닐뿐더러 집에 와서 심부름하던 시골 사람을 제 남편으로 삼으려는 아버지의 처사가 불쾌하기조차 하였다. 그렇지만은 정선은 아버지의 뜻이 곧 제 뜻인 것을 안다. 딸은 혼인지사에는 아버지의 명령에 복종할 것이라는 조선의 딸의 전통적 생각을 가졌으므로, 그는 이에 반항하려는 생각은 없고 도리어 숭을 사랑하려고 힘을 썼다."42)

비록 아버지의 강요에 의하여 허숭과 결혼하였다지만, 정선은 귀농의식을 실현하려고 살여울에서 농민과 더불어 땀을 흘리는 허숭을 잊고 김갑진과 함께 바람을 피우게 되고 결국은 임신을 하게 된다. 아내의 불륜을 안 허숭은 숭고한 사랑으로 정선을 포용하고자 하나 그녀는 임신의 죄책감에 자살을 기도하다가 영영 불구자가 된다.

이처럼 李光洙 여성 소설의 주인공들은 대부분이 신여성이지만 자신을 위한 삶의 의지를 가지지 못하고 물질과 쾌락이 뒹구는 현실의 노예가 되고 만다. 그들은 자신의 삶을 주체적으로 살 수 있는 교육과 문물의 혜택을 받았지만 그녀들의 속물주의 때문에 비극적 결말을 맞는 것이다.

---

42) 『흙』, 앞의 책, 58-59쪽.

'모든 조선의 여자가 전부 다 모델'이 된『그 여자의 일생』의 금봉 또한 예외가 아니다. 李光洙는 이 소설을 전력을 다해서 쓰고자 한다면서 "나는 이 소설에서 처녀와 애인과 아내와 어머니와, 그리고 죄에 앓고 광명을 찾는 한 여자의 영혼과 괴로움과 슬픔을 그리려 합니다."[43]라고 밝힌 바 있다. '영혼의 움직임'을 어느 정도 성취하였는가 하는 문제는 논외로 치고, 여기서 드러나는 금봉의 일생 또한 앞에서 서술한 여성들과 마찬가지이다. 돈과 욕망의 억압에 못이기는 수동적인 그녀의 삶은 결국 입산하는 것으로 마감되고 마는 것이다.

魯迅이 개인보다는 사회에 비극의 책임을 묻는다면, 李光洙는 이렇게 각 개인에게 그 비극의 원인을 두었다. 그래서 그는 죄의 씨앗을 뿌린 만큼 거두어가도록 하는 장치를 결코 잊지 않는다. 결말에서 여주인공들은 한결같이 죄의 대가를 치루거나 회개, 반성하는 모습인 것이다. 이 같은 시각은 李光洙의 역사의식의 결여로, 사회적 윤리와 개인윤리를 혼동하는 것에서 기인하는 것으로 여겨진다. 그의 여주인공들의 삶의 패턴으로부터 작가 李光洙의 개인적인 삶을 연상하게 되는 것은 독자의 자유이다. 미모와 재질을 겸비한 인텔리 여주인공들일수록 받게 되는 유혹과 압력 또한 더 클 수밖에 없으며, 그만큼 더 쉽게 순응하여 파멸을 겪듯이, 李光洙 또한 과도한 민족주의로 인해 일본 제국주의로부터 억압은 더 컸으리라 짐작되며, 그 만큼 더 쉽게 현실에 순응, 훼절하지 않았을까 짐작할 수 있는 것이다.

魯迅의 주인공들이 억압 - 저항 - 순응 - 비극의 패턴에 비교적 충실하다면, 李光洙의 주인공들은 억압 - 순응 - 비극의 3단계 양상을 보인다. 魯迅이 그린 여성들이 주로 교육받지 못한 마비된 의식을 가진 하층계급들로서 그들의 순응과 저항, 파탄이 개인으로서는 불가항력적인 것이라면, 李光洙가 묘사하는 여인들은 모두 도시 지향적인

---

43) 「『그 女子의 一生』 作者의 말」,『春園文學』9卷, 452쪽.

인텔리 여성들로서, 그들의 순응주의와 비극은 보다 더 개인의 선택적인 것이란 점이 두드러진 차이라 하겠다.

4절 결론

본 논문은 서론에서 밝힌 바와 같이 魯迅과 李光洙, 두 사람의 커다란 유사성에서 출발하였는데, 그 유사성만큼이나 커다란 차이점이 노정된다.

두 사람 모두 일본에 유학하였으며 외래문화를 받아들여 남녀평등과 자유연애, 자유결혼, 여성해방, 개성해방 등을 주장하였지만 그들의 여성관은 상당히 다른 양상으로 나타났다. 魯迅이 사상면과 작품면에서 똑같이 철저한 페미니스트라면, 李光洙는 외적으로는 여성해방을 부르짖지만 내적으로는 여전히 남성중심주의적인 사고나 전통적인 유교주의 여성관에서 벗어나지 못한 것이었다.

魯迅과 李光洙의 여성소설에 나타난 여인들의 계층은 크게 하층민인 구여성과 지식인인 신여성으로 분류된다. 등장인물의 계층별로 작품을 분석해 본 결과, 주로 하층민 여성의 수난과 저항, 지식인 여성의 여성해방과 개성해방, 남녀평등, 자유연애, 자유결혼으로 인해 빚어진 비극, 수동적 자아의 순응과 파멸 등으로 압축되었다. 魯迅이 진정한 여성해방을 위해 경제권문제를 강조한 반면, 李光洙의 경우는 구체적인 방향제시가 모호했다. 작품에서 드러나는 여성관을 볼 때, 그의 '신정조관'조차 제대로 육화되어 있지 않은 것이어서, '남성'이라는 절대적인 매개물을 통해서만 여성은 존재, 미화되는 것이었다.

그렇지만 그들은 근대작가 중 보기드물게 여성문제와 여성수난사의 소설적 형상화에 지속적인 관심을 보여 준 작가였다. 魯迅이 여성의 삶에 대한 깊은 이해와 사상의 투철함으로 인하여 진정으로 여성해방을 부르짖었다면, 李光洙는 자신의 자전적 체험을 반영하거나 외국 문예물의 유행을 그대로 반영하여 여성문제를 역사의식과 무관한 이야깃거리로 제시한 측면이 농후하다. 여기서, 소설에 임하는 두 작가의 태도에도 큰 차이를 보인다. 魯迅이 시종일관 사실주의적인 필치로 담담하고 냉정하게 여성들의 질곡 된 삶을 그려 보이면서 봉건예교의 폐해를 해부해보였다면, 李光洙는 지도자적인 입장에서 순진한 일반대중을 상대로 하여 설교, 선동적인 문체를 고수한 것이다. 魯迅의 주된 주인공들이 하층민 여성이고 李光洙의 주된 주인공이 지식인 여성들임을 고려해볼 때 재미있는 현상이 아닐 수 없다.

이와 같이 작가태도 문제나 소설 방법면 등에서는 두 사람이 전혀 상반된 양상을 갖고 있다.

본 연구는 그러한 문제점들에 대한 연구를 앞으로의 과제로 남겨놓고 시작된 것이다. 李光洙 문학의 중심이라 할 수 있는 소설의 경우 단편 28편 외에 장편만으로도 35편이 발표되었는데, 이에 비해 魯迅의 경우는 중편소설 「阿Q正傳」을 제외하고 단편이 모두 24편에 불과하다. 본 연구는 무엇보다도 이 같은 양적인 차이가 갖는 한계성을 갖고 시도한 작업이었기에 무리가 따르지 않을 수 없었다. 이 같은 한계성과 차별성을 염두에 두고, 페미니즘의 관점에서 두 작가의 자리매김을 시도해 본 결과, 魯迅이 위대한 문학가이자 사상가, 혁명가로서 자국에서 추앙받은 행복한 작가라면, 李光洙는 친일한 '변절작가'라는 족쇄를 영원히 풀지 못한, 다정다감하고 재주 많은 불행한 소설가임을 다시 한 번 재인식하지 않을 수 없었다.

魯迅과 李光洙는 소설, 시, 산문, 평론, 잡문 등 다양한 장르의 작품을 남겼다. 본 연구는 단지 여성을 소재로 한 魯迅의 주요소설과 李光洙의 대표적인 소설들을 페미니즘 시각에서 연구하였는데, 이를 바탕으로 魯迅과 李光洙의 전 작품을 다각적인 면에서 보다 깊이 있게 비교 연구해야 할 것이다. 본 연구를 통하여 李光洙 페미니즘 문학의 한계성이 더욱 명료해지는 바, 이 같은 자기부정을 통해 우리의 페미니즘 문학을 점검하고 새로운 연구방법론을 모색하여 비교문학의 지평을 확대시킬 수 있기를 기대한다.

제 4장 중국문학에 나타난 성

- 纏足을 중심으로 -

1절 광기의 사랑

인간은 이성적 동물인가? 대체로 그러하다. 인간의 이성은 인류에게 과학과 문명의 이기를 가져왔으며 그 결과 인간은 보다 유복한 삶을 향유하게 되었다. 그러나 인간이 항상 이성으로 충만 된 존재가 아님에는 틀림없다. 숱한 전쟁의 (지금도 자행되고 있거니와) 역사가 분명하게 증거 하듯이, 이성은 인간의 내면에 도사리고 있는 또 다른 비이성, 즉 광기에 의해 끊임없이 도전을 받아왔다. 한 개인에게서 광기를 찾는 일이 어렵지 않거니와 (히틀러를 위시한 희대의 살인마들의 경우뿐만 아니라 내 자신에게서도 수시로 그 광기를 느끼지 않는가!), 한 사회 문화 속에서 그 광기의 발자취를 찾아보는 일 또한 아주 쉬운 일이다.

중국의 위대한 문학가이자 사상가인 루쉰(魯迅)은 일찍이 「광인일기」에서 중국의 역사를 '食人의 역사'라고 평가하면서, 이성적인 한 인간이 미쳐버릴 수밖에 없는 숨 막힌 광기의 세계를 표현한 바 있다. 여기서 '광기의 세계'란 인의도덕과 봉건예교가 삶의 절대적 가치관이자 이성을 대표하는 이데올로기로 군림한 중국사회를 이름 한다. 그 지배계급 혹은 남성중심의 역사를 루쉰은 광인의 입을 빌어 '식인의 역사'라고 강렬하게 비판하였던 것이다.

봉건예교의 광기를 잘 드러내는 상징물로 여성의 전족(纏足)이 있다. "작은 발 한쪽에 눈물 한 동이"라는 삼촌금련(三寸 金蓮)의 전족은 중국여성이 거대한 지배계층과 남성에 의해 어떻게 억압받고 착취당했는가를 잘 드러낸다. 국가(봉건중국)와 황제를 비롯한 남성중심의 지배계층 권력은 공개적으로, 혹은 '보이지 않는 손'처럼 내재적으로 영향력을 행사함으로써 전족을 흥성하게 하였으며, 이를 성적 완상물로 이용하고자 하는 뭇 남성들의 욕구가 이에 가세하였다. 국가질서를 지키겠다는 명분아래 지배계층이 봉건 이데올로기를 만들면, 뒷받침이라도 하듯 문인들은 이를 고무하며 찬양하였다.

전족은, 중국의 봉건문화야 말로 남성 중심의 지배계층이 왜곡된 집단최면에 걸린 히스테리의 역사이자 식인의 역사임을 웅변적으로 잘 대변해 준다. 기괴하고 비정상적인 전족이 미인의 기준이 되었으니, 전족을 만들기 위해 잔혹하게 학대당했던 중국여인의 삶은 그야말로 이성과 비이성이 전도된 광기의 세계였다. 여성에 대한 남성의 지배욕과 가부장적인 생각으로 만연된 그 시대 사회문화는 광기의 사랑을 낳았으며, 여기서 전족은 성적 욕망을 채우려는 섹스와 밀접한 관계가 있다.[1]

본 고에서는 문학 작품을 통하여 전족이 어떻게 기원, 발전하였으며, 지배 권력과 문인들이 전족을 어떻게 찬양, 고무하여 전족이라는 기괴한 성문화를 어떻게 확산, 조장시켰는지를 살펴보고자 한다.

---

1) 흔히 섹스는 유전적 요인에 의한 성, 즉 생물학적 조건에 의해 구분된 성을 의미한다.…섹스라는 용어에는 남녀의 생물학적 차이뿐만 아니라 남녀의 성행위, 성적 쾌락, 친밀성 등의 의미가 함축되어 있다. 이에 반하여 젠더는 성을 사회 문화적 조건 속에서 설명하는 것을 의미한다. …섹슈얼리티는 성 본능과 그것의 만족에 관계된 행동의 총체를 의미하며, 심리학이나 성 과학에서는 성적 만족의 다양한 양태들 전체를 의미하기도 한다. 즉 섹슈얼리티는 섹스의 본능적 쾌락과 그것에 관한 문화적 관점을 망라한 삶의 총체적 맥락에서 파악되는 것이다. (김동중 외 저, 『섹슈얼리티로 이미지 읽기』, 서울, 인간사랑, 2000, 15-16쪽 참조)

2절 성과 권력

근·현대사회에 있어서 권력은 외면적으로 볼 때, 매춘시장을 부정하고 타락한 윤리관을 비판하며 매춘여성들을 교화시키려고 끊임없이 노력해 왔다. 그러면서도 국가의 이익이라는 대의 명분아래 수많은 여성들이 성적 노리개로 방조되었을 뿐만 아니라 제공되기까지 하여 왔다. 봉건중국에 있어서 성에 대한 국가의 권력 또한 이중성을 가지고 있었다. 외면적으로 봉건중국은 법과 도덕, 윤리, 풍속, 관습 등을 내세워 여성들을 교화시키고자 하였지만 오히려 봉건예교를 이용하여 지배 권력과 남성들의 성적 희생물로 삼았다. 봉건중국의 여성에 대한 지배 권력은 마치 푸코의 공개적 권력과 미시 권력의 작용처럼 직접적이면서도 간접적으로 개입한다.[2] 직접적 개입은 법률의 규제를 통하여 강제적으로 집행된다. 어떤 사회에서나 법률은 통치자의 의지를 실현하며 그 목적은 사회질서를 유지하여 백성의 통치를 확고하기 위함이다.

봉건중국의 법률은 일부다처제를 명시하고 있다. 본처 외에 다수의 첩을 둘 수 있었으며 여자노비나 노비의 딸까지도 주인(지배계층)의 소유물로 취급하여 성적 완상물 내지 물건처럼 마음대로 처리 할 수 있었다. 설령 주인이 여자 노비 하나를 죽였다 할지라도 단지 가벼운 징벌을 받는 수준에서 끝났다. 이러한 전횡을 남성중심의 지배계층이 주도할 수 있었던 것은 모두 국가의 법률이 그들을 보호하고 있었기

---

2) 푸코는 성에 대한 권력을 공식적 권력과 미시권력으로 나누어 설명하고 있다. 공식적 권력이란 성에 대한 진실이나 표현이 자유스럽게 표현되고 이것이 공개적으로 사회적 차원에서 통제의 대상이 되고 지배하기 위한 수단으로 쓰이는 것을 말한다. 미시권력이란 모든 인간에게는 권력에 대한 의지가 있는데 공식적인 권력과 대치되거나 자신의 욕구로부터 괴리된다고 생각했을 때 사람들은 보상행위를 받고자 한다. 그러한 심리작용을 해소하기 위하여 매춘시장을 찾아간다는 것이다. 김동중 외저, 위의 책, 234-235참조

때문이다.

국가는 또한 윤리 관념과 풍속을 조장시키는데 직접적, 간접적으로 영향을 미친다. 국가는 백성을 교화시키기 위하여 필요하면 관청을 통하여 모범적인 교과서를 만들어 도덕과 윤리의 기준을 제시하기도 하고 문란한 풍속을 직, 간접적으로 통제 조절한다.

도덕적, 풍속습관을 통한 규제는 간접적이면서 약간의 강제성을 띤다.[3] 도덕적 규제는 풍속습관과 밀접한 관계를 맺고 있는데 풍속습관에 비하여 훨씬 더 이성적인 사고를 갖고 있다. 도덕관념을 따르지 않았을 경우 사회가 그것을 용납하지 않으며 그때부터 사회에서 배제되기 때문이다.

풍속습관을 통한 성규제 역시 비강제성과 강제성을 동시에 띤다. 어렸을 때부터 그 사회의 풍속에 교화되어 자신도 모르게 그 가르침에 의해 행동하는 경우는 비강제적이라고 할 수 있지만, 한 사람의 행위가 그가 속한 시대와 지역의 풍속 습관을 위배하여 사회적 지탄을 받는다면 강제적이라 할 수 있다. 봉건 중국에서 남성의 권력은 '정절'을 통해 여성의 몸을 장악하였고 여성의 '정절'은 남성의 권력을 수행하는 도구가 되었다. 그러므로 '정절'을 잃은 여자는 부정한 여자로 취급되었고 정절을 잃고 다른 남자와 버젓이 산다는 것은 윤리 도덕을 문란케 하고 미풍양속을 해쳤다는 이유로 사회적 비난을 받았다.[4]

---

3) 이외에 지식을 통한 규제가 있다. 이는 사람들이 지식의 지도를 받아 가장 자각적으로 자기의 성행위를 통제하도록 하는 것이다.

4) 宋代의 程頤는 "배고픈 일은 적은 일이지만 절개를 잃은 일은 큰일이다."라고 말하였다. 송대에는 여자의 정절관은 이미 생명 같은 가치관으로 간주되었으며 明, 淸代에 이르러서는 정절의 중요성이 최절정에 이르렀다. 이때부터는 거의 종교화되어 가는 수준까지 도달한다.

중국의 한대(漢代), 당대(唐代) 여성들은 자유로운 편이어서 이
혼하거나 재가해도 멸시받지 않았으며 말타고 나들이를 나갈 수
도 있었고 어떤 지역의 부녀자들 사이에서는 노출이 심한 복장이
성행하기도 했다. 그러나 송대(宋代) 이후에 이르면 상황은 완전
히 달라져 봉건 도덕의 수호자들은 이전 이러한 풍속습관을 가리
켜 '불결한 漢나라, 문란한 唐나라'라고 비난했다.5)

풍속습관은 시대와 지역에 따라 수시로 달라진다. 한, 당대의 자유
스러운 성 풍속은 송대 주자학의 성행으로 인하여, 부도덕하고 문란
한 성 풍속으로 비난받은 동시에 여자들의 행동은 극히 제한을 받는
다. 이러한 성 풍속의 변화와 봉건 예교의 강화는 남성 중심의 사고
와 성을 통한 여성의 지배 권력과 밀접한 관계가 있다.6)

봉건문화의 상징인 전족의 기원7)은 선진시대(先秦時代)로까지 올라

---

5) 劉達臨 著, 강영매 역, 『중국의 성문화』(상), 범우사, 2000, 32-33쪽.

6) 班固의 여동생 班昭는 『女誡』를 저작하여 봉건예교를 가르쳤다. 이 책에서 지은
이가 강조한 것은 여성을 비하하는 남존여비의식이다. 여자는 반드시 남편에게
순종하고 시부모와 시댁식구를 받들어 잘 모셔야 한다고 가르치고 있다. 劉向의
『烈女傳』, 宋若昭의 『女論語』, 明 成朝의 徐皇后가 저술한 『內訓』, 『女範捷錄』 등
은 유학자들에 의해 여자들을 위한 모범 교과서로 지정되었다. 이 책들은 시부모,
친정부모, 남편 모시기를 비롯하여 가족관리, 친척대접하기, 여자로서 지켜야할
본분, 행동거지 등을 자세히 기록하고 있다. 이외에 呂得勝의 『女小兒語經』, 賀瑞
麟의 『女兒經』, 陳宏謨의 『敎女遺規』 등 수많은 여자 교과서들이 많이 나왔는데
이것들은 모두 고대 여성들의 모범적인 행적을 열거하며 여자들도 공부를 많이
해야 한다고 주장했지만, 시대적 한계를 극복하지 못하고 기본적으로 부덕을 고
취하는 것을 내용으로 하고 있다. 이러한 책들의 목적은 여자들로 하여금 사회활
동에 참여하지 못하게 하는데 있다. 이영자 저, 『중국여성의 잔혹사』, 서울, 에디
터, 2003, 136-139쪽 참조

7) 전족의 기원은 학자들에 따라 설이 분분하다. 하나라의 啓씨, 은나라의 妲己, 전
국시대의 臨淄의 여인들, 漢 成帝의 애비였던 趙飛燕 등에서 발생했다고 주장한
다. '날으는 제비'라는 뜻으로 본명 대신 쓰였는데 뛰어난 미모에 춤까지 잘 추어
황후의 지위에까지 오르게 되었다. 한 번은 황제가 호수에서 연회를 베풀었는데
갑자기 강풍이 불자 춤을 추던 비연이 하마터면 물로 떨어지려고 했다. 황제가
급히 그녀의 한쪽 발목을 잡았는데 춤의 삼매경에 빠진 비연은 그 상태에서도 춤
추기를 그치지 않아서 비연은 임금의 손바닥에서도 춤을 추었다. 임금의 손바닥
안에서 춤출 만큼 발이 작다하여 전족이 여기에서 기원했다고 주장한다. 東漢 建

가지만 본격적인 전족의 유행과 장려는 송대로부터 시작된다.[8] 성리학의 대가인 주희는 여성들이 밖을 돌아다니면 다른 남성들과 사통을 하며 풍기를 문란시킨다 하여 전족을 고무하였다.[9] 봉건도덕의 수호자들은 봉건예교를 만들어 중국 여성들을 하여금 삼종지도(三從之道)나 남편에 대한 맹종으로 집안에만 가두어 두려고 노력하였다. 문인들 또한 이에 동조하여 전족의 아름다움을 찬양함과 동시에 추악한 풍속과 봉건도덕을 강화시켜 나갔으며 전족을 성의 완상물로 감상하는데 일조하였던 것이다.

> 향기로움 품으며 연꽃 밟듯 걷는 걸음
> 깊은 시름에 젖은 비단 버선
> 물결 차듯 지나가네

安 말년의 민가에 「孔雀東南飛」에 "발밑에는 살금살금 걷는 신발이 있다. 가는 헝겊으로 칭칭 감아 그 精妙함은 이 세상에 둘도 없다."라고 묘사되어 있는데 많은 사람들은 이것이 전족의 증거라고 주장한다. 六朝時代에 梁東昏의 후궁이 潘貴妃가 걸어갈 때마다 연꽃이 핀다하여 그곳에서 비롯되었다고 한다. 혹자는 당대 시인 杜牧이 쓴 시 "가는 자로 재도 남을 만큼 감은 헝겊의 신은 가볍다." 白居易의 시 "작은 앞머리 신은 좁고 가늘며 길다."에서 그 기원을 찾고 있다. 또한 五代의 한 왕조였던 南唐 李後主의 궁에 窅娘이라는 춤과 미모가 뛰어난 여인이 있었는데 높이가 여섯 자가 되는 금으로 만든 연꽃을 만들게 하고 거기에 보석으로 장식을 하였다. 그런 후에 요낭의 발을 초승달처럼 작게 하여 연꽃 안에서 춤을 추게 하였다. 그때부터 중국 여성들은 초승달 모양의 작은 발을 아름답게 여겼고 이를 본받았다고 하는데서 전족이 기원하였다고 전해진다. 그러나 이러한 한 두 마디의 말로 전족이 기원하였다고 논증하기에는 설득력이 부족하다. 본격적인 전족의 흥성과 발달은 봉건도덕의 수호자와 문인들의 지지로 송대로부터 시작한다.

8) 蘇東坡의 「減字木蘭花・贈君猷家姬」에서는 "두 발은 서리같이 흰데 모시 옷자락이 끌리네"라고 하였고, 李淸照의 「點絳唇」에서는 "오시는 손님을 보니 오직 버선발에 금비녀가 빛난다네."라고 언급하였다. 이외에 徐積의 「咏蔡家婦」와 秦少游의 시에 전족이 출현한다.

9) 元代 伊世珍의 「瑯嬛記」에 당시 福建 漳州 廈門 일대에 전족이 유행하게 되었는데 그것은 性理學의 대가 朱熹와 연관이 있다고 하였다. 그의 말에 의하며 주희가 장주에서 관리를 하고 있을 때 당시의 풍기가 너무 문란하다고 생각하여 전족을 제창하여 부녀들이 외도하는 것을 막았다는 것이다.

춤사위에 그저 바람만 일뿐
어디에도 지난 간 흔적 없네.
남몰래 궁중 풍으로 얌전히 차려입고
두 발로 서고자 하나
넘어지니 애처롭기 짝이 없네
그 섬세한 아름다움 어찌 말로 다하리
그저 손 안에 넣고 즐겨 볼 뿐10)

여인의 작은 발을 아름답고 신비하게 찬양하였을 뿐만 아니라 그
작은 발을 손 안에 놓고 감상하는 예술품 정도로까지 승화시켜 놓았
다. 이 「보살만」(「菩薩蠻」)은 중국 시사(詩詞) 사상 전족을 본격적으
로 찬양한 으뜸가는 작품으로 평가되고 있다.

소동파는 북송 중, 후기에 살았던 인물로 송대 당시의 매우 저명한
문인이자 영향력 있는 지배계층의 한 사람이었다.11) 이러한 사람이
기형적인 전족을 이렇게 아름답게 찬미하였으니 그 영향력은 매우
지대하였던 것이다.

소동파에 이어 송대의 장원건(張元幹)과 유개지(劉改之)는 춘광호(「春
光好」)12)와 「심원춘·영미인족」(「沁園春.咏美人足」)에서 전족의 아름
다움을 다음과 같이 극찬하였다.

---

10) 唐圭璋 編, 『全宋詞』(1卷), 北京, 中華書局出版社, 1965, 303쪽.
11) 소동파는 생존 당시뿐만 아니라 생후에도 많은 추앙을 받았다. 생존 당시에는
   黃庭堅, 秦觀, 陳師道, 張耒 같은 명시인들이 그의 시를 흠모하여 배웠다. 남송
   의 楊萬里, 陸游, 辛棄疾, 淸代의 袁枚 趙翼, 현대 작가인 林語堂에 이르기까지
   소동파의 시를 모방하였다.
12) 기다란 하얀 전족 천 겹겹인데, 전족 한 쌍이 아름답다. 비취빛 이불 속에 잠들
   때, 두발은 낭군의 온기 바라니, 품안에 꼭 감싸 안아주었다오. 여섯 폭 비단치
   마, 가벼운 바람에 바스락거리며 날리고, 두 발이 지나온 자취 남에게 보이길
   원치 않았네. 바야흐로 봄철 화창한 날이라 생각난다, 예전의 그 금련, 唐圭璋
   編, 위의 책(제 2권), 1087쪽.

낙수(洛水)가 걷는 저 아름다운 발걸음
누구의 가벼운 발길이기에
잔잔한 티끌이 살며시 이나
기억난다
꽃향기 짙은 오솔길 가도
만발한 꽃들 상하지 않고
이끼 덮인 섬돌 밟아도
갓 나온 잎에 흔적조차 없어라
신발 안에 덧댄 옥색 비단 적고
겉에 박힌 금박문양 작아
싱그러운 발의 생기 담아낼 수 없다네
……
생각난다.
춤사위 따라 금련 옮겨오면
준수한 원앙새 짝을 만나듯 두 발은 모이고
화려한 무대에서 아름다운 무도복 휘날리며
춤추는 봉황새인 양 가볍게 두 발이 벌어지네.
고통에 찬 원망을 깊이 감추고 두 발이 벌어지네.
심금을 울리는 두 발이 살짝 드러나
바람에 살랑 이는 엷은 비단치마에 오락가락 한다네.[13]

　　기형적인 작은 발을 '싱그러운 발'과 '춤추는 봉황새 발'로 묘사한
것도 부족해 '심금을 울리는 두발'이라고 극찬하고 있는 이 시는 전
족을 만드는 과정이 아무리 고통스러울지라도 그 고통을 감수하여
아름다운 발을 가져야겠다는 중국여성의 심리를 부추기게 만든다. 얼
굴은 하늘이 내려 준 것이어서 바꿀 수 없지만 전족은 아름답기를
바라는 어느 여성이나 후천적으로 노력하면 만들 수 있다는 것이다.
그래서 송대 이후 중국 부녀자들에게는 전족이 유행했고 자연 그대
로의 발(天足)은 천시되었다.

---

13) 唐圭璋 編, 위의 책(3卷), 2146쪽.

문인들의 전족에 대한 찬미와 고취는 처음에는 소수의 기생들과 귀족부인들에게 통용되었지만 점차 민간 계층의 부녀자들에게까지 수용되어 작은 발이 아름답다는 관념으로 굳어지게 되었다. 그러므로 얼굴이 아무리 예쁘다하더라도 발이 크면 미인으로 여겨지지 않게 되었다.

전족에 대한 문인들의 이러한 찬미는, 현대 여성들이 과도한 다이어트나 성형수술로 건강을 해치면서까지 가는 몸매를 위해 고군분투하는 것처럼 중국 봉건 여성들에게 전족에 대한 병적 심리를 조성시켰다. 아름다움에 대한 여성의 욕망, 황제와 지배계층, 남성의 사랑을 받아야겠다는 여성의 본능, 그리고 전족을 성적 완상물로 가지고 놀고자 하는 남성들의 욕구 등이 서로 맞물려 전족은 왜곡된 중국의 성문화를 굳건히 구축하는데 커다란 역할을 하였던 것이다. 시대를 거듭함에 따라 전족에 대한 문인들의 찬양과 갈망은 더해 가는데 元, 明, 淸代의 작품에서는 이를 잘 반영해 준다.

명대(明代)의 당인(唐寅)의 「영섬족배가」(「永纖足排歌」)14)와 풍류시인 당백호(唐伯虎)가 지은 「배가」(「排歌」)에서도 삼촌 금련의 작은 발에 대한 찬사와 갈망이 잘 드러난다.

> 세상에서 제일 아리따운 여인
> 그녀는 금련이 가장 빼어난다오.
> 보세요,
> 봉황머리 전족 신발 한 컬레 뽐낼 만 하니
> 막 꽃잎 진 연꽃 판이나
> 갓 나온 초승달 같지요.

---

14) 가장 아리땁고 고운 것, 금빛 연꽃 같은 작은 발이 최고, 봉황모양 머리 한 쌍이 그에 견줄 만 하네. 연꽃 새잎이 갓 피어난 듯, 막 나온 초승달인 듯, 뾰족하고 가녀린데다 보드라움 더했고 온통 꽃을 수놓았네. 헤어진 후 님을 보지 못했더니 쌍 오리는 어느 날에나 다시 합하리. 허리 가에 끌어당겼다, 어깨에 걸었다, 등에 떠받들었다. 손에 들었다 하네.

신발 코는 가냘프고
부드러운 겉감에 온통 꽃무늬라오.
헤어진 후에 그녀를 보지 못했네.
한 쌍의 물오리 같은 우리
언제나 다시 얽히리요.
그 날이 오면
허리를 부여 안고 어깨에 무등도 태우고
손으로 받쳐 등에 엎어 주리오[15]

전족에 대한 찬사와 서술은 단지 시사에서만 발견되는 것이 아니라 희곡과 소설에서도 발견된다.

왕실보(王實甫)의 『서상기』에서는 "눈을 밖으로 돌려보면, 발끝만이 마음의 관심을 달래준다"[16]하면서 전족이 사람의 마음을 이끄는데 얼마나 중요한 위치를 차지하고 있는지 세심한 묘사를 하였다.

『홍루몽』에서는 직접적으로 발을 묘사하지 않았지만 그 자태를 보면 전족임을 알 수 있다. 예컨대, 63회에서 "수연이 하느작거리며 마주 걸어오고 있다"[17]라고 묘사하고 있다.

이리하여 元末에 와서는 전족을 하지 않는 자는 수치심을 느낄 정도가 되었으니 문인들의 전족에 대한 찬미와 묘사가 전족을 확산시키는데 얼마나 커다란 역할을 하였는지 알 수 있다. 이렇게 중국 봉건사회의 성문화가 이성을 잃고 광기의 사랑에 휩싸인 것은 남성중심의 권력과 맞물려 있다. 사회적, 계급적, 정신적 불평등을 포함한 가부장제 사회, 남성 중심 혹은 지배계급 중심의 왜곡된 성문화가 봉건이데올로기라는 권력의 비호 속에 상호 상승 작용을 일으키면서 전족의 풍습은 끊임없이 확대 생산되었던 것이다.

---

15) 『唐伯虎全集』, 杭州, 중국미술학원출판사, 2002, 210-211쪽.
16) 王實甫 著, 『西廂記』, 北京, 人民文學出版社, 1995, 45쪽.
17) 조설근, 고악 저, 『홍루몽』(중), 북경, 인민문학출판사, 1990, 897쪽.

3절 전족과 성

장예모 감독의 「홍등」을 보면 봉건여성들이 잠자리에 들기 전에 발 안마를 받는 장면이 나온다. 안마 소리와 함께 붉은 홍등은 성적 욕구를 북돋는 청각적, 시각적 효과로 작용한다. 잠들기 전에 발을 안마한다는 것은 여러 가지 의미를 갖는다. 안마하기 전 향기로운 한 약재에 발을 씻음으로써 그 향기가 침실의 분위기와 성욕을 돋움과 동시에 편안한 섹스와 숙면을 유도시킨다. 발은 오장의 축소판이자 모든 성감대가 집중되어 있는 곳이기도 하다. 그러므로 봉건 중국에서 발은 섹스의 중요한 포인트이자 중요한 성적 도구로 사용되었다. 특히 아기의 살과 같은 부드러운 피부, 여자의 음부와 같이 움푹 패인 구멍을 갖고 있는 삼촌 금련은 남성의 성적 욕구를 유발시키기에 충분하였다. 그래서 남성들은 전족을 마치 여자의 음부처럼 생각하여 전족이 그들의 시각, 후각, 촉각, 청각을 자극할 수 있다고 생각했다.[18]

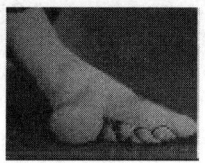

전족

그러므로 전족은 남편에게만 공개되었으며 가족조차도 볼 수 없는 금기 사항이었다. 송대와 그 후대의 춘화들 중 발가벗은 여자 나체의 그림은 있어도 끈을 풀어버린 전족의 모습을 그린 그림은 없다하니 발이 얼마나 중요한 성의 심볼인지 알 수 있다. 여자의 작은 발이 여자육체의 가장 은밀한 부분, 성의 상징, 성적 매력의 가장 핵심으로 여겨졌기 때문이다. 그러므로 남자와 여자가 서로의 마음을 확인하기 위해서는 발이 매개체가 되었다.

---

18) 또 애무의 방법으로는 입을 사용하는 것이 6가지, 손을 사용하는 것이 28가지, 발을 쓰는 것이 4가지, 어깨를 사용하는 것이 2가지 몸을 사용하는 것이 4가지가 있다고 했다. 그 중 어떤 것은 중복되므로 총48가지가 있다. 劉達臨 저, 강영매 역, 앞의 책, 332쪽.

예컨대, 『금병매』에서 반금련과 서문경의 간통은 발을 매개로 하여 발생한다. 반금련이 서문경을 유혹하기 위하여 에로틱한 육체의 상징인 전족을 발(簾) 바깥으로 내민다든지 서문경이 반금련의 마음을 떠보기 위하여 수저를 떨어뜨리면서 발을 꼬집어보는 대목 등이 그러하다.

> 금련은 일어나서 옷을 받아 벽에 걸려 했다. 그 순간 서문경은 일부러 소매자락으로 식탁 위의 수저를 쓸어서 마루 위에 떨어뜨렸다. 정말 두 남녀가 어울릴 인연인지, 수저는 바로 금련의 발밑에 떨어졌다. 서문경은 얼른 허리를 굽혀서 수저를 주우려다가 문득 뾰족하고 조그만 금련의 발이 수저 옆에 있는 것을 발견하고는 무늬를 수놓은 버선코를 손으로 살짝 꼬집었다.
> 금련은 해죽이 웃으면서, "아니 나리도, 장난이 심하셔. 心心相印인데, 나린 저를 정말로 홀릴 작정이신가요?"[19]

명대의 언정소설(言情小說) 『조유씨연의』(『刁劉氏演義』) 중에서도 주인공 왕문(王文)이 유씨의 병을 이용하여 상대방의 동정을 알아보려 하는데 발부터 건드려 본다. "왕문은 즉시 자리에서 일어나 유씨의 옆으로 다가갔다. 유씨가 손을 펴니 왕문은 세 번째 손가락으로 응답을 보냈고 두 사람의 눈은 저절로 마주하게 되었다.…왕문은 점잖지 않게 유씨의 버선발 끝을 가볍게 건드렸지만 유씨는 피하기 위하여 발끝을 뒤쪽으로 오므리지 않았다. 두 사람의 발끝이 서로 마주쳐 몇 차례 흔들렸다. 이 흔들림은 왕문의 마음을 혼미하게 만들어 놓았으며 그를 한없이 놀랍고 기쁘게 하였다. 어찌 유씨의 발이 피하지 않을 줄을 누가 알았겠는가?"[20]

『요재지이』「청봉」(「靑鳳」)에서는 "경거병(耿去病)이 고의로 발을 차

---

19) 소소생 저, 조성출 역, 『금병매』(1권), 서울, 삼성출판사, 1993, 90쪽.
20) 石方 著, 『中國性文化史』, 黑龍江出版社, 1993, 272-273쪽 재인용

자 청봉은 급히 발을 움츠렸지만 화를 내지는 않았다."[21]라고 묘사하
고 있다. 발을 통하여 상대방의 마음을 알아보기 위한 것이다. 발을
만짐에도 불구하고 가만히 있다는 것은 상대방을 받아들이겠다는 의
미로 통용된다. 그러므로 전혀 마음에 들지 않은 남정네가 발을 만진
다면, 그것은 바로 성희롱이자 강간에 해당된다는 것이다. 그만큼 전
족은 제 2의 성이었던 것이다.

여자도 식탁보 아래에서 전족으로 상대방을 살짝 차보거나 무릎을
맞대는 것으로 남자의 반응을 탐색해 본다. 혹은 일부러 전족을 밖으
로 꺼내어 남성을 유혹하기도 하고 사뿐사뿐 걷는 모습으로 환심을
사기도 한다.

또한 남성들은 중국 여성의 전족 냄새 맡기를 좋아
했다. 그러므로 중국여인들은 마음에 드는 남자를 유
혹할 때는 발을 졸라매는 천을 그 남자의 얼굴에 던지
고 발을 내밀어 남자에게 입 맞추게 하였다. 전족에
닿기만 하면 여색에 취하여 정신을 차릴 수 없을 정도
로 전족을 여성의 성으로 여겼으니 손으로 어루만지며
그것을 섹스의 도구로 사용했을 때는 더 말할 나위가 없었던 것이다.

전족을 한 소녀

청초(淸初) 이백초 (李百川)이 쓴 『녹야선종』(『綠野仙踪』)을 보면
서로 벽을 사이에 둔 주련(周璉)과 혜낭(蕙娘)이 야밤에 담을 넘어 전
족을 희롱하면서 밀회를 즐기는 장면[22]이 있으며 원대(元代) 여지암

21) 劉建國 外 譯, 『白話聊齋』, 湖南, 岳麓書社 出版社, 2001, 41쪽.
22) "주련은 혜낭을 침상위로 안아 어깨를 나란히 하고 앉은 연후에 술 한 잔을 따
라 그녀에게 주었다.…주련은 혜낭에게 먹을 것을 주고 자기는 여섯 일곱 잔을
내리 마셨다. 정욕이 숯불처럼 일어나는 것을 느끼는 차에 갑자기 혜낭의 발밑
으로 드러난 선홍색의 낮은 신발이 보였다. 위에는 푸른 가지에 녹색 잎사귀에
꽃잎이 수 놓여 있었으며 아주 귀여웠다. 황급히 손에 잡고 자세히 감상하니, 야
위고 작은 것 속에 무한한 강건함이 내재해 있었고 이상하게 생겼지만 혐오스러
운 것은 아니었다. 주련은 "그대의 아름다운 작은 발에 흥분되어 숨이 막힐 지
경이오"하면서 천천히 과찬의 말을 했다. 李百川 著, 『祿野仙踪』(下), 北京人民文

(呂止庵)의 『야행선』(『夜行船』)에도 삼촌 금련을 생각하며 어떻게 섹스 행위를 할 것인가 대하여 자세히 묘사하고 있다.

> 항상 삼촌 금련의 생각에 여념이 없어 작은 발을 어깨 위에 올려놓고 사랑하고자 조급하게 마음 태우네. 사랑하는 여자에게 전족을 손으로 직접 잡아 어깨 위에 올려놓고 사랑을 할까 아니면 겨드랑이 아래에 끼어 놓고 사랑을 할까 하고 물어보네. 은빛 나는 등불에 높이 불을 밝혀 향기 나는 아름다운 작은 발을 바라보고자 하네. 온 힘을 다하여 삼촌 금련의 전족을 높이 올려놓고 기쁨에 가득 차 즐겁게 가지고 놀고자 하네.[23]

또 청대 소주(蘇州)에서 유행했던 산가(山歌) 「족금련」(「纏金蓮」)[24] 역시 남자가 여성의 작은 발에 몰두하는 것, 또 여성이 자신이 갖고 있는 '삼촌금련'에 대해 득의양양해 하는 모습 등을 생생하게 묘사하고 있다.

고대 중국 남자들 중에는 '발 숭배광', '금련 벽'들이 있었다. 그래서 전족이나 신발 냄새를 맡는다 할지 혹은 신발을 훔쳐 사정을 해 놓은 사례들도 있었다.[25] 신발에 술을 따라 마신 전족주가 있었는데 그 대표적인 사람이 서문경이다.[26]

學出版社, 2002, 514쪽.

23) 石方 著, 앞의 책, 271쪽 재인용

24) 가인은 방안에서 금련을 감싸고, 才士는 걸음 옮기며 희희낙락, '낭자, 그대의 금련은 작구려-' 겨울날 죽순 끝처럼 구부러져 있구나. 또 오월 단오날 삼각형 粽子같고 향기롭고도 달콤하다. 또 유월의 불수감 열매같으니 영롱하고 뾰족하다. 가인이 듣고 얼굴이 빨개졌다. 꽃을 탐하고 색을 좋아하면 천해질 수 있습니다. 오늘 밤 그대와 머리를 맞대고 잠들면 작은 금련을 그대 입가에 놓겠습니다. 그대에게 얼마나 향기롭고 얼마나 달콤한지를 묻겠습니다. 또 죽순 끝을 맛보도록 청하겠습니다.

25) 어떤 사람은 전족을 찻물에 담가서 그 찻물을 마셨다고도 한다. 劉達臨 著, 『中國性史圖鑑』, 長春, 時代文藝出版社, 2003, 223쪽.

26) 서문경은 『金瓶梅·西文慶買囑何九』에서 반금련의 꽃으로 수놓은 신발을 벗겨서

이러한 남성의 변태심리는 여성을 억압하면서 더욱 쾌감을 느끼게 한다. 전족을 만들기 위하여 고통스러워하는 여성들의 모습과 뒤뚱뒤뚱 걷는 그들의 모습에서 중국 남성들의 연민과 쾌감을 자아내게 하는데 관한경(關漢卿)의 『규원가인배월정』(『閨怨佳人拜月亭』)은 이를 잘 반영해 준다.

> 한걸음 떼어놓고 한숨 한 번 쉬고
> 두 걸음 떼어놓고 눈물 가득 흐르네.
> 비 한 방울에 슬픈 눈물 한 줄기
> 바람 한 바탕에 긴 한숨 한번.27)

쓰러질 듯 쓰러질 듯 뒤뚱거리는 중국여성의 가련한 모습은 중국 남성들의 동정을 자아내게는 한편, 남성들에게 커다란 새디즘(sadism)의 쾌감을 안겨준 것 같다. 남성들의 변태심리를 충족시켜 주기 위해 전족을 한 여자들 또한 어느덧 매조키즘(masochism)의 노예가 된다. '썩지 않으면 작아지지 않고, 썩을수록 잘 되는' 작은 발, 이 발은 남자의 성적 욕망을 위하여 이렇게 희생되었던 것이다.

여성의 작은 발이 왜 일종의 '성감대'로 성욕을 자극하는지에 대하여 중국과 외국 학자들이 생리적 측면에서 연구한 적이 있다. 일본 학자들은 전족을 한 후 잘 걷도록 하려면 허벅지와 골반의 근육이 항상 긴장해야 하므로 음부의 근육이 비교적 팽팽하게 되어, 성관계를 가질 때 처녀와 성관계를 갖는 느낌이 있다는 사실을 발견하였다.28) 청말 중국학자 고홍명(辜鴻銘)은 '발을 감싸면 피가 위로 흘러 엉덩이를 풍만하게 하여 성적 매력을 낳는다'고 했다.29)

손위에 올려놓고 술을 따라 마신다.
27) 關欣來 輯校, 『關漢卿集』, 山西人民出版社, 1996, 246쪽.
28) 劉達臨 저, 강영매 역, 앞의 책, 338쪽.

이로 보면 서양의 하이힐이나 일본의 다비 또한 모양은 달라도 그 기능은 같다고 할 수 있다. 늘씬한 몸매를 자랑하는 금발 미인이 하이힐을 신고 걷는 모습이나 하얀 다비를 신고 인형처럼 걷는 일본 여성, 전족을 신고 아기처럼 뒤뚱거리는 모습은 모두 남성들에게 좋은 눈요기 감이며, 그들의 성욕을 한층 더 돋구었던 것이다.

전족신발

또한 심리적 차원에서 이를 살펴보면 겹겹으로 쌓인 전족이 신비감을 자아내게 했고 그로 인하여 성적 욕망을 더욱 증폭시켰다고 볼 수 있다. 우리 속담에도 말(馬)처럼 "발목이 가늘어야 정력이 좋다"는 말이 있는데, 이는 "발이 작을수록 성욕이 강하다"는 어느 중국지방의 속담을 상기시킨다. 그러나 이러한 말들은 모두 의학적, 생리학적으로 입증할 만한 증거가 없다. 다만 발과 발목이 작고 가늘수록 성행위를 할 때 힘이 골반에 모이고 발을 위로 들어 올려 테크닉을 자유스럽게 구사할 수 있으니 이를 두고 정력이 세다든지 성적 매력이 있다는 말이 나올 법하다. 『금병매』에서 왕노파의 매개로 간통이 이루어져 서문경과 반금련이 처음 사랑을 나누는데, 다음과 같은 장면은 이를 잘 반증해 준다.

원앙새가 물을 희롱하는 듯하고 목을 맞댄 원앙이 물위에서 노니는 것 같다. 자자(孜孜)한 기쁨은 연리지(蓮理枝)를 낳고 아름답고 달콤한 마음의 띠를 만든다. 한 사람은 붉은 입술을 꼭 다물고, 다른 한 사람은 가는 듯한 눈을 가물가물 뜬다. 비단 버선을 높이 쳐드니 어깨 위로 자그마한 두 발이 나타난다. 금비녀는 옆으로 떨어지고 배게 위에 검은 머리카락이 쌓인다. 바다에 다짐하고 산에 맹세하며 수없이 흔들며 분탕질을 해댄다.[30]

---

29) 위와 같음
30) 소소생 저, 조성출 역, 앞의 책, 90-91쪽.

여자의 작은 다리를 남자의 어깨 위로 가볍게 올려놓고 자유자재로 테크닉을 부리며 섹스 행위를 하는 모습임을 알 수 있다.

이렇듯, 겹겹이 헝겊으로 싸인 작은 발을 이름깨나 있는 문인들이 아름다운 미사여구로 칭송하여 놓았으니, 가히 전족은 에덴동산의 사과처럼 유혹적이었을 것이다. 세계 어느 문학에서도 찾아볼 수 없는 전족에 대한 찬미와 묘사는 봉건중국의 성문화를 한 눈에 볼 수 있게 해주며, 중국문학만이 누리는 독특한 소재거리이다.

4절 나가는 말

'삼촌금련'은 식인의 역사가 만들어 낸 기괴한 중국 봉건문화의 상징물이었다. 건강하고 자연스러운 발(天足)은 홀대받고 기형적인 전족이 미인의 발로 찬사를 받았으니 이는 한마디로 중국봉건 사회가 얼마나 비이성적이고 광적인 사회였는가를 잘 보여주는 단면이라 하겠다.

고대에서 현대에 이르는 중국 역사는 여성이 억압당하고 착취당한 '여성의 잔혹사'라고 말해도 과하지 않다. 고대 중국에서 여성의 결혼이란 또 하나의 노동력을 얻는 것이자 성적 대상물을 얻는 것으로 이용되었다. 귀족계층의 정실을 제외한 첩과 중인, 천민, 노예계층의 여성들은 인간 대접을 받지 못하였다. 그들은 남성중심의 지배계층의 성적 노리개이자 그들을 위하여 봉사하는 牛馬로 취급되었다. 봉건중국에 있어 여성의 비극이란 남성 중심의 사상과 부권(父權), 부권(婦權), 족권(族權), 신권(神權)의 교합작용 그리고 봉건예교의 교조주의적인 정조관과 남성들의 병태적인 심미관으로부터 산생된 것이다.

전족은 이러한 중국문화의 총체적인 모순을 극명하게 보여주는 상징물이자 중국 여성 잔혹사의 증거물이다. 전족은 송대에 들어와 홍성하게 되는데 이러한 원인은 앞에서 살펴보았듯이 봉건예교를 수호한 봉건 도학자들과 이를 찬양한 문인들과 밀접한 관계가 있다. 전족을 찬양한 수많은 문인들이 거의 남성들이며 지배계층이었다. 그들은 여성을 장악하기 위하여 공개적 혹은 내재적으로 그 논리적 근거를 제공하였다. 지배계층과 남성이 만들어 놓은 덫에 걸린 중국 여성들은 그 자신들이 전족을 더욱 사랑하게 되었으며, 그것을 성적 도구로 삼기에 이르러 탈출할 수 없는 블랙홀에 빠져 버리게 되었던 것이다.

청 말에 와서 의식 있는 황제와 몇몇 사람들이 전족의 폐지를 주장하였지만[31] 그들조차 전족을 가진 여자를 몰래 감춰두고 사랑했다하니, 전족 문화가 중국 성문화에 얼마나 깊이 침투해 들어갔는지 알수 있다.

성에 대한 인간의 욕망은 고대로부터 현대에 이르기까지 변함이 없다. 또한 그 다양한 성문화를 하나의 잣대로 긍정하거나 비판할 수만은 없다. 정상체위만이 올바른 인간의 성교형태로 취급받던 것이 이제는 어떤 형태의 체위든지 자유스럽게 거론되고 있다. 우리나라의 경우 동성동본의 결혼이 용인되고 유럽에서는 동성애가 점차 그 권익을 찾아가고 있다. 프랑스의 철학자 자크 데리다는 현행 일부일처제 결혼제도를 부정하며 그 대안으로 '시민결합'(union civil)[32]을 내놓기도 했다. 그러나 이 같은 다양한 변화의 흐름 속에서도 신체의 일부분을 가혹하게 변형시키는 광기의 사랑만은 지역과 시대를 초월하여 이해할 수 없는 일이다. 어떠한 이데올로기도 인권에 반한 것은 수정되어져야 할 것이며, 그것이 인간의 '이성' 세계일 것이다.

이성을 압도한 '광기의 사랑'이 가득 찼던 봉건 중국, 그러나 21세

---

31) 청대의 건륭황제나 홍수전, 강유위 등은 전족폐지를 주장하였지만 전족을 한 애첩을 몰래두고 살았다 함.

32) 데리다는 결혼이란 개념의 모호함이나 종교적 위선을 없애는 대신 강제되지 않은 여러 섹스파트너들 사이의 유연한 규약, 즉 계약적인 '시민결합'을 제시했다.

기의 신중국은 이미 세계 최첨단의 서구 자본주의 흐름을 받아들이고 있다. 이제 중국여성은 더 이상 봉건문화의 피해자가 아니다. 남성들에게 지배받고 성적으로 희롱당하는 피동적 존재가 더 이상 아니다. 그들은 전족을 훌훌 벗어 던져 버리고 자신들의 권익을 당당하게 찾아가고 있다. 심지어 거리에서도 공공연하게 성을 매매하며 자신의 욕구를 마음대로 표현할 수 있는 성 개방시대를 맞이한 중국여성들, 지금 그들의 주변에는 또 어떤 다른 광기의 사랑이 어른거리고 있는지?

Ⅲ. 한국과 북한 그리고 중국

제 5장 한인제재 소설에 나타난 중국작가의 한국인식

- 중화사상을 중심으로 -

1절 서 론

얼마 전, 동북공정의 문제로 한참 나라가 들끓었었다. 지금은 잠시 수면 아래로 가라앉아 있지만, 동북공정에 대한 담론은 언제든지 다시 거론될 뜨거운 감자라 하겠다.

동북공정은 한국에 대한 중국의 인식관을 웅변적으로 대변해주고 있다. 역사적으로 한국과 중국은 순망치한과 같은 밀접한 관계를 맺어왔다. 중국은 伏生의 『尙書大全』과 사마천의 『史記』, 班固의 『漢書』에 나오는 기자에 관한 기록을 인용하여 고대 한국의 기원이 기자조선에서 유래하였다고 주장하였으며1), 한국과 중국의 뿌리가 같은 것이라 여겼다. 한중관계는 고대 한국의 건국과 함께 이미 시작되었다

---

1) 『상서대전』에는 주(周)의 무왕(武王)이 은(殷)을 멸망시키고 감옥에 갇힌 기자를 석방하자, 그는 이를 탐탁치 않게 여겨 조선으로 달아났다. 무왕이 이 소식을 듣고 조선왕으로 봉하였다. 주의 책봉(冊封)을 받은 기자는 부득이 신하의 예를 차려야 하였으므로 BC 1100년경(무왕 13)에 주나라에 가서 무왕을 만났는데, 무왕은 그에게 홍범9주(洪範九疇)에 대해서 물었다고 한다. 또, 『사기』의 송미자세가(宋微子世家)에는 무왕이 은을 정복한 뒤 기자를 방문하여, 백성을 편안하게 하는 방도를 묻자 홍범9주를 지어 바쳤다. 이에 무왕이 그를 조선왕으로 봉해주었으나, 기자는 신하의 예를 갖추지 않았다고 한다. 마지막으로 『한서』의 지리지 연조(燕條)에는 은나라가 쇠하여지자 기자가 조선에 가서 그 백성에게 예의와 농사, 양잠, 베짜기 기술을 가르쳤더니, 낙랑조선(樂浪朝鮮) 사회에서는 범금팔조(犯禁八條)가 행해지게 되었다고 한다.
http://gnalee.narun.net/%B1%E2%C0%DA%C1%B6%BC%B1.htm

는 것이다.

　과연 고대의 중국인들은 한국을 어떻게 인식하였으며, 그 인식관이 근대와 현대에 이르러 어떻게 변화 했을까? 중국인들의 對 한국관을 제대로 이해함으로써, 우리 또한 정확한 중국관을 견지할 수 있으리라 생각한다.

　역사적으로 궁구해볼 때, 주나라 시대 중국은 우리를 '천하에 속한 하나'의 부류로 여겼다. 중국의 관점으로 보자면 기자 조선 때 이미 한중 관계는 책봉과 조공의 형태로 맺어졌다. 차츰 시간이 흐르면서 중국은 우리를 같은 부류에서 나왔으되, 한 단계 낮은 족속으로, 혹은 속국의 夷族 정도로 생각하게 되었다. 그러나 한국에 대한 이 같은 중국인의 인식은 19세기에 들어와서 크게 변화한다. 천하 속의 한 부류, 중원 밖의 한 족속, 혹은 종주국과 주변국의 한 이족(오랑캐) 등과 같은 인식에서, 이제는 타자화 된 다른 국가, 다른 민족으로 인식하기에 이른 것이다.

　근·현대 한인제재 소설에는 이러한 인식의 변천과 함께 여러 가지가 혼재된 한국관이 나타난다. 본고는 근, 현대의 중국 작가들이 한국을 어떻게 인식해왔으며, 한인과 한국에 대한 그들의 인식이 작품에 어떻게 반영되어 있는가를 살펴보고자 한다. 때로는 제 3자의 입장에서, 때로는 동병상련의 입장에서 한국 문제를 자기화하여 바라보았던 그들의 복잡한 인식관에는 고대로부터 내려오는 한국관과 긴밀한 관계가 있으며, 이는 최근 제기되었던 동북공정 문제와도 무관해 보이지 않는다.

2절 중화사상과 한국관

자고로 우리나라와 중국과의 관계는 순망치한, 宗藩關係(종주국과 속국), 혹은 형제의 나라 등으로 불려왔다. 이러한 용어들은 고대에서 근대에 이르기까지의 한중관계를 웅변적으로 보여주는 것들이라 하겠다. 다분히 편파적이고 중국 중심적인 이러한 표현들은 최근에 제기된 중국의 동북공정 발언과 밀접한 관계가 있다.

고대에서 있어서 '중국'이란 현재 우리가 국가로 지칭하는 중화인민공화국의 약칭으로서의 국가의 개념이 아니다.

'중국'이란 명칭은 『詩經』에서 처음 나타나는데 '中'은 처음에는 "사람들이 많이 거주하고 있는 서울 京師"의 뜻이었던 것 같다. 그러나 오랜 시일의 경과와 함께 중국의 의미는 周王이 거주하는 단순한 수도가 아니라 주왕이 통치하였던 나라(國)로 확대된다.[2] 또한 『禮記』에는 중국이라는 의미가 한족이 거주하는 지역이나 한족이 세운 국가라는 뜻으로 쓰였다. 당시 한족의 활동범위가 황하 중류 일대였으며 東夷, 西戎, 南蠻, 北狄이라는 四夷의 중간, 혹은 九州의 중앙에 위치하였기 때문에 중국이라고 부른 것이다.[3] 이처럼 '중국'은 단순한 지리상의 개념뿐만 아니라 구체적인 정치적 중심 또는 왕의 직할지라는 개념으로 쓰였다.

또한, 중국은 中華, 中夏라는 용어와도 동일하게 쓰이는데, 이것의 의미는 문화가 "이 세상에서 가장 찬란한 중앙의 큰 나라"라는 뜻이다. 이것은 문화수준이 낮은 주변의 작은 나라들의 존재를 상대적으

---

2) 이춘식 저, 『중화사상의 이해』, 신서원, 서울, 2002년, 123쪽.
3) 또한 천자가 있는 지역으로도 쓰이는데 이상의 설명에 의하면 중국이 국명이 아니라 일반명사로 사용되었음을 보여준다. 국명을 나타내는 고유명사로 중국을 사용하게 된 것은 1911년 신해혁명과 더불어 탄생한 중화민국이후이다.

로 전제하고 있음을 알 수 있다. 이 같은 사실에서 우리는 고대 중국인들의 의식 속에 이미 자기 국가 중심의 중국과 다른 나라, 또는 중국과 중국 밖의 다른 세계라는 이중적 개념이 싹트고 있음을 알 수 있다. 따라서 중국의 개념은 문화가 우월한 華夏世界와 문화가 열등한 이적, 만이의 세계 즉 華夷의 세계를 전제하고 형성된 개념이라고 할 수 있다.4) 천자가 지배하는 지역은 王化가 미치는 지역으로 인간이 사는 곳이자 문명의 세계이지만, 王畿에서 멀리 떨어진 사방(변두리)은 왕화가 미치지 못한 미개지역으로 야만인들이 사는 비문명의 세계라는 것이다. 이러한 개념은 역사의 발전에 따라 중국 중심주의의 중화사상 또는 화이관(華夷觀)을 낳게 하였으며 夷에 대한 華의 절대적인 우월성 및 그 지배의 정당성을 용인하는 관념을 형성하게 하였던 것이다.5) 이러한 중국 중심의 중화주의는 진의 군현제(郡縣制)를 통치형식-그 주변국의 체제를 '국(國)'이라고 했는데, 국가의 대표이자 천자의 신하로써 왕(王)이 배치되는 완결적인 구조- 으로 하고 주변국에 대해서 조공(租貢)과 책봉(冊封)이라는 간접 지배방식을 취하여 주변의 이적과 나라를 통치하며 그들을 자신들의 문화권 속에 받아들여 동화시켜 나아갔다.

---

4) 이춘식 저, 앞의 책, 128쪽.

5) 예컨대 『논어』「八佾篇」의 "夷狄之有君, 不如諸夏之亡也"(이적에 개명한 군주가 있을지라도 거기에는 중화문명이 있을 수 없으니, 중국이 망하여 군주가 없는 상태보다 못하다)에 대한 古注의 해석이 그 전형적인 예다. 그러나 그 후 중화문명은 중외, 화이를 불문하고 보유하게 됨과 동시에 화이의식도 공유할 수 있는 의식이 되었다. 이를 반영하여 宋儒는 예문을 "이적에도 개명한 군주가 있다면 중화문명을 공유할 수 있으며, 제하라 할지라도 이들이 없다면 이적보다 못하다"라고 해석한다. 이와 같이 중화문명의 유무, 多寡에 따라 화이는 상대화 될 수 있다. …어쩌든 화이의식 자체는 '문화일원주의'를 벗어나지 못하였다. 화이의 구분은 어디까지나 중화문명을 기준으로 삼았던 것이다. 재미있게도 이 '문화일원주의'는 화=문명, 이=야만'이라고 보는 점에서 구미 근대의, 역시 '문화일원주의'에 근거를 둔 '문명-미개'관과 상통한다. 김봉진, 「화이질서의 재해석」, 『전통과 현대』, 1977 겨울호, 270-271쪽.

이와 함께 고대의 중국인(주족)은 천명사상에 근거하여 '하늘'을 자연을 창조한 조물주, 혹은 조상신으로 숭배하였다. 그들은 주왕을 하늘의 아들, 즉 천자로 승화시켜 신성한 존재로 부각시켰다. 주왕을 우주의 창조주이자 절대 신인 하늘의 아들, 즉 천자로 승화시킴으로써 주나라 통치의 정통성과 신성성을 수립하고자 하였던 것이다. 그렇다면 어떠한 사람이 천명을 받을 수 있는가? 그들은 덕6)을 갖춘 자만이 천명을 받을 수 있으며 천자(황제)만이 천하(세계)를 지배할 수 있다고 주장하였다. 천하를 다스리는 기본원리는 유가사상이다.

그러므로 夷狄, 蠻夷라도 이러한 중국 문화를 존중하고 수용하면 그들의 중원세계로 받아들였다. 이적, 만이의 출신인 楚, 吳, 越, 秦 등이 중원열국으로 편입되었는데 이것이 華夷思想에 수용된 한 예라 할 수 있다.7) 또 혈통이 중국 사람이고 중원으로 편입하였다 할지라도 당시의 예법에 어긋나는 부도덕한 행위를 하였을 경우에는 다시 이적으로 폄하고 축출되었다. 이러한 禮的 질서는 '국가간 관계의 禮的 질서'로까지 확대되었는데 여기에서 예법의 유무, 다과에 따라 '華'와 '夷'를 구별하였다.8) 이처럼 '華'와 '夷'의 구분은 예법에 의하여 구분되어지며 이러한 구분에 의해 형성된 화이사상이 중화세계질서의 주된 사상이다. 이렇게 중화주의는 자신만의 중화세계 질서라는 독선적인 틀과 함께 확산, 발전되었으며 이에 따라 중국역사의 분열, 통일과 더불어 중국 주변의 수많은 이적과 만이들이 자발적 혹은 수동적으로 중국 문화에 동화되어 수용되었던 것이다.

하늘에서 천명을 받은 천자가 천하를 통치해야 한다는 통치이념

---

6) 『尚書』와 『周禮』에서 언급한 六德과 六行을 말한다. 六德은 知仁聖義忠和를 六行은 孝友睦姻任恤로 설명하고 있다.

7) 이러한 점을 보면 고구려사의 중국사의 편입(동북공정)도 중화주의 입장에서 끊임없이 중화의 영역을 확대해온 결과라 볼 수 있다.

8) 김봉진, 「華夷秩序의 재해석」, 『전통과 현대』, 겨울호(1997), 270-271쪽.

속에서 천자를 정점으로 한 동아시아의 보편 국가상을 수립한 고대 중국은 중국을 제외한 천하 밖의 세계와 다른 민족을 주변국가의 미개한 민족으로 인식하였다. 그들을 계몽하여, 구제하고, 평정해야 할 대상으로 간주하였으며, 그러한 행위를 천명의 사명이라 인식하였던 것이다. 이와 같은 독선적인 중화주의의 발상은 때로는 약소국을 지배하고 강탈하는 제국주의의 문화적 논리로 작동하였으니, 오늘날 동북공정이라는 프로젝트가 산생된 배경을 이해할 수 있는 것이다.

고대 중국인에게 '천하'의 개념이란 여러 가지로 정의될 수 있는데 먼저, 하늘 아래의 모든 땅과 바다를 포함한 전체공간을 의미한다. 구체적으로 이야기 하자면 華·夷를 망라한 전체를 의미하며, 이는 바로 주왕의 통치지역과 대상이 하늘 아래 모든 백성들에 해당된다는 것이었다. 이러한 '천하'의 개념은 역사의 발전에 따라 그 의미가 확대되어 해석된다.

그렇다면 당시 고대 한국은 고대 중국인에게 있어 어떠한 모습으로 비쳤으며 그들에게 있어 어떠한 존재로 다가왔을까? 위에서 살펴본 바와 같이 당시 고대 중국의 시각에서 보았을 때, 고대의 조선 또한 천하 속의 한 존재로 들어가 있다. 華가 되었든 夷가 되었든 간에 천하 속에 들어있는, 통치 받아야 할 지역이자 백성으로 간주된 것이다.

고대 중국에 있어 고대 조선에 대한 기록은 『山海經』, 『史記』, 『爾雅』 등에서 찾을 수 있다.

"중국에서 가장 오래된 지리서인 『山海經』에 따르면 '황해의 안쪽과 발해의 북쪽에 나라가 있으니 이름을 조선이라고 한다'라고 말했다. 또한 '조선은 列陽의 동쪽에 있고… 列陽은 燕에 속해있다'라고 기록함으로써 고조선의 위치를 설명하고 있다. 『史記』「蘇秦列傳」에서는 '燕나라 동쪽에 조선과 요동이 있다'라고 했다."9)

「五藏山經>, <海外四經>, <海內四經>, <大荒四經>, <海內經」으로 구분되는 『山海經』에서 고대 한국은 "海外經"이 아닌 "海內經"에 포함되어 있다. 『管子』의 "桓公問管子曰 吾聞海內玉幣有七筴, … 朝鮮之文皮一筴也"10)(제나라의 환공이 관자에게 海內에 귀중한 일곱 가지 예물이 뭐냐고 묻자 관자는 그 가운데 하나로 밝 조선의 범 가죽을 들었다.)와 『爾雅』의 "東北之美者, 有斥山之文皮"11)(동북의 가장 아름다운 것은 척산의 호랑이 가죽이다)라는 기록이 있는데, 이 내용 속에서도 당시의 중국인은 조선의 호피를 海內 즉 천하 밖의 것이 아닌 천하 속의 것으로 인식하고 있다. 이처럼 고대 중국은 고대 조선을 지리적으로 뿐만 아니라 경제적인 면에서도 천하의 범주 속에 들어 있는 한 부류로 인식하였던 것이다.

이러한 고대 중국인의 인식 속에서, 고대 한국이 천하 속의 한 부류이지만 중원 밖의 또 다른 족속이자 변방국가로 인식되기 시작한 것은 秦, 漢代에 들어 고조선과의 충돌에서이다. "이 시기에 중국은 이른바 '동이·서융·남만·북적(東夷, 西戎, 南蠻, 北狄)'이라는 중화와 이적이라는 화이론적 역사체계를 세워 주변 민족의 역사를 비하하는 동시에, 이러한 역사를 현실화하기 위해 주변 민족의 정복에 나섰다. 그 결과 한중 양국은 전쟁관계에 들어가게 되었으니 고조선과 진의 충돌, 위만조선과 한제국의 전쟁이 바로 그것이다."12)

삼국시대 때, 고구려는 A.D. 4 C 말 이래 동북아시아의 패권을 장악하나 A.D. 677 년 나당연합군에 의해 멸망하였다. 고구려 멸망 후 고구려의 유민들은 발해 및 중국으로 흘러들어갔으며 일부는 통일신라로 흡수되어 버렸다. 동북공정에 의하면 중국학자들은 고구려와의

9) 김득황 저, 『만주의 역사와 간도문제』, 남강기획 출판사, 2005, 19
10) 『管子』揆道篇,卷23.
11) 『爾雅』釋地 第9.
12) 서영수, Copyrights ⓒ 조선일보 & chosun.com

싸움을 내전으로 보고 고구려 사람을 그들 민족으로 간주하면서 신라와 백제는 다른 이족 혹은 오랑캐로 간주하고 있다. 또한 그들은 고구려, 백제, 신라가 고대 중국에 조공을 바치고 그들로부터 책봉을 받은 사실을 강조하고 있다. 책봉과 조공이라는 것은 약소국이 강대국 앞에서 생존하기 위한 한 방법으로 조공을 바침으로써 정권을 보장받는 것이다. 청대에 이르러서는 "서로 책봉과 조공의 예를 교환하지만 내정과 외교에 대해서는 서로 간섭하지 않는 종속관계"13)라고 하였다.

송나라 사신의 눈에 비친 고려도경 『高麗圖經』이라는 책을 보면 고려와 송의 관계뿐만 아니라 당시 고려에 대한 송나라의 관점이 잘 드러나 있다. "고려는 箕子가 봉해진 이후 덕을 실천하여 현재에 이르렀고(1권 建國), 四夷와 달리 중화의 풍속을 모방하여 종묘와 사직을 세웠으며 城邑, 門闕도 졸렬하기는 하나 옛 제후의 예를 따라 지었고(4권 門闕), 관복도 송의 제도를 따라 입어 의복제도가 크게 갖추어졌으며(8권 冠服), 夷狄들 중에서 인재가 가장 많았다고 하였다(8권 人物) 그 밖에 『高麗圖經』14) 곳곳에서는 고려가 四夷와 다르다고 강조하고 있다…. 천하의 다스림을 통할하기 위한 正朔, 천하의 교화를 아름답게 하는 유학, 천하의 화합을 이끌기 위한 음악, 천하의 공정함을 과시하는 도량형 등은 송의 것과 그 제도가 똑같다고 했다."15) 이렇게 고려의 모습을 자세하게 기록한 것에는 송의 지배 영역

---

13) 김한규 저, 한중관계사1』, 아르케 출판사, 서울, 1999, 25쪽.

14) 고려 仁宗 원년(1123) 6월 송의 國信使 일행이 두 가지 임무를 부여받고 고려를 방문하였다. 송 徽宗의 조서를 고려 국왕에게 전하는 것이 첫 번째 임무였고, 다른 한 가지는 1년 전에 薨去한 睿宗 영전에 제전하고 조위의 뜻을 보이는 것이었다. 국신사 일행은 3개월간 방문일정을 마치고 당시 고려의 역사, 정치, 경제, 문화, 종교 등 거의 모든 부분을 글과 그림으로 빠짐없이 정리하였다. 이 일의 실무를 맡은 사람이 提轄人船禮物官으로 충원되어 사절단의 인원, 선박, 예물 등을 관리하는 일을 맡았던 徐兢이었다.

148 중국문학의 여행

내에서 고려가 포섭되었다는 것과 당시 고려가 송과 조공과 책봉관계를 맺은 속국이라는 것을 나타내고자 하는 저의가 깔려 있다.

이를 통해 우리는 당시 중국인들이 고려를 중원 밖의 오랑캐로 생각했으며 그들의 주변국 내지는 종속국으로 생각했음을 알 수 있다. 그들의 문화를 존중하고 수용하였지만 고려는 그들에게 여전히 중원의 일원이 아니라 미개한 오랑캐 정도에 지나지 않았던 것이다. 이러한 중국의 사고 저변에는 뿌리 깊은 중화주의가 깔려있다. 청나라를 건국한 만주족은 조선과 명나라의 관계를 결속시키기 위하여 정묘호란과 병자호란16)을 일으켰으며 그들은 강화조약에 직접적으로 형제지국에서 君臣之國으로 표시하게 하였다. 한국에 대한 중국인의 이러한 우월의식은 의식적이든 무의식적이든 간에 중국인들의 의식에 각인되었으며, 이는 한인을 제재로 한 근·현대 작품에도 그대로 드러난다.

한국이 중국의 속국에서 하나의 타자화 된 독립국가로 인정받게 된 것은 근대에 이르러서이다. 19세기 초 서구 열강과 일본의 침략으로 인해 중국의 자존과 중화주의는 서서히 무너지기 시작한다. 천하에서 가장 문화가 찬란하고 정치, 군사, 경제적으로 가장 강대한 중국이 바다 건너 이적들에게 모든 것을 강탈당하고 그들의 문화를 수용해야만 하는 부인하고 싶은 비극적 현실이 다가온 것이다. 이런 상황에서 그들은 그들의 속국이라 여기던 조선이 일제(왜적)에 의해 강점당하고 유린당하는 모습을 보면서 조선을 어떻게 인식하였을까?

근, 현대 한인 제재 작품에는 한국을 바라보는 시각이 혼재한 상태로 드러나 있다. 때로는 중화의 한 지류로, 때로는 속국의 한 비참한 민족으로, 때로는 타자화 된 한 민족으로 묘사되고 있다. 한인제재

---

15) 서긍 외저, 이상국 외역, 『고려도경』, 황소자리, 서울, 2005년, 35쪽.

16) 청은 1633년 사신을 조선으로 보내서 형제지국을 군신지국으로 바꾸자고 제의하였으며 세비로 황금 1만냥, 오색포 500만 필, 저포 50만 필 등 엄청난 공물을 요구하였다. 김득황, 앞의 책, 185-186쪽.

작품에 드러난 이러한 중국작가의 한국인식은 바로 고대로부터 내려온 그들의 역사, 문화와 밀접한 관계로 말미암은 것이다.

3절 작품에 나타난 중국작가의 한국인식

2002년 기초학문 육성지원과제 『중국소장 근대 한·중 지식인의 한국제재 작품의 발굴과 연구』결과 보고서에 의하면 중국문학 작품은 산문 70편, 시 200편, 희곡 2편, 소설 17편에 이르며 그 가운데 중국 현대문학 작품은 총 26편에 이른다.[17] 그 동안 본 연구과제의 책임자와 전임 연구원들은 한인제재작품을 다양한 각도에서 연구하였다.[18] 본고는 이러한 연구를 바탕으로 하여 일부의 근대문학작품과 현대문학작품을 중심으로 중국작가의 한국인식에 나타난 중화주의를 살펴보고자 한 것이다.

근대에 들어 한·중 양국은 서구 열강에 의해 강제적으로 문호를 개방하였으며 이와 함께 일본의 침략을 받았기에 조선을 바라본 중국의 시선은 남과 같지 않았다. 그럼에도 불구하고 그들의 시각 속에는 여전히 중화주의가 잔존하고 있었다.

양계초는 멸망해가는 조선을 보고 「朝鮮亡國史略」(1904)의 서문에서 중일전쟁 전과 중일전쟁 후의 조선을 비교하면서 "이제 조선은 없어졌다. 지금부터 세상에는 조선의 역사가 다시 있을 수 없고, 오직 일본 藩屬 일부분의 역사로 남을 뿐이다. … 조선과 親屬의 관계를

---

17) 현대시 3편, 산문 2편, 현대극 1편, 시나리오 1편, 현대소설 19편이다.

18) 李騰淵·鄭榮豪·柳昌辰,「한국 제재 중국 근대소설『亡國影』연구(1」,(『중국소설논총』20집, 2004.9), 양귀숙·송진한·이등연은『양계초의 시문에 나타난 조선문제 인식』(『중국인문과학』26집), 송진한「중국 소장 근대 한·중 지식인의 한국 제재 작품 발굴과 연구"에 대하여」,(『중국소설논총』20집,2004.9), 김진욱,『안중근 의거를 통한 중국 지식인의 조선인식연구』(중국인문학회 2005년 춘계정기학술발표대회) 등 다수

가진 이가 어찌 이 일을 기록하지 않을 수 있겠는가"[19]라고 서술하고 있다. 양계초가 여기서 흘린 눈물은 조선이 망해서 진정으로 슬퍼서 우는 것이 아니라 중국의 속국이었던 조선이 이제 일본의 속국으로 되었으며 이제 그 권리를 조선에 대하여 행사할 수 없기 때문이었던 것이다. 즉 조선에 대한 종주권의 망실에 대한 비통인 것이다. 이러한 양계초의 인식은 바로 고대 중국인들이 가졌던 관점으로, 조선을 여전히 그들의 종번 관계 속의 속국으로 인식하는 것이다.[20]

장경기(張景祁)의 「後感事」에서 "선조 때 제후의 나라로는 삼한을 첫째로 삼아왔거늘… 사해 안에서 많은 나라가 숭상하여 공물을 바쳤으나… 일본군이 새 주둔지를 빼내었으나 제압하기 어렵도다"[21]라 하면서 조선을 중화를 숭상하는 나라이자 제후의 나라로 묘사하고 있다. 조윤원(曹允源)의 「書事」에서도 "조선은 우리나라의 제후국이거늘"[22]이라고 묘사하였으며 이대방(李大防)의 「哀韓篇」에서는 "기자가 나라를 세운지 삼천년이 되었는데, 하루아침에 깨어지고 부서져 비연이 되었네"라고 묘사하였다.[23] 이와 같은 중국작가들의 한국에 대한 종주권 망실에 대한 태도는 對 한국의 인식에 있어서 전통적 의식에 기초를 둔 중화사상에 기반을 두고 있다.

심지어 국민당이 한국의 독립운동을 원조하는 이유에도 "한국은

---

19) 『朝鮮亡國史略』, 『飮氷室合集』(6), 飮氷室全集之十七.

20) 양귀숙·송진한·이등연은 『양계초의 시문에 나타난 조선문제 인식』(『중국인문과학』26집)에서 양계초는 조선멸망에 대하여 애통함과 동시에 그 멸망의 원인을 비판하고 있는데, 그 애통과 비판의 근저에는 중화주의가 자리 잡고 있다고 서술하고 있다.

21) 阿英 編, 『甲午中日戰爭文學集』, 上海, 中華書局出版社, 1958, 9쪽, 김진욱, 『안중근 의거를 통한 중국 지식인의 조선인식연구』(2005년 춘계정기학술발표대회)에서 재인용. 曹允源의 「書事」, 李大防의 「哀韓篇」, 周曾錦의 「讀安重根傳」, 啓明의 「勸國人勿笑韓人」의 모든 작품도 참고함

22) 위의 책, 15쪽.

23) 위의 책, 85-86쪽.

중국의 藩屬이었으며, 고문헌을 살펴보면 그 혈통이 서로 통하는 殷周의 후예로, 실로 중화민족의 한 지류이다. 그들의 政敎는 대부분 漢唐制를 답습하였고, 우리나라의 문화의 한 지류로서 예의도 우리와 깊게 서로 관계를 맺어 共存共榮하였다."(「중국중앙일보」 1920.3.15)라고 언급하고 있다.

이렇게 근대에 들어섰음에도 불구하고 중국작가 뿐만 아니라 지식인들도 여전히 한국을 그들의 속국으로 인식하였는데, 그 의식의 저변에는 뿌리 깊은 중화사상이 잔존하고 있었던 것이다.

주회금(周曾錦)은 「讀安重根傳」에서 "하물며 그 땅은 기자의 봉토임에야, 신명을 받아 한 핏줄이었네."[24]하면서 중국과 조선이 같은 핏줄임을 강조하고 있으며, 啓明은 「勸國人勿笑韓人」에서 "箕子는 종으로 변하고 吳도 沼가 되었으니, 天涯의 먼 곳에서 다같이 가련한 사람이 되었도다"[25]라면서 조선과 중국을 주종관계에서 같은 동족의 관계로 표현하고 있다. 중국의 국부 손중산은 1910년 한일합방 때 약소민족들이 단결하여 저항해야 한다고 생각했으며, 우리조선에 대하여 "종전의 고려는 명의상으로는 중국의 藩屬이었지만 실제로는 일개 독립 국가였다. … 최근 10-20년에 이르러서야 고려는 비로소 자유를 잃었다."[26]고 말했다. 반면 「東亞最近二十時局論」이라는 사설에서는 "조선이 중국 5백년의 番屬이었음"을 지적하면서 갑오청일전쟁 이전, 특히 강화도조약 당시 때부터 중국이 적절히 조처하였다면 대한제국이 멸망하는 상황에까지 이르지는 않았을 것이라고 안타까워했다.

이처럼 근대 작품과 문건에 드러난 한국에 대한 인식은 어떤 때에는 종번관계로, 어떤 때에는 같은 동족인 수평관계로 혼재되어 나타

---

24) 박은식, 『안중근』, 상해, 대동편집국, 1914, 17쪽.
25) 『하남』, 제 2기
26) 孫玉海, 『孫中山與韓國獨立運動』,『韓國獨立運動血史新論』, 1996, 27-30쪽.

난다. 1919년 이후 중국 현대문학 작품에서는 동정주의의 시각이 피억압민족의 국제주의 연대라는 형태로 탈바꿈하여 나타난다.

곽말약의 『목양애화』(1919)에서 주인공 민숭화는 본래 이조의 자작으로 조국이 일본 침략의 손아귀에 장악되는 것을 걱정한다. 그는 조정의 간신들이 왜놈들과 결탁하여 한일합방 조약을 맺자 서울을 떠나 산사로 은거한다. 아들이 없는 민숭화는 노비의 아들-윤자영에게 나라를 찾으려는 희망을 걸며, 예교의 속박을 타파하고 학문과 무예를 연마하게 한다. 이 작품에는 깊은 애국주의 사상과 낭만주의 색채가 표현되어 있으며, 동정어린 시선으로 조선의 패망을 관조하는 모습이 나타나있다. 그러나 '閔崇華'(중화를 숭상한다)나, '閔佩夷'(오랑캐에 탄복하다) 같은 이름에서 알 수 있듯이 중국작가들에 있어서 중화주의는 곽말약 같은 의식 있는 작가에게 있어서도 뿌리 깊게 각인되어 있는 사상적 근원이었다.

동정주의와 함께 항일의식을 고취시키는 작품으로 1926년 장광자(蔣光慈)의 『압록강에서』, 소군(簫軍)의 『8월의 향촌』, 서군(舒群)의 『조국이 없는 아이들』, 『이웃집』, 『바다의 피안』 등이 있다.

『압록강에서』는 작가가 1921년 소련에 유학했을 당시 조선청년으로부터 망명하게 된 이야기를 듣고 소설화한 것이다. 조선조 귀족의 자식인 이맹한과 김운고는 일본의 침략으로 인해 압록강변에서 은둔생활을 한다. 그런데 맹한의 부모가 독립운동을 한 혐의로 일본 경찰에 잡혀가 살해된다. 부모가 없는 맹한을 운고의 아버지가 돌봐주고 이러한 가운데 맹한과 운고사이에는 사랑이 싹튼다. 그러나 맹한은 일본 경찰의 수배를 받자 운고를 남겨두고 소련으로 망명한다. 맹한이 떠난 후 운고는 항일운동을 하다가 일본 경찰에 체포되어 살해된다. 이 소식을 들은 맹한은 슬픔과 분노로 복수의 날을 기다린다.

『압록강에서』에는 조선인 청년 이맹한(李孟漢)과 김운고를 통하여 피압박민족의 비참한 현실과 함께 일본제국주의에 강렬히 반항하는 정신, 국제주의 정신이 잘 묘사되어 있다. 일본군에게 점령된 만주를 배경으로 한『8月의 향촌』에는 일본군과 이의 주구인 만주군과 투쟁하는 동북인민혁명군의 모습, 전투 속에서 중국청년 소명과 조선처녀 안나와의 사랑 등이 묘사되어 있다.『조국이 없는 아이들』에서는 나라를 잃은 조선 아이의 비참한 삶과 함께 항일에 있어 애국주의와 국제주의를 결합시킬 것을 고취하고 있다. 국제주의란 "국민국가나 민족고유의 문화적 전통을 전제로 하고 그 차이를 초월하여 모든 민족, 모든 국가의 협력, 공존 및 행동, 인터내셔널리즘을 번역한 말이다. 민족이나 국가의 존재 그 자체에 가치를 두고 배타적으로 타 민족, 타 국가를 적대시하는 쇼비니즘이나 국가지상주의와는 대립되며, 국가나 민족의 존재를 무시하고 매개 없이 개인과 세계를 결부시키는 세계주의나 보편주의와는 구별된다. 국제주의 흐름은 왕조적 국제주의, 자유의주의적 국제주의, 프롤레타리아 국제주의로 대별된다."[27] 그러나 이러한 국제주의도 자신의 이익과 입장이 서로 상합하는 국가나 단체, 민족들끼리 연합한다는 점에서 자기중심의 중화주의와 친연성을 갖고 있다.

특히 이 시기에 한중 양 국가는 일본에 의해 억압당하는 피해 국가이자 피해자로서 연대의식을 가졌는데 이러한 인식이 작품 속에 반영되었던 것이다. 일본인, 중국인들보다 차별대우를 받은 조선여공이 중국인으로 위장 취업하여 일하다가 발각되자 도망하여 중국인민혁명 유격대에 참가하여 항일운동에 참여하는 내용의 낙빈기(駱賓基)의『滿洲瑣記』와 변방의 민중들이 일제의 침략을 맞아 의용군에 투신하고 조선홍군과 연합작전을 펼쳐 일본군을 물리치는 내용의『변경에서』, 그리고 조선농민들과 중국농민들과 연대하여 일본경찰에 대

---

27) http://kr.dic.yahoo.com/search/enc/result.html?pk=11256000&p

항하는 내용의 『만보산』 작품에도 국가와 민족을 초월하여 항일하여 야 한다는 국제주의 연대 정신이 드러나 있다.

위에서 서술한 만주를 배경으로 한 동북작가들의 소설[28]에서 알 수 있듯이 49년 이전의 작품에는 일본의 식민지로 전락한 조선과 조선민족의 비애, 항일독립투쟁 등이 묘사되어 있다. 이를 통해보면, 중국작가들의 한국과 한국민에 대한 관점은 어떤 때에는 동정주의적 입장으로, 또 어떤 때에는 같은 억압을 받는 피해자의 입장으로 드러나 있다. 이는 당시 중국 작가들이 일본의 침략 위협에 놓여있는 중국의 현실 속에서 조선과 조선민족에 대해 동병상련의 감정을 품고 민족적 유대의식을 강하게 지니고 있었음을 의미하기는 하지만, 결국 그들의 관점이 중화주의 시각에서 크게 벗어나지 않았다는 것을 의미한다.

박재우 교수는 한인을 제재로 한 26편의 현대문학 작품을 작가별 유파별로 분류하였다.[29] 여기서 주목할 사실은 9명의 작가 중 5명이 동북 작가군에 속하였으며 12작품이 모두 만주를 배경으로 하고 있다는 점이다. (卜乃夫가 쓴 10편을 제외하면 대부분 작품이 동북(만주)을 배경으로 한 동북작가들의 작품인 것이다.)

---

28) 이외에 만주를 배경으로 한 동북작가 舒群의 『이웃집』에서는 자식을 일제에 다 뺏긴 조선의 노인이 만주에 이주 와서 딸의 매음으로 살아간다는 비극적 내용을 묘사하면서 항일의식을 고취시키고 있다. 『바다의 피안』에서는 독립운동으로 인하여 자식을 잃어버리고 망명간 자식도 일경의 감시로 제대로 만날 수 없는 조선독립운동가의 비극적 현실을 묘사하고 있다.

29) 첫째, 5.4시기 낭만주의 성향 작가의 소설: 곽말약의 『목양애화』 둘째, 혁명소설 파 작가의 소설 : 장광자의 『압록강상』 셋째, 동북작가군의 소설 : (1) 이휘영의 『만보산』,『古城 안의 평상적인 사건』,『여름 밤』,『신계획』 (2) 소군의 『팔월의 향촌』 (3) 대평만의 『만주쇄기』 (4) 서군의 『조국이 없는 아이들』,『이웃집』,『바다의 피안』 (5) 낙빈기의 『변경에서』,『혼돈』,『농가의 아이』 넷째, 무정부 성향 작가의 소설 : 파금의 『머리털 이야기』,『불』 제 1부 다섯째, 후기낭만주의 작가의 소설 : 복내부의 『분류』,『홍마』,『용굴』 외 7편/ 박재우, 『20세기 중국한인재제소설연구』, 한국외국어대학교, 2005.1. 51-52쪽.

동북(만주)은 우리나라와 중국, 그리고 일본, 러시아에 있어 매우 중요한 요충지였다. 이들 4개 나라 사이의 이해관계가 상충하지 않을 때, 동북은 그들 각국의 인적·물적 교류 혹은 문화적 교류를 가능케 하는 동북아시아의 '매개지역'으로 기능했을 뿐만 아니라, 때로는 동아시아 각국(혹은 민족)들의 이해관계를 절충시켜 줄 수 있는 완충지역으로 작용하기도 했다. 반면에 동아시아 각 국가(혹은 민족, 종족)들 사이의 이해관계가 상충될 때, 만주 사회는 곧바로 외교적 마찰 혹은 물리적 충돌의 '角逐場'으로 바뀌었다.

1920년대 후반에서 1930년대 초반, 만주는 중국, 러시아, 일본, 조선에게 있어 정치, 경제적으로 매우 중요한 전략적 요충지였다. 일본인들은 만주를 일본제국의 생명선이라 불렀다. 일본은 만주를 일제의 사활을 결정할 만큼 특수지역으로 인식했던 것이다.

근대 만주의 역사를 살펴보면 청조가 성립된 이래 만주지역은 청조의 발상지이므로 만주인을 제외하고 다른 민족이 들어갈 수 없는 封禁지역이었다. 그러나 근대 이후부터 흑룡강 유역으로 팽창하는 러시아 세력을 억제하기 위해서, 혹은 만주 주변지역의 기근, 한발, 수재, 병충해, 황하의 범람 등 자연재해로 인해 새로운 생활 터전을 찾기 위해 만주로 흘러들어온 많은 중국 유민들을· 위해서, 만주 이민의 합법화가 이뤄졌다. 미개간지를 개척하는데 필요한 노동력 때문에 이주민의 토지 개간을 장려하였으며, 세금 부과를 통한 재정 확충을 위해 만주 이민을 장려하는 정책을 취하지 않을 수 없게 되었던 것이다. 饑民 외에도 상당수의 상인과 工匠들까지도 대규모 만주 이민에 참여하였으며 이로 인해 만주에 사는 旗人들의 생활에 변화가 생겼고 만주 사회의 주도권은 점차 만주족에서 한족으로 넘어가기 시작했다. 이와 아울러 러시아는 만주의 북쪽으로 1858년(咸豊 8년) 愛琿條約[30]을 통하여 흑룡강 북쪽의 광대한 땅을 모두 러시아 영토로 만들고 흑룡강 본류와 그 지류인 송화강과 우수리 강에 청나라와 러시아 선박이 모두 항행할 수 있도록 그 세력을 뻗쳐나갔으며 남쪽으로는 조선인의 이주민들이 생존하기 위하여 만주 지역으로 넘어가게 되었다.[31] 이와 함께 일부 몽고족과 회족들도 그들의 생활 영역을 만주로 넓혀가면서, 만주는 이들 다수 민족(혹은 종족)들이 공존하는 삶의 터전이 되었다. 그 결과 만주는 한족이 지배권을 확보한 가운데 러시아인·조선인·몽고족·회족들이 함께 생활하는 복합민족의 공동생활 지역이 되었다. 러일전쟁 이후 일본은 '만주국'을 수립하면서, 만주 사회의 정치적 주도권을 장악한다. 결국 '만주국' 시기는 지배 민족인 일본인과 다수 민족인 중국인(만주족과 회족을 포함해서)이 각축을 벌이는 가운데, 소수의 조선인과 러시아인, 몽고인이 그 속에서 생존하기 위해 온갖 힘을 쏟았다.

만주를 배경으로 한 동북작가군의 소설에는 이같이 복잡하고 미묘한 상황들이 잘 반영되어 있다. 당시의 동북작가들 또한 만주지역의 지배권을 차지하고 있는 한족으로서 소수민족에 대하여서는 가해자이면서 일본인들에게 있어서는 피해자인 이중구조를 갖고 있었다. 복합민족이 거주하는 만주에서 동북작가들이 이해관계가 맞물려 있는 한인을 제재로 작품을 쓰는 것은 자연스러운 일이었다. 한인의 비참한 삶을 묘사하는 작품과 항일을 고취시키는 작품을 쓴다는 것은 바로 한인을 통하여 자신들의 모습을 되돌아보며 중국인들의 항일의식을 고양시키자는 면도 있었다. 그러나 피억압민족의 국제주의 연대라는 모토 속에 묘사된 『만보산』에는 동북작가의 이중적인 인식이 반영되

---

30) 일명 아이훈 조약이라고 한다. 1858년 아이훈에서 청나라와 러시아사이 맺은 조약. 헤이룽강을 양국사의 국경으로 정하고 공동관리하게로 정하였다.
http://kr.dic.yahoo.com/search/kor/result.html?pk=2081722&p=아이훈-조약

31) 건륭말년에는 접어들자 시초부터 조선의 영토였던 만주의 무인지대가 결국에는 한족들에게 잠식되어 한족의 농토로 변해 버린 것이다. 김득황 저, 앞의 책, 225

어 있다.

'만보산' 사건(1931년)이 발생한 지 2년 후에 창작되어진 『만보산』에는 작품 속의 사실과 역사적 사실이 다르게 묘사되어 있다. 물론 문학적 진실과 역사적 사실은 반드시 일치할 필요가 없다. 그러나 사건의 진실이 작품에 왜곡되어 표현된 것을 보면 그 작품에 대한 작가의 인식을 알 수 있다. 만보산 사건이 일어난 후 한국에 대한 중국인의 이미지도 크게 손상되었으며 이러한 영향이 『만보산』에 그대로 투영되어 반영되었다는 것이다.

먼저, 소설에 등장하는 인물 형상들이 매우 왜곡되었다는 점을 들 수 있다. 논농사를 짓기 위해 수로를 개척하는 과정에서 한인이 일제의 앞잡이가 되어 자신의 동포들을 노예처럼 부려먹은 조선 감독들의 부정적 모습이나 수로를 만드는 과정 속에서 중국인들에게 지탄을 받는 한인들의 모습이 그러하다. 소설에 등장하는 중국인 학영덕 (郝永德)은 일본의 주구 혹은 기생집을 경영하는 불량배로 묘사되어 있으나 사실 그는 임대업자이면서 청부업자로 長春과 奉川사이 철도를 부설하기도 하였으며 한국인들과 매우 친한 인물이다.[32] 조선동포들을 노예처럼 부려먹은 9명의 조선인 감독들도 일본 앞잡이로 볼 수 없다는 것이다.[33] 작가는 일본이 만보산사건을 일으켜 요동 침략의 빌미를 만든 다음 9.18사변을 일으켜 요동전역을 점령하려는 사건의 본질을 직시하지 못한 듯한 인상을 준다. 한인을 극히 부정적으로

---

32) 김시준 외저, 『한반도와 중국동북 3성의 역사 문화』, 서울대학교 출판사, 2002, 281-282쪽.

33) 이 사건의 주요 범인 중의 한 사람으로 지목된 李錫祖(이석창)은 한말에 의병장 申乭石의 휘하에서 항일의병활동을 하다가 일본 경찰의 수배를 받아 더 이상 국내에서 거주할 수가 없어 만주로 망명 온 망명객으로, 항일투쟁 중에 부상을 당해 한 쪽 팔을 쓰지 못하였다고 한다. 이러한 점으로 미루어 소설에 묘사된 공사감독이 한국일꾼들을 가혹하게 혹사하였다고 볼 수 없으며 특히 이들이 일본의 앞잡이라고는 상상할 수 없다. 김시준 외저, 위의 책, 282-283쪽.

묘사하다가 종국에 가서 중국인들에게 순응하는 金福이라는 긍정적 가상인물을 만들어 한중 농민의 연대를 통해 일본과 투쟁을 해야 한다고 서술하고 있는데, 이는 바로 만주작가의 모순된 이중적 인식을 보여 주고 있는 것이다. 낙빈기의 『혼돈』에서도 종처럼 충직하고 중국인을 잘 섬기는 조선 소작인에 대해 어린 주인공을 통하여 긍정적으로 묘사되고 있지만 주인공 아버지의 사업을 망친 한인은 부정적으로 묘사하고 있다. 역사적 사건과 문학적 진실이 다른 이러한 작가의 편견과 부정적 인식은 어디에서 기인한 것인가?

위에서 서술한 바와 같이 만주는 복합민족의 거주지로, 한족과 만주족이 조선족을 비롯한 다른 소수 민족에 대해 기득권을 가진 곳이다. 그런데 갈수록 만주 쪽으로 이주해온 조선인이 늘어나면서 그들은 자신들의 토지와 생업권을 점차적으로 빼앗기게 되었다.[34] 이와 더불어 한인 이주자들이 근검절약하여 토지를 사는 것을 일본인의 사주로 만주인의 토지를 매수하는 것으로 오해하였고, 또 만주인의 토지가 매도됨으로 말미암아 한인의 세력이 증대되는 것을 경계해야 할 점으로 여겼다.[35] 이렇게 한인에 대한 중국인들의 감정이 반드시 좋은 것만은 아니었다. 조선농민이 열심히 일해 황무지를 개간하여 약간의 여유가 생기면 과도한 세금을 징수하거나 중국인의 말을 듣지 아니하면 일경에 독립군이라고 밀고하여 한인을 죽이고 그들의 재산을 가로챘다 하니 그들의 횡포가 얼마나 심했는지 짐작할 수 있다. 우리는 여기에서 한국인에 대한 중국의 이중적 인식을

---

34) 한국의 고향을 떠나 연변으로 이주한 한국인은 1909년에 8만 3천여 명이었으나, 1916년에는 31만 4천여 명으로, 1926년에는 65만여 명으로 급증하였으니, 1936년까지 매년 1만 호 5만인 정도씩 移居하였고 1935년에는 한해에 10만여 인이 연변으로 이주하였다. 1934년 훈춘의 8개 향과 왕청의 2개 향, 연길의 1개 향에 거주하는 한인 농호를 조사한 결과에 의하면 지주가 5.2%, 자경농이 20.9%, 自耕兼佃農이 22%, 佃農이 51.9%를 점하였다. 김한규 저, 앞의 책, 985-986쪽.

35) 김시준, 앞의 책, 281쪽.

볼 수 있다.

『오래된 성에서 생긴 평범한 사건』, 『여름 밤』, 『새로운 계획』은 이러한 점을 반영한 작품이다. 이 작품들에서는 일제의 주구노릇을 하거나 일제의 세력을 등에 업고 도박과 아편, 매음업을 하고자 하는 한인을 비판적으로 묘사하고 있다. 물론 어느 사회에서나 항상 부정적 인물은 있기 마련이다. 그러나 『만보산』를 비롯한 위의 세 작품 모두가 만주족 출신인 李輝英이라는 한 작가에 의해 쓰여 졌다는 것은 그의 창작의식이 매우 편파적임을 알 수 있다.

이러한 현상은 고대중국인들이 중화 문화를 존중하고 수용하면 그들의 중원에 편입시켜 주나 그들의 예의 질서를 벗어날 때는 가차 없이 중원의 대열에서 축출하던 모습을 연상시킨다. 문학 작품에 긍정적, 부정적 인물 형상들이 다양하게 반영되는 것은 마땅한 일이지만 당시 만주의 정치적, 역사적 상황을 고려해 볼 때, 그들 작가의 의식 속에 중화주의가 뿌리 깊게 똬리를 틀고 있음을 느끼게 된다.

당대문학의 경우, 49년 이후에 한인과 한국을 제재로 한 작품들이 대거 등장한다. 6.25전쟁으로 인하여 수많은 종군기자, 작가, 병사들이 항미원조(抗美援朝)라는 모토 하에 한국전쟁에 참여하였던 것이다. 중국이 한국전쟁에 인민군을 파병한 데에는 여러 가지 원인이 있다. 가장 중요한 원인으로는 한반도에서 북상하는 미군을 저지하여 중국과 요동을 지키고자하는 것과 국제 사회주의 연대성의 도모차원을 들 수 있다. 대내적으로는 이제 막 정권을 잡은 모택동이 대외의 적을 만들어 정권을 강화하고자 하는 의도가 있었다. 또 다른 하나는 "한국이 외세로부터 침략을 당할 때는 중국이 당연히 도와주어야 한다는 전통의식의 표출이라 할 수 있다. 마치 임진왜란 때 명이 조선에 원군을 보내주고 갑오청일전쟁 때 청이 조선에 군대를 파견했던 것처럼, 미 제국주의 세력의 침략으로부터 한국을 보호하기 위해 군대를 보내야 한다는 의식의 표현이 '援朝運動'이었다."[36] 이러한 전통관념 속에 중국의 대 한국관은 여전히 중국의 蕃屬 혹은 중화의 한 支流라는 관념을 벗어나지 못하고 있는 것이다.

이때, 시 분야에서는 전간(田間)의 「赴朝詩抄」, 마부요(麻扶搖)의 「중국인민지원전가」, 엄진(嚴辰)의 「전투의 깃발」, 미앙(未央)의 「조국이여, 나는 돌아왔노라」·「내게 총을 달라」, 석방우(石方禹)의 「평화의 최강자」, 이영(李瑛)의 「전쟁터의 명절」등이 창작되었다. 이 일련의 시들에는 한국전쟁의 모습, 전투과정에서의 중국과 북한 사람들의 우의 등이 묘사되어 있다. 중국작가들은 한국전쟁을 침략전쟁으로 간주하고, 조국애와 이에 기초한 국제적 연대의식을 강하게 표출하였다. 그밖에 한국 사람이 인민지원군에 참가하여 전쟁에 참여하거나, 두 민족간의 유대의식과 희생정신 등을 내용으로 하는 시들이 발표되었다. 소설분야에서도 적지 않은 작품들이 창작되었다. 육계국(陸桂國)의 『上甘嶺』, 노령(路翎)의 『初雪』, 양삭(楊朔)의 『삼천리강산』등이 대표적인 작품으로 꼽힐 만하다.

산문집으로는 『조선통신보고선(1, 2, 3집)』,『지원군의 하루(1~4집)』,『지원군영웅전』등을 꼽을 수 있는데, 이것들은 당대 문학사에서 상당한 비중을 차지하고 있다. 이 가운데 유백우(劉白羽)의 「영웅의 도시-평양」과 「우리는 심판 중」, 함자(菡子)의 「평화의 박물관」과 楊朔 등의 작품은 보도성 글들로 매우 사실적이다. 위외(魏巍)는 「누가 가장 사랑스런 사람인가」에서 송고봉 전투에서의 지원군의 용감성, 중국병사가 활활 타오르는 불길 속에서 조선의 아이를 구하는 인간애와 희생정신, 국제주의적 정신 등을 묘사한 것으로 유명하다.

특히 산문 분야에서 주목할 만한 것은 원로작가 파금(巴金)이다. 그는 자신의 사상을 개조하기 위해 조선전쟁에 참여하여 지원군들

---

36) 김현규, 앞의 책 992-993쪽.

과 함께 생활하였다. 북한에 머무는 기간이 1년 정도 되는데 그는
이 기간의 경험을 토대로 산문집 『영웅들 속의 생활』, 『保衛和平的
人們』, 단편소설집 『영웅들의 이야기』, 『明珠和玉姬』, 『李大海』, 중
편소설 『세 동지』 등을 창작하였다.[37] 『忘不了的仇恨』에서 巴金은
남한의 釜山, 濟州道, 巨濟島의 포로수용소와 북한의 미국인 포로
수용소를 대비시켜 묘사하였는데 남한의 포로수용소는 지옥처럼,
북한의 포로수용소는 휴양소처럼 묘사하였다.

두 차례의 북한 방문을 통해 파금은 한국전쟁에 참여한 중국 병사
들의 공적을 찬양하면서 그들의 조국애, 사회주의에 대한 신념, 영웅주
의, 국제간의 연대의식, 조선인민들의 비참한 삶 등을 묘사하였는데,
이는 전체적으로 볼 때 이 시기 작품들의 도식적인 주제였다. 이 시기
에 형성된 중국인들의 대(對) 한국관은 '78년 개혁개방정책 때까지 대
체로 계속되어진 것으로 보인다. 즉 "남북분단 상황에 대해 남한은 미
제국주의의 식민지, 북한은 사회주의 형제국이라는 도식적 구분으로
일관해왔고, 작가들도 이런 관점을 견지해 왔다고 판단된다."[38]

4절 결론

본고는 고대 중국인이 바라보는 한국관에서 근·현대에 이르는 한
국관을 중화사상과 관련하여 서술하였으며, 이를 근거로 중국작가들
의 한국인식을 살펴보았다. 고대중국인들에게 비친 고대 한국은 천하

---

37) 파금은 1952년과 1953년에 두 차례에 걸쳐 북한을 방문한다. 1차 방문 때 산문
집 『영웅들 속의 생활』에서 11편, 단편소설집 『영웅들의 이야기』에서 5편을 발
표한다. 2차 방문 때 산문집 『保衛和平的人們』에서 8편, 단편소설집 『明珠和玉
姬』에서 2편, 단편소설집 『李大海』에서 8편, 중편소설 『세 동지』를 발표하였다.

38) C:\Documents and Settings\user\바탕 화면\논문\한중 문화교류의 위상과 전망(김하
림).htm

의 개념 속에 포함되어 있었으며, 중세의 한국은 宗藩關係로서 그들의 속국으로 인식되었다. 근대의 한국인은 어떤 때에는 華의 한 지류로, 어떤 때에는 변방의 夷로 비쳤으며 또 어떤 때에는 타자화 된 약소국의 한 민족으로 인식되었다. 이처럼 근대의 중국작가들에게 비친 한국과 한국인의 모습은 마치 한·중 근대사에 나타난 -식민과 민족, 근대와 탈근대를 동시에 경험하고 초극(超克)해야 하는 역사의 혼돈처럼 복잡하게 혼재되어 나타났다.

1919년 이후의 현대문학작품에는 항일운동과 조선민중의 비참한 삶, 한중 양 국민들의 우의 등이 주로 묘사되어 있는데, 여기에는 같은 피억압 민족으로서 동병상련의 입장에서 보는 국제주의 연대의 관점이 드러나 있다. 국제주의가 민족과 국가를 초월하여 협력, 공존, 행동한다고 하지만 결국은 이해관계가 서로 맞는 자신들끼리의 자기중심적인 연합이며, 한중 제재 소설에 나타나듯 韓中 중심 위주의 국제주의 연대라는 점에서 독선적인 중화주의와 무관하다 할 수 없다. 국제사회주의 연대는 한국전쟁을 소재로 한 작품에 더욱 잘 드러나 있다. 주로 한국전쟁과 한국전쟁 후의 북한상황을 묘사하고 있는데, 남한은 미 제국주의의 식민지, 북한은 사회주의 형제국이라는 도식적인 틀을 벗어나지 못했다.

'78년 개혁개방정책이야말로 중국인들이 한국을 타자화 된 한 국가로 보다 깊이 있게 인식하게 된 최대의 계기라 할 것이다. 무엇보다도 경제발전정책의 관점에서 한국을 새로이 바라보게 된 중국은 비로소 6.25전쟁시기의 동정주의에서도 완전히 벗어난 것으로 보인다. 그러나 짐짓 수그러져왔던 중국의 자존과 중화주의는 경제발전과 함께 언제라도 다시 급부상하리라 예측된다. 그 증거 하나가 동북공정에 대한 담론의 돌출이 아니고 무엇이겠는가.

동북공정과 더불어 21세기 벽두에 제기된 것으로 애국주의[39]가 있다. 이들의 가장 큰 목표는 위대한 중화민족의 부흥이다. 동북공정과 애국주의, 중화주의는 그 용어가 각각 다르지만 어떤 일정한 지향점을 향하고 있는 듯한 느낌을 준다. 이 용어들은 모두 21세기에 들어와 중국이 정신적으로 재무장 하고 아시아 혹은 세계로 나아가 맹주가 되겠다는 다소 패권적인 발상의 징표이다. 현재의 정치적 목적과 자국의 이익을 위하여 역사를 자의적으로 해석하고 과거의 사상에 새로운 외피를 씌워 다시 한번 중화주의로 복귀하고자 하는 시도로 보아야 할 것이다. 우리는 일본의 교과서 왜곡에 대하여 국가적으로 대응할 만큼 주목하지만, 중국의 애국주의 교육이 지닌 우려할 만한 요소에 대해서는 간과하고 있는 편이다. 중국의 애국주의는 전통적인 중화사상의 일부분을 기저에 깔고 있다는 점에서 현대판의 새로운 중화주의라 할 수 있다.

---

39) 애국주의는 1997년 江澤民이 『人民日報』 1997년 5월 11일자에서 「關于加强愛國主義教育」을 발표하면서 제기된다. 주요 내용은 3가지 골자로 요약된다. ① 애국심을 고취시켜 강권 정치, 패권주의에 맞서 중국의 주권과 안전을 지키고 중국의 통일, 중화민족의 단결을 이룩하는 데에 있다. ② 개혁 개방이 심화되면서 중국 인민들이 중국의 객관적인 세계적 위상, 열악한 중국인의 생활수준, 선진국들의 월등한 생활수준·사회 복지·사회 인프라·정치적 자유 등에 대해 자각하면서 파생된 상대적인 비교 관념, 그에 수반된 그들의 자기 비하 의식을 해소하려는 데에 있음을 간접적으로 시사한다. ③ 애국주의 교육의 목표는 중국 민족의 독립과 주권 수호를 바탕으로 인민들로 하여금 중국의 찬란한 역사와 문화, 공산당과 인민 자신의 업적과 전통을 이해시킴으로써 중화 민족(혹은 문명)이나 사회주의 조국에 대한 믿음을 가지고 사회주의 현대화 건설에 적극 동참하도록 하려는 데에 있음을 알 수 있다. 결국 애국주의 교육은 중국 인민들 사이에 애국 열기를 불러 일으켜 개혁 개방을 견지하면서 사회주의 현대화 과업을 추진하여 중화 민족을 부흥시키는 데에 있다.(尹輝鐸, 『중국의 애국주의와 역사교육』, 『중국사연구』 18집, 2002. 5)

제 6장 중국과 북한, 두 사회주의 문학사
서술 현황

이데올로기 談論의 適實性을 의심받는 21세기의 오늘날, 중국과 북한의 사회주의 문학사 기술 현황을 살펴보는 작업은 단지 두 국가의 역사와 문학, 체제의 동일성과 차별성을 알아보는데 그치는 것이 아니라, 지난 20세기 북한과 중국의 문학사에 대한 우리의 인식에 하나의 획을 긋는 노력이 될 것이다. 또한 다가올 통일시대를 준비하기 위해 남, 북한과 兩岸 海峽의 문학사가 어떻게 기술되어야 할 것인가에 대한 모색일 수도 있겠다.

문학사에 있어서 기점과 시기구분 문제는 그렇게 간단명료한 문제가 아니며, 문학사를 서술하는 데 있어서 가장 중요한 골간을 이룬다고 할 수 있다. 역사의 발전단계를 올바르게 劃定하는데 하나의 기준을 제공해 줌으로써, 문학의 발전과 변화과정을 제시하는 이정표 구실을 하기 때문이다.

본고는 북한 문학사와 중국 문학사에서 가장 일반적으로 받아들여지고 있는 시대구분법을 먼저 개괄한 다음, 이에 따른 문학사의 編述 體系의 變貌樣相을 살펴보고자 한다.

두 문학사는 개인적, 혹은 집단적으로 쓰여져 왔는데, 시대와 정치의 변화에 따라 작가의 범위가 변화하고, 작품에 대한 평가도 달라져 왔다. 여기서 중요한 것은 편향성이라 하겠는데, 이러한 편향성은 중국문학사보다 북한 문학사에 심하게 드러나며 결과적으로 문학사 서술의 불균형을 초래할 수밖에 없는 것으로 보인다.

문학사 서술변모 양상을 살펴보면, 이 같은 두 문학사의 서술 특성이 자연히 드러나게 될 것이다. 철저히 통제된 사회주의 사회에서 두 문학사는 어떻게 서술되었으며, 어떠한 서술 이론을 적용시켰는가? 또한 서술자의 의도에 따라 왜곡되거나 조작되는 이러한 '배제의 논리'가 두 문학사에 어떤 양상으로, 어느 정도로 드러나 있는가? 본고는 이것들을 중점적으로 살펴보고자 한다.

북한 문학사의 경우, 김일성 주체사상에 의한 획일적 지배체제하에 진보적 문학이냐 반동적 문학이냐 하는 흑백논리만 있을 뿐, 문학의 다양성이 존재하기 어렵다. 또한, 외국문학의 영향 관계를 전혀 인정하지 않는 북한 문학의 폐쇄성은 처음부터 비교 문학적 접근을 배제하고 있다. 더욱이 그 동안 편술된 두 문학사의 커다란 양적 차이1)는 더 말할 나위 없다. 본고는 이 같은 한계를 전제하고, 두 사회주의 국가의 유사한 역사성을 토대로 하여 문헌 중심으로 두 문학사 기술 현황을 비교 분석하여 이들 사회주의 문학사를 이해하는데 의의를 두고자 한다.

1절 近·現代의 起點과 時期區分의 比較

문학사에서 시기를 구분하는 방법과 기준에는 왕조 교체나 유물사관, 문예사조, 혹은 민족정신의 전개에 의한 방법 등 여러 가지가 있어 왔다. 그러나 중요한 것은 무엇보다도 문학을 그 자체로서 다루어야 할 것인가, 아니면 역사적 혹은 사회적인 관점에서 다루어야 할 것인가 하는 기준의 문제라 하겠다. 사회주의 문학사에서는 단연 문학적 기준보다는 역사 유물론에 의하여 기점과 시기구분을 설정하고 있다.

---

1) 반세기(1950년 이후)동안 북한 문학사는 약 10여종, 중국현대문학사는 약 100여종이 넘는 것으로 추정된다.

북한문학사의 경우, "19세기 후반기-20세기 초는 봉건사회로부터 자본주의 사회에로의 이행과정이 촉진"[2]된 역사적 시기였다고 하여, 19세기 후반기를 근대로 규정하고 있다. 1866년 Sherman호 사건(丙寅洋擾), 1876년 江華島 條約, 1884년 甲申政變, 1894년 甲午更張, 甲午農民戰爭 등을 근대문학의 기점으로 설정해야 한다는 주장들이 있었는데, 이는 모두 사회 경제 구성과 계급투쟁, 민족해방투쟁을 표준으로 하여 시기구분을 한 것들로, 북한 학계 내에서도 많은 논란의 여지를 남겼지만, 결국 근대문학의 시발점은 1866년으로 결론지어졌다.[3]

현대문학의 기점과 시기구분은 어떻게 전개되어 왔는가? 남한에서는 현대문학의 기점에 대해 여러 가지의 견해가 제시가 된 반면[4] 북한에서는 문학사의 시대구분에 대하여 엇갈림이 없다.

북한의 현대문학의 기점은 1926년이다. 그것은 이 해 10월 17일 김일성의 "打倒 帝國主義 同盟"이 만들어짐으로써 오늘날 북한역사의 뿌리가 되었다는 사실에서 비롯된다. 김일성이 공산당의 혁명조직인 "打倒 帝國主義 同盟"을 만들어 문학 분야에 있어서도 직접 지도를 하였다고 하는데, 그 지도를 받아 산출된 문학을 북한에서는 '抗日革命文學'이라고 부르면서 8·15해방까지의 문학의 주종으로 잡고 있다.

---

2) 정홍교, 박종원『조선문학개관』1, 사회과학출판사, 1986, 302쪽.

3) '시대구분논쟁'의 경우 1962년 사회과학원 창립 10주년 기념 '공식토론회'를 통해 어느 정도 합의를 도출해 내었다. 가장 중요한 시대구분의 원칙, 기준의 문제에서는 자본주의설에 입각하여 근대 즉 자본주의라는 세계사적 시대구분을 한국근대사에 직접 적용하여 한국근대 즉 자본주의 발전의 식민지적 유형으로 본 김희일의 견해로 정리되었다. 한국근대사는 '자본주의 사회에 상응하는 역사'로서 '자본주의 사회 역사의 고전적 형태와 구분되는 특수한 유형의 길'을 밟는 '식민지(반식민지) 반봉건사회시대'라는 것이다. 이에 따라 근대사의 시점과 종점문제 또한 1866-1945년설로 정리되었다. 박태상 저,『북한문학의 현상』, 깊은 샘, 2000년, 16쪽.

4) 최남선의 신체시가 나온 해(1908년)와 이광수의 최초의 소설『무정』이 나온 해(1917년)를 비롯하여 1945년 8.15해방 등을 현대문학의 시점으로 삼는다.

위대한 수령 김일성 동지의 영도 밑에 발전된 항일혁명문학의
탄생은 우리 인민의 유구한 문학사에서 일대 전환을 가져온 역사
적 사변이었다. 항일혁명문학이 탄생함으로써 조선문학은 진정한
인민의 문학, 참으로 혁명적인 로동계급의 문학으로 발전하였으며
그 고귀한 터전 우에서 새 조선의 찬란한 문학예술이 꽃펴났다.[5]

1912년생인 김일성이 불과 14세의 소년 시절에 주체사상을 세우고,
그것으로 문학을 지도했으며, 『피바다』, 『꽃 파는 처녀』, 『한 자위단원
의 운명』 등의 작품을 직접 창작하였다는 것이다. 그러나 1959년에 출
판된 『조선문학통사』를 보면 김일성이 직접 창작한 것이 아니라 항일
빨치산들의 손에 의하여 집단적으로 창작된 것임이 드러난다.[6]
『조선문학통사』에서는 시기구분 또한 1900-1919(제 1기), 1919-1930
(제 2기), 1930년-1945(제 3기)로 하고 있는데, 다음 인용문을 보면
1919년과 1930년을 시기 구분 기점으로 잡는 이유를 알 수 있다.

위대한 로씨야 사회주의 10월 혁명의 영향 밑에 일어났던 3.1
운동을 계기로 조선인민의 민족해방투쟁은 새로운 역사적 시기를
맞이하게 되었다. 이 시기로부터 맑스주의 사상이 인민대중 속에
널리 보급 침투되기 시작하였으며, 로동운동이 치열하게 전개되
기 시작하였다.[7]

1920년대 말과 1930년대 초의 국제정세는 새로운 변동을 가져
왔으며, 특히 소련에서는 이 시기에 사회주의 건설 행정에서 획
기적 전환이 일어났다. 즉, 사회주의 공업화를 완성하고 특히 농
업집단화운동에서 커다란 성과를 거두었으며 인민들의 물질문화
생활은 날로 향상되어 갔다.[8]

---

5) 위의 책, 1쪽.
6) 사회과학원 문학연구소 편, 『조선문학통사』(현대문학편), 1959年, 평양, 사회과학출
판사, 110쪽.
7) 위의 책, 31쪽.

이렇게 시대변화의 요인을 일차적으로 "위대한 러시아 사회주의 10월 혁명"과 "소련정세의 변화"에서 찾고 있는데, 주체사상이 확립된 뒤에 서술된 『조선문학사』에서는 사정이 완전히 달라지고 만다. 소련과 관련된 언급은 사라지고 '역사 발전의 합법칙성에 따라 발전, 전개되는 조선문학'이라는 측면에서 '주체적'으로 서술하고 있는 것이다. 『조선문학통사』 이전의 『조선문학사』(1956)를 보아도 주체문학사의 허구성이 명백히 드러난다. 안함광의 『조선문학사』 역시 1919-1930년을 한 시기로 처리하고 있을 뿐, 1926년을 분기점으로 삼고 있지 않다. 그러나 1981년의 『조선문학사』2권이나 『조선문학개관』1권 (1986년), 은종섭의 『근대현대문학사』(1991년), 류만의 『조선문학사』(1992년) 8권에서는 한결같이 1926년을 분기점으로 못박고 있다.

주체사상 대두 이후, 북한 문학사는 '위대한 수령'의 활동이 시작되는 1926년 10월을 현대문학사의 새로운 전환점으로 삼아 서술의 중심에 놓음으로써 새로운 시대구분법이 전개된 것이다. 그리하여 1926년부터 1945년까지를 한 묶음으로 내세워 이를 항일혁명문학으로 규정하고 있다. 대표적인 북한문학사들의 시기구분을 정리해보면 다음과 같다.

1) 안함광, 『조선문학사』3권, 교육도서출판사 편, 1956년
   1900-1919, 1919-1930, 1930-1945, 1945-1950(평화적 민주건설시기), 1950-1953(조국해방시기), 1953(전후인민경제 복구시기)-
2) 사회과학원 언어문학연구소 문학연구실 편, 『조선문학통사』 하권, 과학원 출판사, 1959년
   1900-1919, 1919-1930, 1930-1945, 1945-1950, 1950-1953(조국해방전쟁시기의문학), 1953 (전후시기의 문학)-
3) 사회과학원 문학연구소, 『조선문학사』 2-5권, 과학백과사전

---

8) 위의 책, 103쪽.

출판사, 1977-1981년

19세기말-1925, 1926-1945, 1945-1950(평화적 건설시기), 1950-1953 (조국해방시기), 1953-1958(전후 복구 건설 및 사회주의 기초건설 시기문학), 1959-1966년, 1966-1975년

4) 공동집필, 『조선문학개관』1, 2권, 사회과학출판사, 1986

19세기 후반기 -20세기 초, 1910-1920년대 전반기 문학, 1926.10-1945.8 (항일혁명투쟁시기 문학), 1945.8-1950.6 (평화적 건설시기), 1950.6-1953.7 (조국해방시기), 1953.7-1960 (전후복구건설과 사회주의 기초건설시기), 1961-1966 (사회주의 전면적 건설과 사회주의 승리로 앞당기기 위한 투쟁시기), 1967-1985

4) 은종섭, 『근대현대문학사』, 김일성대학출판사, 1991년

19세기말-20세기초,1926.6-1931.12, 1931.12-1945.8, 1945.8-1950.6, 1950.6-1953.7, 1953.7-1958.8, 1958.8-1967.5, 1967.5-1985

5) 『조선문학사』 사회과학출판사, 1991-1999년 (공동집필 15권 중 8-15권)

1926.10-1931.12, 1931.12-1945.8, 1945.8-1950.6 (평화적 민주 건설시기), 1950.6-1953.7(조국해방전쟁시기), 1953.7-1958. 8, 1958.8-1967.5, 1970년대, 1980년대

이렇게 북한의 (근)현대문학사는 1900 혹은 19세기말을 시작으로 하여 1919, 1926(혹은 1930, 1931), 1945, 1950, 1953, 1958(1959, 1961), 1967년을 중심으로 시기를 구분하는데, 그 분기점이 되는 것들은 모두 역사적 사건이 일어난 해들이다. 특히 1926년(김일성의 타도제국주의 동맹 결성)과 1967년(주체문학 대두시기)을 각각 강조함으로써 북한문학은 "항일문학"과 "주체문학"이라는 두 개의 큰 기둥으로 지탱되고 있는 모습이다.

중국문학사에서는 일반적으로 근대문학의 기점을 1840년 아편전쟁이나 1898년 戊戌變法이 일어난 해로 삼고 있다. 근대라는 개념을 어떻게 규정하느냐에 따라 그 기점은 宋代, 혹은 明末 淸初로 거슬러

갈 수도 있겠으나, 본고에서는 가장 보편적인 견해를 따르기로 한다.[9]

중국현대문학사의 시기구분은 저자와 지역에 따라 3분법, 4분법, 5분법으로 나누어지는데 李何林, 王瑤, 劉綬松, 黃修己 등의 대표적인 현대문학사 및 50년대에서 80년대에 출판된 대부분의 문학사들이 이 카테고리에서 벗어나지 못하며, 역시 정치적 사건을 중심으로 시기구분을 하고 있다.[10]

1949년 이후의 중국문학사, 즉 당대문학사의 경우를 살펴보자. 中國當代文學史의 편집은 文化革命이 막을 내린 후 본격적으로 진행되었는데, 北京師範大學, 南京大學 등 10개 대학에서 교육부의 위탁을 받고 대학교재로 편찬한 『中國當代文學史初稿』(上·下 2卷)와 1980년 12월에 출판된 『中國當代文學史』(人民出版社), 山東大學, 復旦大學 등 22개 대학에서 집체로 편찬한 『中國當代文學史1,2,3卷』(福健人民出版社,1981年), 邱嵐의 『中國當代文學史略』(1988년) 등이 그 것이다. 전체적으로 볼 때, 이들 저서는 당대문학사 내의 시기구분에서는 거의 일치하고 있다. 즉 1949-1966년(17年 時期), 1966-1976년(文革時期), 1977년 이후 (新時期)로 3분하는 것과 1956년 雙百方針을 기점으로 17년 시기를 둘로 나누어 4분하는 것(汪名凡 著, 『중국당대소설사』)이 있는데, 이들은 모두 정치적 사건과 같은 社會 變革에 근거하여 시기를 구분하였다.

그러나 1980년대 들어 '새로운 문학사' 쓰기의 열기가 뜨거워지면

---

9) 郭延禮와 陳學超는 각각 정치사, 전통문학과의 단절 및 세계문학과의 통합을 기준으로 하여 1840년을, 趙愼修, 錢理群, 陳思和는 각각 문학체계의 발전, 고대문학과의 단절, 문화구조의 대격동이라는 틀로 근대문학의 기준으로 삼고 있다. 그 외에 王飈의 19세기 중엽, 陳伯海의 1796년, 李澤厚의 20세기 초 등 다양한 기준으로 근대문학의 분기점을 삼고 있지만, 1840년과 1898년 설이 가장 설득력을 갖고 있다. 임춘성, 「중국 근현대 문학사론의 검토와 과제」, 『중국현대문학』 12호, 16쪽 참조

10) 1917년, 혹은 1919년을 현대문학의 기점으로 삼고 있으며 1921, 1927, 1937, 1942, 1945, 1949년을 중심으로 시대구분을 하고 있다.

서 시기구분 문제는 새롭게 전개되기 시작하였다. 1985년에는 錢理群, 黃子平 陳平原 등 近,現代文學 연구자들이 「論二十世紀中國文學史」라는 글에서 분기문제를 제기하였으며, 1986년 9월에는 중국사회과학원 문학연구소 주최로 전국 각 성의 문학계, 학술계 대표 60여명이 모여 中國近代, 現代, 當代文學史分期討論會를 개최하였다. 현행대로 근대, 현대, 당대의 3단식 분류를 지속하자는 의견이 있는가 하면, 현대와 당대를 한데 묶자는 의견, 근대, 현대, 당대문학을 하나로 묶어 현대문학이라고 하자는 의견, 분기의 한계를 모호하게 하자는 의견 등 시기 구분 문제에 대한 의견이 분분하다. 최근 들어 이러한 의견에 입각하여 '20세기 중국현대문학사', 혹은 '21세기를 향한 새로운 중국현대문학사', '신세기의 중국현대문학사' 등으로 문학사들이 수정 혹은 재편되어 나오고 있다. 이 새로운 문학사들 중에는 옛날의 틀을 깨고 하나의 통합된 문학사로 이루어진 것이 많이 보인다. 이들의 특징은 현대와 당대를 한데 묶고 있으며, 대만문학, 홍콩문학을 언급하고 있다는 점이다.

1992년 金漢 外編의 『新編當代文學發展史』는 예술의 발전과 변화에 따라 1949년-1976년, 1976년-1989년까지 두 시기로 구분하고 있다. 王嘉良 外編의 『中國現當代文學』(杭州大學出版社, 1995)은 1917-1927 /1927-1937 /1937-1949 /1949-1978 /1979-1989로, 蘇光文 外編의 『20世紀中國文學發展史』 (西南師範大學出版社,1996)는 1901-1921 /1921-1937 /1937-1949 /1949-1976 /1976-현재로 시기구분을 하는 등 문학사 쓰기가 한층 다양하고 자유로워졌다.

黃修己 主編의 『20세기 중국문학사』(中山大學出版社, 1998)는 시기구분에 있어서 종전과는 다른 독특한 형식을 따르고 있는 데 주목하지 않을 수 없다. 이는 중국근대문학의 10년과 현대문학, 당대문학을 포함하고 있으며, 대학생들이 쉽게 익힐 수 있도록 구성되어 있다.

5·4시기 전의 문학(1900-1916)/계몽문학부터 공화국문학 (1917-1949)/ 공화국문학의 艱難歷程(1949-1985)/社會轉型期의 文學(1986-)으로 시기구분을 하고 있다. 또한, 1917년부터 1949년, 1985년을 또 한 기점으로 보고 있는 데, 그 이유로는 80년대 중기 중국사회의 변동과 문학 자체의 변동에 따라 문학은 조용히 새로운 모습으로 탈바꿈하고 있었다는 것이다.[11]

1999년에는 洪子誠의 『中國當代文學史』(北京大學出版社)와 陳思和 主編의 『中國當代文學史』(復旦大學出版社)가 출판되었는데 前者는 50-70년대 문학/80년대 이래의 문학/90년대의 문학으로, 후자는 1949-1978/1978-1989/90년대 문학으로 각각 나누고 있다. 이 두 당대 문학사에서는 똑같이 1949년 중화인민공화국건립에서 신시기 문학의 발생 전까지를 한 흐름으로 파악하고 있으며, 신시기의 문학을 두 단계로 나누어 80년대는 어지러운 세상을 바로 잡아 정상을 회복하는 과도기로, 90년대는 점차적으로 새로운 문화활력과 특징이 드러난 시기로 보고 있다.[12]

朱棟霖, 丁 帆, 朱曉進 主編의 『중국현대문학사』(2000, 6,고등교육출판사)는 현대문학, 당대문학으로 분리되었던 것을 하나로 통합하여 중국현대문학이 1917년에서 1997년에 이르는 발전사를 서술하고 있

---

11) 黃修己는 이때 주의할 만한 현상으로 다음과 같이 열거하고 있다. 첫째, 通俗文學이 庸俗文學의 충격을 받아 맹목적으로 금전을 추구하는 현상이 숭고한 문학사업에 충격을 주었다. 둘째, 무의식 간에 문학의 사회성, 시대정신, 현실제재를 깔보는 풍조가 만연했다. 셋째, 어떠한 작품들은 부분적으로 추상적인 인생을 묘사하는데 열중함으로 말미암아 애국주의, 혁명주의 선양을 약화시켰다. 이외에 1985년 金庸, 梁羽生의 新武俠 小說이 10여 종류(제 1판 200만부)가 출판되었고 琼瑤의 言情小說이 15종을 넘었으며, 통속간행물 『今古傳奇』, 『名人傳記』, 『中外傳奇傳』, 『藍盾』 및 각종 비합법적 통속 간행물이 시장에 나타나기 시작하였다. 이와 동시에 『收穫』, 『人民文學』, 『上海文學』 등 순수문학 간행물의 권위가 추락하였다고 언급하고 있다. 黃修己 主編, 『中國文學史』, 下編, 中山大學出版社, 158-159쪽.

12) 陳思和 主編의 『中國當代文學史』(復旦大學出版社, 1999), 11쪽.

다. 여기에서는 종전의 시기구분으로 문학사를 구분하지 않고 10년마다 각 장르의 특징을 언급하고 있다.

程光煒, 吳曉東, 孔慶東 外 編 『中國現代文學史』(人民文學出版社, 2000, 7)에서는 1937년을 하나의 분기점으로 삼아 제 1시기 (1917-1937.6)와 제 2시기 (1937.7-1949)로 나누고 있다. 여기에서 1937년을 하나의 분기점으로 삼은 것은 1937년 항일 전쟁이 돌연히 폭발한 후 중국사회 현대화의 발전이 한동안 중지되었으며, 각 지역의 상황은 서로 다른 문화특징을 형성했던 바, 이 역사적 사건을 하나의 분기점으로 고려하지 않을 수 없다는 것이다. 그리하여 5·4 신문화운동으로부터 항전폭발까지는 중국현대문학의 전반기, 항전폭발 후부터 중화인민공화국 건립까지를 후반기로 삼고 있다.

무릇, 바람직한 문학사의 시기구분이라면 역사적 기준에 의해 문학적 기준이 잠식되어서는 안될 것이다. 중국현대문학사와 북한 문학사는 전적으로 정치적 사건과 역사적 사건에 의해 시기구분이 이루어졌다. 앞에서 살펴본 바와 같이 중국은 1840년의 아편전쟁 혹은 1898년 戊戌變法을, 북한은 1866년 조선의 Sherman號 事件(丙寅洋擾)을 근대문학의 기점으로 삼고 있다. 또 중국은 1917년과 1919년을, 북한은 김일성의 '타도 제국주의 동맹'이 결성된 1926년을 현대문학의 기점으로 보고 있으며, 1949년과 1945년은 각각 사회주의 문학의 시발점으로 설정되어 있다.

그러나 그 같은 시기구분법은 21세기 탈 이데올로기 시대에 적합하지 않다. 그래서 80년 후반부터 중국은 과거의 편향된 시각을 교정하여 "새로운 문학사 쓰기" 라는 테제 하에 새로운 통합문학사가 나오고 있는 실정이다. 그러나, 북한 문학사는 아직 요원해 보인다.

2절 編述 體系의 變貌樣相

정치적 상황에 따라, 편찬자에 따라 문학사의 내용도 변화하는 바, 두 문학사 서술의 변모양상을 시대별로 살펴보고자 한다.

편의상 중국현대문학사를 크게 4시기로 - 제 1기 1949년 이전, 제 2기 1950-1956, 제 3기 1957-1976년 문혁종료까지, 제 4기 1976 文革終了 후부터 현재까지 - 로 구분하여 살펴볼 수 있는데, 여기서 북한 문학사의 편술 상황도 동시에 살펴보도록 한다.

제 1기의 중국문학사들은 당과 국가의 통제를 받지 않은 상태에서 자율적으로 쓰여졌으며, 작가의 의견이 대체적으로 다양하게 반영되었다고 볼 수 있다. 그러나 1949년 이후 제 2기 1950-1956년까지의 문학사 편술 내용을 살펴보면 사정은 크게 달라진다. 교육부에서 「中國新文學史教學大綱」을 제정하여 公布한지 오래지 않아 1951년 9월, 30여 년을 관통하는 신문학사 저서가 한 권 나왔는데 바로 王瑤의 『中國新文學史稿』이다. 『中國新文學史稿』는 朱自淸의 강의 개요를 본뜬 것으로 역시 작품의 소개를 주요 내용으로 삼고 있다. 소설, 시가, 산문, 희극 등 4개 부문의 장르를 문학사 서술의 씨줄로 삼고, 각 장르별로 특정한 시기와 지역에 따라 서로 다르게 나타나는 창작경향이나 유파 또는 풍격 등을 문학사 서술의 날줄로 삼아 기술해 가고 있다. 또한 각 장르별 창작성과를 서술하기에 앞서, 먼저 그 시기 문학운동과 문학사상의 투쟁을 종합하여 서술하는 장을 두었다. 王瑤의 『中國新文學史稿』의 특징은 아래의 몇 가지로 요약할 수 있다.

첫째, 중국현대문학의 범위인 1917년부터 1949년까지를 모두 망라하였으며, 朱自淸의 신문학 연구방법을 이어받아 자료가 整然하여 후대 중국현대문학사의 입문서가 되었다.

둘째, 문학운동이나 문예논쟁은 신민주주의 입장에서 기술하고 있으나 문예계의 창작활동에 대하여서는 객관적인 관점에서 서술하였다.

셋째, 문학작품에 대하여 세밀한 평론과 분석을 가했다.

넷째 선명한 경향성이다. 『史稿』는 새로운 정권이 구정권을 대신해서 들어선 역사적 배경 하에 産生되어 자연히 새로운 정권의 탄생을 칭송하였고, 동시에 "반동적인 문학"과 기타 각종 자산계급 문예유파를 비판하였다.

그밖에 王瑤의 『史稿』는 중요한 작가들을 두드러지게 부각시켜내지 못했으며, 네 시기간의 연관관계나 발전과정이 부드럽게 연결되지 못하여 읽는 독자들로 하여금 총체적으로 인식하는데 어려움을 준다.

丁易의 『中國現代文學史略』(1955)은 최초로 '현대문학사'라는 題名을 쓰기 시작한 것으로, 현대문학사를 중국공산당의 혁명사관에 의해 기술하였음을 밝히고 있다. 또 저자는 소련에서 배운 연대기적 편집과 작가평전을 결합시킨 소련문학사 편찬방법에 의거하여 현대문학사를 편찬하였다. 특징으로는 중국혁명사를 강령으로 삼아 신문학사를 혁명사의 일부분으로 여겼다는 점이다. 毛澤東의 「新民主主義論」을 인용하면서 시작하는 이 책은 현대문학운동이 혁명운동에 의해 규정된 것임을 명확히 밝히고 있다. 또한, 신문학사에 있어 작가들을 그 정치적 태도에 따라 "혁명작가"와 "진보작가", "반동작가"로 구분하는 시도를 하였으며, 문학유파와 사단에 대해서도 같은 식으로 구분을 지었다. 시종 "정치제일"을 작품과 역사를 평가하는 우선 기준으로 삼은 『史略』은 공산당 작가들에 대해서는 높이 평가하였으며, 심지어 5·4문학혁명을 공산당이 영도하였다고 하면서 胡適, 陳獨秀 등 문학혁명의 주역들을 우익 자산계급분자들로 비판하였다. 문예운동과 문예투쟁 부분에서는 "魯迅을 우두머리로 삼아" 魯迅의 지위를 대단히 부각시키기도 하였다.

이렇게 『史略』은 계급적, 기계론적 관점에서 작가와 작품을 평하고 있다는 점에서, 중국현대문학 발전 내의 복잡성과 다면성을 보지 못한 결점을 안고 있다.

1956년 劉綬松의 『中國新文學史初稿』는 체제상에서 王瑤의 『史稿』와 비슷하지만 정치혁명사의 내용을 강화했다는 점에서 丁易의 문학사와 유사하다. 또한 문예전선투쟁의 정황에 대한 서술을 강화했지만 그 비판 어조가 매우 거칠며 구체적인 단계의 구분에서도 王瑤와 구별된다. 그는 1942년의 延安文藝座談會를 항전후기로 나누지 않고 완전히 혁명사의 분기에 따라서 1937년 이후를 "항일전쟁시기의 문학"과 "제3차 국내혁명전쟁시기의 문학"(1945-1949) 두 단계로 나누었다. 또한 劉綬松의 문학사는 문학적인 표준보다는 역사적인 기준, 특히 혁명사를 기준으로 하여 문학의 발전과정을 계급투쟁사의 일부로 서술하고 있어 문학을 정치에 종속시키고 있다.

이상과 같이 제 2기의 문학사는 대부분 체계적인 구조를 갖춘 문학사라 할 수 있는데, 그 특징은 한마디로 '문학사의 정치화'라 하겠다. 정치정립의 시대, 정치 강화의 시대를 맞이하여 문학사 또한 이러한 시대의 흐름에 부합하지 않을 수 없었던 것이다. 이러한 영향은 정치가 학문을 간섭하게 되고, 문학사 기술에 동원된 용어들조차 점차 비학문적으로 변해가는 심각한 결과를 초래하였다.

이 무렵 북한문학사의 서술상황은 어떠한가. '북한문학'이라는 것은 분단체제 이후(1945년)에야 생겨난 것이라고 할 수 있겠는데, 1956년에 비로소 제대로 된 북한문학사가 출판되었다.

리응수, 윤세평, 안함광 3인이 시대별로 나누어 서술한 『조선문학사』(1956)가 바로 그것인데, 고대에서 현대에 이르기까지 유물론적 입장에서 쓴 최초의 문학사로서 이후 문학사의 모범이 되고 있다. 안함광은 1900년부터 전후인민경제 복구시기까지 당시 정치 정세와 반일애국 운동으로서의 계몽문화 운동을 객관적 입장에서 서술하였으며 3·1운동의 역사적 의의와 조선에서의 노동운동의 대두 및 프롤레타리아 문학의 대두 문제, 이후『조선문학사』에서는 거의 언급이 되지 않는 李相和, 金素月 등을 객관적으로 언급하였다.

1930-1945년 시기를 보면 '김일성 원수가 지도한 조선인민의 항일 무장투쟁 과정에서 나타난 문학'으로서『血海』(3幕劇),『城隍堂』(單幕, 戱曲)과『反日歌』(革命歌劇) 등의 口傳的인 集體作을 싣고 있으며, 李箕永, 韓雪野, 洪明熹, 姜敬愛의 작품 평가도 주목을 끈다. 이렇게 민요와 군가 및 연극대사 등을 수집, 복원하여 문학사 대상으로 포함시키고 있을 뿐만 아니라 혁명투사 등이 쓴 비 제도권 작품도 문학의 범주로 삼고 있음은 주목할 만하다. 평화적 민주 건설시기의 문학(1945-1950)에서는 8.15해방의 감격과 제반 민주개혁 및 인간의 성장, 朝蘇 親善, 남조선 인민들의 투쟁을 테마로 한 작품들을 싣고 있으며 趙基天과 그의 작품을 집중적으로 분석하고 있다. 조국해방시기의 문학(1950-1953)에서는 인민군의 용감성과 미제의 만행, 전쟁시기의 문학에 대한 김일성과 당의 지침이 서술되어 있다. 전후 인민경제 복구건설의 문학(1953.7-)에서는 韓雪野의『대동강』, 李箕永의『땅』,『두만강』을 다루고 있으며 김일성의 교시는 아직 보이지 않는다. 주체사상이 나오기 전에 나온 이 책은 작가와 작품을 중심으로 분석하여 나름대로 객관성을 띠고 있으나 이후 70, 80년대에 주체사상을 반영한 문학사들이 나오자 그 가치를 잃고 만다.

1959년 사회과학원 언어문학연구소 문학연구실에서 펴낸『조선문학통사』(상.하권, 과학원 출판사)는 집체적으로 만든 최초의 문학사로 '맑스 레닌주의'를 표방하여 소련어를 즐겨 썼으며 역사주의 원칙에 입각하여 애국주의, 인민성, 인도주의를 담고 있다. 카프파인 한설야가 문예총위원장이던 시기로 카프해체 이전부터 적대세력이었던 남로당계 임화, 이태준을 철저히 배제한 것이 그대로 반영되어 있다. 서술은 기본적으로 안함광의『조선문학사』와 같은 시기구분에 따라

역사적 개괄에 기본을 두면서 매 시기의 문학발전에 크게 기여한 대
표적 작가들의 문학사적 공헌을 정확히 밝히려고 노력하였다.

같은 해 중국에서는 復旦大學中文系現代文學組學生集體 編著『중
국현대문학사』(1959, 상해 문예출판사)가 출판되었다. 이는 학생들
스스로가 자신들의 교재를 집단으로 편찬한 최초의 것으로, 이러한
저술방법은 당시 전개되었던 '자산계급유심론의 개인주의 비판운동'
에서 비롯된 것으로 여겨진다. 학술활동도 대중운동의 하나로 간주했
으며, 교재편찬도 반동적 구세대 학자들을 비판, 배제하고 학생 자신
들에 의한 집단 작업으로 수행했던 것이다. 이 시기 학술연구는 기본
사상이 '毛澤東 사상의 관철'이었으며 현대문학사의 편술 역시 이 기
본사상에서 이루어졌다.

1958년부터 1960년까지 3년 동안 10여종의 현대문학사가 출판되었
는데 이 시기에 편찬된 현대문학사의 가장 큰 특징은 공동집필이다.
이때에는 공동 집필이 유행되어 개인저술은 그 명맥이 끊어질 위기
에 처해 있었다. 제 2기에서 가장 대표적이라 할 수 있는 王瑤의『中
國新文學史稿』와 李何林의『近20年 中國文藝思潮論』은 혹독한 비판
을 받았으며, 마르크스주의와 모택동 사상을 지침으로 삼았던 蔡儀의
『中國新文學史講話』와 丁易의『中國現代文學史略』등은 높은 평가
를 받았다.

이같이 문예계와 학술계에 대대적인 숙청을 감행하기 시작한 반우
파 투쟁은 문학사 저자들로 하여금 유약성을 드러내게 만들었다. 정
치박해의 합리성을 증명하기 위해 숙청당한 작가의 이름과 작품을
문학사에서도 삭제했을 뿐만 아니라 정치의 수요에 맞춰 문학사의
진상을 왜곡하였던 것이다. 이 시기 반우파 투쟁은 중국현대문학사의
암흑기인 제 3기 (1957-1975)의 서막으로서, 이후 문혁시기 내내 단
한 권의 문학사도 출판되지 않았다.

중국현대문학사의 제 4기 (1976이후-)는 문화 혁명기라는 긴 암흑의 터널을 벗어나 새로운 시기로 접어든다. 반면 그 동안 줄곧 중국과 비슷한 역사적 행보13)를 거쳐 온 북한의 현대문학사는 1967년 주체문학 수립이후 문학사의 왜곡, 날조의 나락으로 빠져 들어감으로써 마치 중국의 문혁기로 퇴행하는 양상을 보인다.

唐弢 主編의『中國現代文學史』(제 1.2권, 1979.6, 제 3권 1980.12)는 가장 영향력 있는 문학사 중 하나로 문혁시기에 왜곡되었던 사실을 교정하고자 하였다. 그래서 혁명사적인 편술방법을 지양하고 문학사적 편술방법을 채택하여, 현대문학사의 5·4 문학혁명을 지나치게 과소 평가하거나 혹은 혁명문학을 과대평가 하는 등 형평을 잃었던 기존의 것을 객관적으로 서술하였으며, 문혁시기에 무고하게 누명을 썼던 周立波, 趙樹理, 路翎, 7月詩派 등을 문학사에서 복권시켰다.

---

13) 예컨대, 중국의 반우파 투쟁(1957), 대약진 운동(1958-1960), 문화대혁명(1966-1976)을 겪는 동안 북한에서는 반종파 투쟁(1953-1956, 1959), 천리마 운동(1957-1961), 주체사상 수립(1967-)이 진행되었다. 중국의 반우파 투쟁과 북한의 반종파 투쟁은 권력을 강화시키기 위한 권력투쟁으로 어느 나라에서나 볼 수 있는 현상이다. 대약진 운동과 천리마 운동은 비슷한 시기에 일어난 노동생산성 향상 운동으로 소련에서 일어난 스타하노프 운동(1935년 9월에 소련 우크라이나 지방의 탄광부-스타하노프가 새로운 기술과 열성으로 보통 사람의 14배를 채탄했다는데서 유래된 말)의 영향을 받은 것으로 추측된다. 북한의 주체사상의 수립은 중국의 문화대혁명과 일정한 관계를 맺고 있으며 모택동 사상은 주체사상 수립에 중대한 영향을 미친다. 1960년대 중반 북·중간의 격렬한 갈등은 북한사회를 개인숭배 체재로 빠져들게 했다. 북한 지도부는 전통적인 맹방인 중국과 갈등이 격화되자 전 사회적으로 '내외의 적'에 대처하기 위한 국방력 강화를 크게 강조했다. 그리고 이 과정에서 적의 공세에 대응해 대내적 단결의 정점으로 수령이 강조되었으며, 모택동 사상에 대응해서 사회주의 건설의 독자적 지도사상으로서 김일성 사상으로 규정된 주체사상이 한층 강조되었다. 바로 이러한 움직임 속에서 북한사회는 개인숭배의 물결 속으로 빨려 들어가기 시작한 것이다. 문화혁명이 거세게 전개되고 임표를 중심으로 하는 문화혁명 지도자들은 모택동과 모택동 사상을 절대화하면서 김일성 지도부를 수정주의자로 몰아 부쳤다. 그리고 김일성 지도부는 이에 교조주의 비판으로 맞섰다. 그러나 아이러니컬하게도 문화혁명을 완강히 반대했던 북한에 '중국 따라 배우기'식으로 고스란히 전수되었다. 즉 주체사상이 모택동 사상과 경쟁하다가 모택동 사상이 범한 함정 속에 빠진 것이다. 이종석 저, 『북한-중국관계』, 중심, 서울, 2000, 11, 24-247쪽 참조

비록 공동 집필이어서 일관된 사상체계를 갖추고 있지는 못하나, 기존의 현대문학사에 비해 객관적인 서술이 돋보인다.

黃修己의 『中國現代文學簡史』(1984)는 1957년 이후 개인이 단독으로 집필한 최초의 현대문학사로서, 문학사의 발전과정을 마르크스주의 문예이론과 모택동 사상에 부합시킨 서술방법의 공식화를 타파하였으며 '세계문학으로의 중국문학'이라는 문학사 서술의 새로운 방법론을 제시했다는 데에 그 특징이 있다. 그는 중국현대문학은 중국의 것만으로 고립되어서는 안되며 세계문학사의 한 부분으로 연구·서술되어야 한다고 주장하였다. 또한 黃修己의 문학사는 작가의 독립된 장을 두지 않고, 풍격, 유파 및 사상경향을 줄기삼아 기술해 내려가면서 각 시기의 작품에 대해 종합적으로 서술해 내려가고 있는 것이 특징이다. 이러한 배치는 중점작가에 대한 서술이 분산되고 흐트러져 보이는 王瑤 문학사의 결함을 똑같이 안고 있다.[14]

錢理群, 溫儒敏, 吳福輝의 『中國現代文學三十年』(상해문예출판사, 1987)은 三十年을 세 분기 (1917-1927/1928-1937/1937-1949)로 나눔으로써, 1942년 延安文藝講話를 분기점으로 삼은 黃修己와 차별성을 보였다.

魯迅, 郭沫若, 茅盾, 巴金, 曹禺, 艾靑, 趙樹理 등과 같은 주요 작가는 단독으로 장을 만들어 서술하였으며, 문학사에 서술된 史實 또한 비교적 풍부하였다. 각 장 뒤에는 그 장과 유관한 연표가 있어 본문의 서술의 부족한 점을 보충해주었으며 과거에 홀시되었던 인물과 새로운 내용을 증가시켜 中外文學에 정통한 劉西渭(李健吾), 비평가로서의 沈從文, 예술성이 탁월한 蘇雪林 등을 다루었다. 이밖에 胡適의 역사적 업적을 긍정하였을 뿐만 아니라 錢鐘書, 張愛玲, 張恨水의

---

14) 「國內現代文學史著作出版歷史述評」, 『中國現代文學硏究叢刊』 19991年 第 4期, 202쪽.

문학적 업적을 발굴하였다. 또한 저자들은 '20세기 중국문학'은 '민족 영혼을 개조하는 문학'이라고 주장함으로써 20세기 중국문학의 관념을 제기하는 등 명확하고도 독특한 그들의 문학사관, 즉 문학사의 총체적인 인식을 드러내었다.

제 4시기에 주목해야 할 것은 현대문학사 외에 斷代文學史, 地域文學史, 類別文學史 등이다. 이것들은 문학사 기술의 새로운 형식으로, 다양한 문학사를 저술할 수 있는 분위기를 형성해 주었다.[15] 특히 類別文學史의 대표적인 예가 嚴家炎의 『中國現代小說流派史』와 楊義의 『中國現代小說史』이다.

嚴家炎의 『中國現代小說流派史』(1989년)의 첫 번째 공헌은 무엇보다도 철저한 논증을 통하여 중국현대소설의 여러 유파를 언급하였으며, 연대기적 순서에 따라 작품을 하나 하나 소개해 가는 소설사의 전통적 서술방법에 대해 대단히 흥미로운 돌파구를 제공하는 데에 있다. 鄕土小說派, 自我小說派 등 10여 개의 유파에 대한 嚴家炎의 과학적인 논증과 엄격하고 세밀한 연구 태도와 방법은 현대소설유파에 대한 새로운 자료와 견해를 제공하였을 뿐만 아니라, 유파연구의 혼란을 정돈시켰으며 과학적인 새로운 단계로 발돋움하게 하였다.

楊義의 『中國現代小說史』(1권, 1986, 2권 1988, 3권 1991)는 10년 간에 걸친 한 사람의 노력으로 완성된 보기 드문 학술저작이다. 『小說史』에는 600여명의 작가들이 언급되어 있는데, 과거에 홀시되었던 많은 작가들을 발굴하여 정교하고 뛰어난 예술적 감각으로 서술하고 있다. 특히 "上海孤島 및 그 후의 小說"이란 장의 설정은 독특하다. 역사의 연관성과 더불어 이 지역 작가들의 창작성과가 매우 풍부함

---

15) 대표적인 斷代文學史는 수정과 보완을 거친 80년의 藍海의 『中國抗戰文藝史』와 朱德發의 『중국 5·4 문학사』를 예로 들 수 있으며, 지역문학사로는 劉增杰 등의 『中國解放區文學史』, 文天行의 『國統區 抗戰文學運動史稿』, 江西師大의 『蘇區文藝運動史』 등을 들 수 있다.

을 주지시켰다. 이 장에서 기술하고 있는 師陀, 徐訏, 張愛玲, 錢鐘書 4대가 및 羅洪, 程造之, 無名氏 등은 기존의 문학사에 거의 언급되지 않았던 작가들이다. 또한, "작가군"이라는 개념을 사용하여 四川鄕土作家群, 東北流亡者作家群, 京派作家群, 華南作家群 등 중요한 創作群體를 만들었다. 수많은 유파의 작가들이 이『小說史』를 통하여 자신의 위치를 찾게 된 것이다. 그밖에『小說史』에서는 舊派通俗小說이라는 독립적인 장을 만들어 처음으로 張恨水의 소설에 대하여 통속소설이 독립적인 예술 가치를 가지고 있다고 인정하였다.

楊義의『小說史』는 과거의 정치적 시각에서 벗어나 문학의 심미적 가치를 중시한 점에서 중국신문학사에 있어 커다란 의의를 가진다. 이러한 경향은 1980년 후반기에 들어서면서 점차 자리를 잡게 된다.

현재 중국 대학에서는 중국현대문학과 당대문학 두 과정이 설강되어 있으며 이를 합하여 '20세기 중국문학사'라 칭하고 있다. 1998년 黃修己 主編의『20世紀 中國文學史』(中山大學出版社) 上·下 두 권을 그 대표적인 예로 들 수 있다.

상권에서는 1900-1949년까지의 문학발전의 모습을 보여줌과 동시에 '魯迅'을 한 장으로 독립시켜 크게 다루었으며, 그 외 장르별로 시, 소설, 산문, 희곡 등 대표적인 작품과 작가를 다루고 있는 것이 특징이다. 하권에서는 1985년을 기점으로 '공화국 문학의 험난한 역정'(1949-1985)과 社會轉型期의 文學'(1986-)으로 나누어 문학발전의 모습을 살펴봄과 동시에 20세기의 통속문학과 소수민족문학, 대만문학과 홍콩문학, 마카오 문학의 장을 두고 있다.

2000년에 들어서 교육부는 21세기 교과 내용과 과정이 체계적으로 계획된 朱棟霖, 丁 帆, 朱曉進 主編의『중국현대문학사』(고등교육출판사)를 내놓았다. 모두 37장으로 구성된 이 책은 상편 (1917-1949)과 하편 (1949-1997)으로 나뉘어 있다. 중국현대·당대문학으로 분리된

관례를 깨뜨려 함께 서술하고 있는데 이러한 서술 관점은 1991년 全國高等教育自學考試指導委員會에 의해 편찬된 『中國現代文學史』(武漢大學出版社)의 관점을 잇고 있다 하겠다.[16] 1917년에서 1997년에 이르는 중국현대문학의 발전사를 서술한 이 책은 각 시기의 대표작가 뿐만 아니라, 부분적으로 홀시되었던 중요 작가 및 그들의 작품을 객관적으로 평가하고 있다. 서술의 관건을 문학자체로부터 출발하여 근년의 새로운 성과들을 흡수하고 있을 뿐만 아니라 대만문학과 홍콩문학을 포함하고 있어 중국현대문학사를 전체적으로 조망하는데 도움을 준다.

2000년 7월 吳曉東, 孔慶東 外 編 『중국현대문학문사』(인민문학출판사)가 출판되었는데, 이는 대학교 중문계 교수 및 연구소의 청년학자들에 의해 저술된 것으로 그 동안 대학에서 이루어놓은 성과의 기초 위에 새로운 관점을 가하여 이루어진 것이다.

1937년을 하나의 분기점으로 삼았으며 학생들의 이해를 돕기 위하여 매 절마다 핵심어(key word)를 표기함과 동시에 많은 삽화를 넣었다. 또한 이제까지 다른 문학사에서 취급하지 않았거나 소홀히 다루었던 부분을 장, 절로 독립시켜 객관적으로 서술하였는데, 7장, 8장의 現代話劇과 제 10장의 現代派 文學思潮에서 李金發과 象徵派 詩人, 戴望舒와 現代派 詩人, 新感覺派 小說과 現代話劇의 先鋒實驗, 제 17장의 淪陷區 작가의 張愛玲과 錢鐘書의 창작, 19장의 穆旦과 西南聯大詩人群의 창작부분이다.

이 시기 문학사 저술의 커다란 특징은 60년대 集體 方式의 기계적이고 도식적인 형태에서 벗어나, 대학간 연합의 저술방식과 전문

---

16) 이 책에서는 1917-1986년까지 서술하고 있는데 상편(197-1949년)과 하편(1949-1986)으로 구성되어 있다. 여기서 주목할 점은 丁帆이 집필진에 들어가 있는데, 2000년도 고등교육출판사의 『중국현대문학사』에서는 편집장(주간)으로 들어가 있다.

연구자의 개인 저술방식으로 발전되어 더욱 個性化, 多樣化한 새로운 문학사 쓰기의 발판을 구축해주었다는 점이다. 沈從文, 錢鐘書, 張愛玲, 張恨水의 문학적 발굴은 이 시기의 가장 의의 있는 일이었으며 최근에 출판된 거의 대부분의 현대문학사 저술에서 현대소설의 審美風格에 끼친 이 네 작가의 공헌에 대해 정도는 다르지만 각기 긍정적으로 기술하고 있다.[17] 또한 사회혁명사 혹은 문화사상 등에 기대어 인식, 사유하던 방식에서 탈피하여 문학사를 진정한 문학의 역사 혹은 심미의 역사로 기술하려고 노력하기 시작하였다는 점이 주목된다.[18]

이상과 같이 중국현대문학사 가운데 주된 것만 서술해 보았는데, 그 풍성함과 발전적인 모습은 북한문학사 기술의 변모양상과 상당한 차이를 보인다.

주체사상이 확립된 후에 사회과학원 연구원들에 의해 쓰여진 『조선문학사』 (1-5권, 과학백과사전출판사, 1977-1981)는 『조선문학통사』의 경우처럼 고전과 현대를 균형있게 나누지 않고 현대 위주로 기술한 것부터가 다르다. 다섯 권 중 네 권이 모두 현대문학 분야이며 그 대부분이 김일성과 김일성 가족의 찬양일색이다.

매 시기마다 '위대한 수령 김일성 동지께서 내놓으신 문학 예술에 대한 지도방침'이란 장을 설정하여 각 시기의 문학을 개관하고 있다. 김일성이 '타도제국주의 동맹'을 결성한 1926년을 현대문학의 기점으로 설정하고 있음은 말할 것도 없고, 3·1운동도 러시아 혁명의 영향아래 발생한 것이 아니라 민족 자생적인 산물로 기술하고 있다.

---

17) 네 작가의 문학사적 지위에 대하여 다소 차이가 있게 평가하고 있는데, 沈從文과 錢鐘書에 대한 평가나 章節의 按排는 현재에 이르러서도 여전히 문학사의 매우 편벽된 구석자리를 점하는 정도에 머물고 있다. 「國內現代文學史著作出版歷史述評」, 앞의 책, 200쪽.

18) 위의 책, 201쪽.

이 책은 철저히 주체의 방법론을 구현한 것으로, 이전 『조선문학통사』에서 보여주었던 카프 중심의 서술이나 객관적인 서술은 보이지 않는다.

소설, 시, 극문학 외에 영화를 하나의 장르로 넣어 영화문학으로 다루고 있는 점이 주목되며, 특히 제 5권(1959-1975년 시기)에서는 이 시기에 주체사상이 형성되었는바, 주체사상에 입각한 사회주의적 내용과 민족적 형식이 결합된 새로운 형식의 혁명가극 『피바다』식의 작품이 많이 출현하였음을 소상히 서술하고 있다.

1986년에는 문학사들을 수정, 보완하여 다소 객관성을 띠고 있다고 할 수 있는 『조선문학개관』1, 2권이 출판되었다. 정홍교, 박종원의 1권은 '조선문학의 시초'부터 '1910-1920년대 전반기 문학'까지를, 박종원, 류만의 2권은 '항일혁명투쟁기(1926.10-1945.8)' 문학부터 '사회주의 전면적 건설과 사회주의 완전승리를 앞당기기 위한 투쟁시기(1961-1985)'문학까지를 정리해 놓고 있어 균형을 이룬 편이다. 이 책은 주체사상이 확립된 이후에 기술한 것임에도 불구하고 비교적 김씨 일가에 대한 과장성이나 왜곡의 도가 다소 누그러진 성향을 보여준다. 현진건, 나도향, 김소월 등에 대한 언급을 살펴보면, 그들의 비판적 사실주의 문학을 긍정하는 한편, "불합리한 사회현실을 비판하고 가난한 사람들에 대한 동정을 표시하는데 머물렀을 뿐, 그것을 민족적 및 계급적 해방을 위한 인민들의 투쟁과 결부시켜 보여주지 못하는 제한성을 나타냈다."19)라고 비판하고 있다. 이와 더불어 이광수, 김억, 한용운을 복권시키고 그들의 문학적 업적을 다소나마 긍정적으로 평가한 것도 두드러진다.

그렇지만 『성황당』, 『피바다』, 『조선의 노래』 등의 작품을 김일성이 손수 창작해서 혁명적 문학예술의 분위기를 마련했다고 날조하였

---

19) 정홍교, 박종원, 앞의 책, 353쪽.

으며 '불멸의 력사' 총서를 통해 특정 인물의 우상화에 치중한다든가, 김일성의 항일투쟁을 형상화한 영화문학인『조선의 별』등을 통하여 김일성을 찬양, 왜곡하는 등,『조선문학통사』가 김일성에 국한하지 않고 모든 공산주의자들을 강조하면서 작품의 가치를 목적성과 교훈에 두었던 것과는 상당히 대조적이다.

은종섭의『근대현대문학사』(1991, 김일성 대학 출판사)는 김일성 대학의 조선어문학부 학생들을 위하여『고대중세문학사』와 연관관계 속에서 집필된 것이다. 이 책에서 주목할 부분은 과거에 반동작가로 매도 당했던 김소월, 한용운, 김억 등을 근대문학의 제 3장 '공산주의 운동 요람기의 문학'이라는 장 아래 '비판적 사실주의 문학'이라는 절을 설치하여 넣었다는 점이다. 또한, 이광수, 김동인, 염상섭, 주요한, 박종화 등을 부르주아 반동작가라 여전히 비판하면서도 이광수가 근대소설을 발전시키는데 일정한 역할을 하였다고 긍정적으로 평가하고 있다.[20]

1999년에 완간된『조선문학사』(사회과학출판사, 1991-1999) 15권은 사회과학원 주체문학연구소 산하의 문예학자들이 시기별로 분담하여 집체적으로 집필한 것이다. 현대문학부분이 8권을 차지하고 있으며 김일성 일가 중심의 항일 빨치산 활동을 위시한 해방 후의 문학에 많은 분량을 할애하고 있다. 15권 중 류만이『조선문학사』 8권 (1926-1945)과 9권을 저작하였는데 8권은 1992년 사회과학출판사에서, 9권은 1995년 과학사전종합출판사에서 출판하는 등 출판사가 달라진다. 류만은 두 권의 책에서 동 시기(1920년 후반부터 1940년대 전반기)를 다루고 있는데 8권에서는 항일혁명투쟁의 첫 시기와 항일무장 투쟁시기로 나누어 주로 김일성 중심의 항일투쟁과 항일문학에 대하여 집중적으로 서술하고 있다. 반면 9권은 김일성 중심의 항일혁명문학을 주축으로 하되, 주로 당시 프롤레타리아 계층의 비참한 삶과 투

---

20) 은종섭,『근대현대문학사』, 김일성종합대학출판사, 1991년, 33쪽.

쟁, 착취사회의 모순을 폭로한 문학, 항일무장투쟁에 대한 지지와 공감을 노래한 시, 선각자들의 삶과 투쟁, 진보적 소설창작의 다양한 면모, 식민지 지식인의 고통과 고민 및 이상, 역사주제의 작품과 풍자 소설 등 다양한 문학을 포괄하고 있다.

10권에서 15권까지는 구체적인 시기구분이 없이, 10권 해방후편 (평화적 민주건설시기), 11권 해방후편(조국해방전쟁시기), 12권 전후 복구 건설 및 사회주의 기초건설 시기문학, 13권 천리마 시대의 문학, 14권 1970대 문학, 15권 1980년대 문학으로 구성되어 있다. 특이한 것은 12(주체 88년, 1999년)권이 15권(주체87, 1998년)보다 늦게 출판되었으며 12권부터는 년도 앞에 또 하나의 주체 년도[21]를 표기하고 있다는 점이다. 주로 김일성과 김정일, 그 가족을 칭송하는 작품이 주를 이루고 있으며, 12권부터는 김정일 교시가 곳곳에 드러나 있어 권력의 중심이 김일성에서 김정일로 이동하고 있음을 드러내 주고 있다.

3절 敍述特徵의 比較

앞에서 살펴본 바와 같이 북한의 문학사는 크게 個人著述文學史와 集體著述文學史로 나뉜다. 1950년 중기에 개인저술의 문학사가 한차례 이루어지고 난 뒤, 집체저술의 문학사가 상·하로 간행되었다. 이때는 주체사상이 확립되지 않은 시기로 맑스·레닌주의나 유물론적 역사주의의 원칙에 입각하여 문학사를 서술하였다.

그러나 1970년대 말 5년간에 걸쳐 문학사는 5권의 방대한 분량으로 정리되었으며, 1980년대 중반에 와서는 '개관'형식으로 문학사 정

---

21) 김일성이 출생된 해(1912년)를 주체 1년으로 삼는다.

리가 또 한번 이루어졌는데, 이때에는 이미 주체사상이 확립된 시기로 문학사관도 김일성주의와 민족주의적 주체사관으로 이행된다. 모든 문학이 주체문학으로 수렴되기 때문에 객관성이 사라지고 김일성과 김일성 일가를 중심으로 왜곡, 날조된다. 1990년대에 들어서면서 그 동안 이룩한 성과와 경험을 토대로 15권의 문학사가 출판되기 시작하여 많은 주목을 받아왔지만, 당의 지시에 의하여 철저히 강압되고 통제된 상황 하에서 만들어진 북한 현대문학사는 오히려 더 주체사상에 의해 왜곡된 실정이다.

중국의 문학사 또한 이 카테고리에서 벗어날 수 없었다. 1949년 이전의 중국현대문학사가 대체적으로 저자의 신념과 가치관에 의하여 자율적으로 쓰여졌다면 1949년부터 오늘날에 이르기까지 중국현대문학사는 정부의 통제를 받으면서 쓰여졌다. 그 통제의 절정기는 물론 反右派 時期와 文化革命의 時期라 할 수 있다. 1959년에 쓰여진 復旦大學 학생들의 문학사나 北京大學, 吉林大學 등 각 대학에서 쓰여진 문학사들은 북한처럼 철저히 공산당의 통제를 받으며 집체적으로 쓰여졌으므로 우파투쟁 이전의 문학사나 신시기 이후에 비하여 그 왜곡의 정도가 심하다. 과거의 중국문학사가 유물론이나 마르크스주의 변증법에 의하여 쓰여졌다면, 집체적으로 쓰여진 문학사는 毛澤東 문예사상에 의하여 쓰여졌으며, 시기구분도 중국혁명사를 기준으로 세시기(1919-1927 / 1928-1942 / 1943-1949)로 나누고 있다. 오늘날, 중국이 개방되어 상당히 진보적이고 완비된 문학사가 나오고 있지만 여전히 정부의 직·간접 통제를 받고 있어서 반정부적이거나 사회주의를 비방하는 글, 반체제 작가들의 작품들은 삭제되고 있는 것이 현실이다.

이같이 두 사회주의 국가의 문학사는 '支配的인 專制의 價値'에 의하여 서술된다는 것이 가장 큰 특징이다. 문학이 정치적 목적과 혁명투쟁의 사상적 무기로 인식되어 인민의 의식을 개조하는 수단으로 사용되기에 중국과 북한문학사의 변동은 정치체제 변동과 맞물려 있다. 북한 문학이나 중국문학-특히 1949년 이후 17년 시기의 중국당대문학은 당의 문예 정책이 바뀌면 그것에 일방적으로 순응할 수밖에 없으며 그렇기 때문에 매 시기마다 당의 문예정책의 본질과 이것이 문학계에 미친 영향, 해당시기에 발표된 작품의 의미는 서로 밀접한 관계가 있는 것이다.

또한, 두 문학사는 거의 '배제론' 원칙에 의해 기술되었다고 할 수 있다. 부르주아 성향의 문인이나 작품들은 철저하게 매도당하였으며, 심지어 문학사에서 제외되기까지 하였다. 반면, 당의 정책에 부합한 작품이나 작가, 金日成 父子를 칭송하는 작품들은 문제작으로 취급받아 문학사에 거의 빠짐없이 다루어진다. 특히 북한에서 서술된 문학사를 보면 책에 따라 작가의 수가 들쑥날쑥하다. 아무리 한때 중요한 작가로 취급되었다 하더라도 당 정책의 여하에 따라서 숙청되면 문학사에서 사라지고 만다. 안함광의 『조선문학사』나 『조선문학통사』에서는 일정 정도 다루어졌던 林和가 『조선문학사』(77-81)에서는 아예 취급되지 않았으며 李光洙, 崔南善 같은 경우, 매국 문인이라는 이유로 『조선문학사』(1956)와 『조선문학통사』(1959) 등에서 완전히 사라져버린 것이다. 또한 김일성의 우상화에 제일 활발한 창작 열의를 보였던 韓雪野에 대하여 『조선문학사』와 『조선문학통사』에서는 많은 지면을 할애하고 있지만, 그가 숙청당한 후에 출판된 『조선문학사』(1977-1981)에서는 그에 대한 서술이 없을 뿐만 아니라, 심지어 그의 작품 『만경대』까지도 4.15 창작단이 지었다고 왜곡된다.

金素月, 韓雪野, 洪明熹 등은 『조선문학사』(1981년)에서 제외되었다가 1986년 판 『조선문학개관』이나 1991년 『근대현대문학사』에 와서 다시 서술 대상에 포함되고 있다. 또 그간에 제외되었던 李人稙, 崔南善, 金億, 韓龍雲, 沈薰, 李孝石, 李庸岳 등의 시인, 작가들이 새롭게 서술대상으로 수용되고 있음이 주목된다. 이렇게 보면 『조선문학개관』에 와서 서술의 폭이 약간 넓어지고 있다고 하겠는데, 거론된 작가의 수로 볼 때 대체로 최근으로 올수록 조금씩 늘어나고 있어 작가 선정의 편협성을 다소 시정하려 한 것이 아닌가 생각된다. 반면 李箕永, 趙明熙, 崔曙海, 嚴興燮, 姜敬愛, 玄鎭健, 權煥, 金昌述, 宋影 등은 『조선문학통사』(1959년), 『조선문학사』(1981년), 『조선문학개관』(1986년) 및 1995년의 『조선문학사』에까지 줄곧 서술되고 있는데, 이들 작품이 가장 우수한 작품이라고는 볼 수 없지만, 당의 정책을 잘 반영하고 그에 부합되는 작품이라는 것은 쉽게 짐작해 볼 수 있다.

중국현대문학사에서도 이러한 현상은 마찬가지이다. 앞 장(3장)에서 드러나듯이, 劉綬松의 『中國新文學史初稿』(1956)에서는 중국현대문학사에서 큰 비중을 차지하지 않는 작가들 方志敏, 柔石, 殷夫, 胡也頻을 '중국무산계급혁명문학과 선구자의 피'(中國無産階級革命文學和前驅的血)라는 장 속에 節을 만들어 크게 취급하고 있을 뿐만 아니라, 胡適은 지나칠 정도로 폄하시키고 陳獨秀는 높이 평가하였다. 復旦大學中文系現代文學組學生集體 編 『중국현대문학사』 (1959)에서는 5·4문학혁명기의 선구자인 胡適이나 陳獨秀를 서술의 대상에서 제외하였으며 巴金을 비판하였다. 또한, 반우파 투쟁으로 숙청된 반동작가들 즉, 丁玲, 馮雪峯, 胡風 등 많은 작가들을 문학사에 기술하지 않은 반면, 瞿秋白과 左聯 5烈士 및 수난의 혁명작가들을 크게 부각시켜 기술하였다.

"새로운 예술 작품의 탄생은 이전에 있었던 모든 예술 작품의 변화된 모습의 재생"이라는 T.S 엘리어트의 유명한 지적처럼 현대문학은 과거(고전)문학을 모체로 한다. 문학도 자신의 문화배경과 문화전통에서 벗어날 수 없는 바, 북한문학사에서는 고전문학과 현대문학을 총체적으로 파악하여 문학예술의 합법칙적 발전을 강조하고 있다.

> 우리는 우리 인민들이 창조한 민족문화유산 가운데서 진보적
> 이고 인민적인 것과 낡고 반동적인 것을 정확히 갈라내어 반동적
> 인 것을 버려야 하며 진보적이고 인민적인 것은 오늘의 현실과
> 노동계급의 혁명적 요구에 맞게 비판적으로 계승, 발전시켜야 합
> 니다.[22]

위의 인용문에서 드러나듯 과거문학에 대한 선택과 평가의 미적
기준은 '인민성'과 '진보성'으로 요약된다. 물론 이러한 미적 기준은
단지 과거문학(고전문학)에만 제한되지 않고 현대문학까지 해당되는
데 이는 중국 문학사에서도 마찬가지이다.

5·4로부터 30년대 신문학과 고전문학의 우수한 전통의 종적인 계
승관계가 중국현대문학사에 뚜렷이 나타나고 있는 바, 중국현대문학
제 1세대 작가들 가운데 창작성과가 두드러진 사람치고 고전문학에
대한 수양이 깊지 않은 사람이 없다. 魯迅을 예로 들면 그의 소설창
작의 다채로운 표현방법에는 외국문학에 대한 비판적 수용뿐만 아니
라 중국고전소설에 대한 계승이 있었다. 또한, 郭沫若, 茅盾, 郁達夫,
趙樹理, 馮文炳(廢名) 등의 작가들도 모두 전통문화 가운데 봉건적이
고 반동적인 요소는 버리고 진보적이고 대중적인 것을 우수한 것으
로 선택하였으며, 전통의 우량한 것이면 모두 수용하여 발전시켰다.

이렇게, 북한문학사와 중국현대문학사에서는 愛國性, 進步性, 人民
性을 문학사 서술의 척도로 삼는 것이다. 고전문학과 현대문학이 하
나의 유기적 관계를 이루고 있으며 자체 내에서 함께 설명할 수 있
는 시야를 확보하고 있는데, 바로 이 점이 두 문학사의 공통점 중의

---

22) 사회과학원 문학연구소편, 『조선문학사』(1959-1975) 과학백과사전출판사, 1977,
383쪽.

하나이다.

또한 정치적 목적을 구현해내는데 있어서 가장 적합한 극문학을 중시했다는 점도 두 문학사의 특징 중 하나이다. 이는 당연히 당 정책의 선전 및 인민을 선동, 교양, 개조시키고자 하는 '목적성'과 무관하지 않을 것이다.

1967년 주체사상이 수립된 이후 북한문학은 김일성의 혁명역사를 형상화한 작품이 주를 이루는 가운데 소위 성황당식 혁명연극, 피바다식 혁명가극이 나왔으며 시극과 음악무용, 서사시극이 성립되었는데 70년대는 피바다식 가극이 공연예술의 중심을 이루었고 80, 90년대에는 김정일이 직접 공연예술에 관여함으로써 영화 분야까지 확대된다. 북한의 극문학은 김일성의 우상화를 위한 유일사상과 주체문예론을 기반으로 하고 있으며 항일혁명연극을 문학사의 전면에 부각시키고 있다. 그리하여『조선문학사』(1977-1981)와 『조선문학개관』(1986), 『조선문학사』(1991-1999)에 이르기까지 극문학이 두드러지게 증가되어 있는데 이는 당의 정책을 반영하는 것이다.

중국 희곡의 경우 5·4신문화 운동의 시기에는 봉건시대의 낙후된 문화로 대표되어 격렬한 비판을 받아 군벌혼전과 국민당 통치시기에 이르기까지 부진한 상태를 면하지 못했다. 그러나 항일전쟁을 轉機로 하여 점차 새로운 시대와 결합하는 면을 보여주게 되며, 1942년 毛澤東이 제기한 "推陳出新"의 방침은 희곡 현대화의 새로운 이정표가 되어 現代戲曲이 발전하게 된다. 이러한 戲曲文學은 사회주의 시기에는 사회주의 혁명과 건설 사업을 위해 활발하게 창작되었지만 문혁시기에 이르러서는 좌경적인 영향으로 인하여 기형적으로 성장하며 신시기 이후 정상적으로 발전하게 된다. 중국현대문학사에는 이러한 시대적 영향과 함께 중국 공산당의 戲曲에 대한 방침이 잘 반영되어 있다.

그러나 이와 같은 공통점에도 불구하고 오늘날 드러난 두 문학사 기술의 차이를 어떻게 설명할 수 있을까? 무엇보다도 두 사회주의 문예이론의 근간이 되는 '사실주의'를 받아들이는 태도를 살펴볼 필요가 있다. 두 국가는 모두 각각 소련의 사회주의 사실주의 영향을 받았는데, 정치적 상황과 문예정책의 변화에 따라 變容되어 왔다. 북한의 경우 1947년에 '고상한 사실주의'를 제창한 이후, 비판에 비판을 거듭하면서 1967년 유일사상 체계의 주체문학에 이른다. 김일성의 신격화와 우상화를 위해 항일 투쟁 위업을 찬양하고 북한식 사회주의 건설의 위대성, 혁명적 통일의 과제를 강조해오다가 이 같은 도식성에서 벗어나고자 하는 80년대의 움직임이 1992년 김정일의 '주체문학론'으로 수렴되고 만다. 교조적 사회주의 사실주의를 주장해오던 북한 문학계는 김정일의 『주체문학론』이 나온 이후 '주체 사실주의'23)를 내세우게 되는데, 이는 1990년도 초반에 사회주의 국가들이 무너지게 되자 북한문학을 뒷받침할 만한 이론적 근거가 흔들리게 되어 새로운 이론이 필요하였기 때문이다. 북한의 주체사실주의는 수령에 대한 충성과 조선민족 제일주의라는 특수한 부분을 내용으로 삼는다. 어떤 변화에도 휩쓸리지 않는 수령에 대한 충성으로 현 체제를 유지하는 것이 주체 사실주의의 핵심인 것이다.

결국, 북한 문학사 이론은 한마디로 주체적 사실주의에 의한 評價的 이론으로 일관되어 있다고 할 수 있다. 문학사뿐만 아니라 학술논문, 저술 등에서도 한결같이 서두와 중간에 '김일성 교시'나 '김정일 교시'가 들어 있어 해당 내용에 대한 중심역할을 하는데 그 교시에 부합한 작가나 작품을 열거하여 거기에 대한 구체적인 분석과 평가

---

23) 주체의 철학적 세계관에 기초하여 인간과 생활을 보다 진실하게 그려냄으로써 문학예술로 하여금 인민 대중에게 참답게 복무할 수 있게 하는 창작방법, 고철훈, 「문학예술 창작에서 사회주의 원칙을 철저히 견지하자」, 『조선어문』, 1992, 3호

가 뒤따르는 것이 문학사의 실질적인 서술방법이 되어온 것이다. 이렇게 지구상에 유일무이한 주체사실주의는 북한문학을 폐쇄적으로 몰고 왔지만, 중국의 모습은 다르다.

중국현대문학에서의 사실주의 변천은 5·4신문학부터 현재까지 여러 과정을 거치면서,[24] 왜곡되고 변용되었지만 신시기에 들어와 본래의 모습을 되찾아 정상적으로 발전하고 있는 것이다. 특히 1930년대 유입된 소련의 사회주의 사실주의가 고리끼, 모택동, 노신적 모델 등[25] 체계적이면서 독창적인 사실주의 이론으로 형성, 발전되어 왔으며, 그것이 중국현대문학의 사실주의의 초석을 이루어 왔다. 그리하여 오늘날 개방화된 중국은 사실주의의 獨存만을 주장하지 않음으로써 한층 다양하고 자유로운 문학사 쓰기가 가능하게 되었다.

4절 反省과 方向摸索

이상에서 살펴본 바와 같이 중국과 북한은 역사적으로 유사한 공통점을 지녔지만 문학에서는 직접적으로 서로 영향을 주고받은 것이 없을 뿐만 아니라, 80년대 개혁, 개방 후 서로 다른 방향으로 정치노선을 걸어왔기 때문에 현재의 모습은 상당히 대조적이다.

초기 북한의 사회주의 문학사는 항일무장투쟁, 카프계열의 문학에

---

24) 5·4에서 20년대 말까지는 자연주의와 뒤섞여 있던 시기였고, 30년대 초부터 50년대 중반까지는 맑스주의와 함께 발전했던 시기였다. 그리고 50년대 중반부터 10년 동란의 종결까지는 사이비 리얼리즘에 의해 부정당한 시기이다. 陳思和, 앞의 책, 120쪽.

25) 전형준은 『신문학 시기의 리얼리즘 이론에 대한 연구』(1992, 서울대 박사학위논문)에서 중국 신문학의 리얼리즘 이론을 크게 네 가지 모델로 분류하고 있는데 플레하느프적 모델, 고리끼적 모델, 모택동적 모델, 노신적 모델이 바로 그것이다. 이 가운데 앞의 두 모델이 소련 이론의 재생산을 넘어서지 못한 데 반해 뒤의 두 모델은 독창적 모델로서의 자격을 부여받는다고 언급하고 있다.

정통성을 둔 열린 문학의 형태를 띠지만, 천리마운동을 거치고 주체 시대를 맞이하여 김일성 주체를 위한 문학, 즉 '닫힌 문학의 구조'로 전락하고 만다. 반면에 중국의 사회주의 문학사는 한 때, 문화혁명이라는 암흑기를 거쳤지만, 그것을 자양분으로 하여 더욱 '열린 문학의 구조'로 나아간다. 때늦은 감이 없지는 않지만, 올해 노벨 문학상이 중국으로 돌아갔다는 것은 이런 맥락에서 고무적이라 할 것이다. 노벨상의 권위에 대한 회의라든지, 수상자 高行健에 대한 평가가 서방의 문학적 기준에 의거하고 있다는 비판 등을 고려할 때 이번 수상에 대한 중국 당국의 싸늘한 반응은 이해할 만도 하다. 그럼에도 불구하고 여전히 사회주의 중국의 경직성을 지울 수는 없다. 개방화의 물결에 따라 "새로운 문학사 쓰기"가 진행되고 있으나, 여전히 "지배적인 전체 가치"에 의해 통제 받고 있음을 부인할 수 없는 사실인 것이다.

정치적, 지역적인 상황의 차이를 고려하지 않을 수 없지만, 북한 현대문학사의 편찬은 극히 한정된 몇 사람이나 지정된 연구소에서 당의 지시에 의해 이루어짐으로써 그 획일성과 한계가 두드러진다.[26] 『조선문학사』(1977-1981)와 『조선문학개관』(1986)을 저술한 필진들이 『조선문학사』(1-15권, 1991-1999)의 주요 집필진들로 이어지는

---

26) 역사적으로 보건대, 초기단계에서는 과학원(지금의 사회과학원) 언어문학연구소 (처음에는 조선어문학연구소) 문학연구실을 중심으로 연구자들이 조직되어 문학 이론과 문학사 연구의 기초를 다졌다. 연구자의 조직화는 또한 조선문학예술총 맹(1953-61년 시기에는 작가동맹 분리) 산하 작가동맹 고전문학과, 평론분과위원 회를 통해서 매시기 이루어졌다. 여기서 활동한 이 시기 대표적인 문예학자·평론가로는 김하명, 박종식, 안함광, 한효, 고정옥, 윤세평, 엄호석, 신구현, 한중모, 현종호, 리응수, 한룡옥, 방연승, 리상태, 강능수, 연장렬, 장형준 등을 들 수 있다. 주체사상이후의 학자·비평가로는 1950-60년대부터 활동한 원로급인 김하명, 박종식, 한중모, 방연승, 장형준을 비롯하여 김정웅, 정성무, 박종원, 정홍교, 류만, 문성렵, 박춘명, 리수립, 리동수 등을 들 수 있다. 민족문학사연구소 저, 앞의 책, 411-412쪽, 418쪽 참조

문학사 편찬의 모습은 북한문학작품이 정치적 변동에 따라 개작이 이뤄짐으로써 원본확정 문제에 어려움이 따르듯, 문학사에서도 마찬가지로 수정, 보완이 이루어지면서 서술관점에 있어 여전히 문제를 안고 있다. 즉, 북한의 주체문학은 '보편적 가치'로서의 '사회주의'가 아니라 최고통치자의 이익과 정치상황에 따라 수시로 '우리식 사회주의', '조선민족 제일주의' 등으로 변하는 북한의 독자적인 '주체사실주의'로서, 소련이나 중국의 사회주의적 사실주의와는 다른 길을 걷고 있는 것이다.

사회주의 진영의 붕괴에 따른 위기의식이 김정일로 하여금 '주체적 사실주의'를 낳게 하였다. 향후 '북한식 사회주의'가 어떻게 변화될지, 그에 따라 문학과 문학사 쓰기가 어떻게 함께 변모할 것인지 여전히 예측하기가 쉽지 않다. 다만, 본고에서 줄곧 확인해왔듯이 정치체제변동과 밀접한 연관성을 가지고 있으리라는 것만은 확실하다고 하겠다.

Ⅳ. 현대사와 당대문학

제 7장 공존의 빛과 그늘
-양안관계와 홍콩, 마카오를 중심으로-

1절 들어가는 말

중국과 대만의 양안 관계가 해빙의 급물살을 타고 있다. 또 다른 '국공합작'이라는 말이 나올 정도로 화해 분위기가 조성되고 있는 것이다. 지난 3월 14일 중국전인대에서 '반국가분열법'이 통과된 후, 10만여 명의 대만인들이 연일 중국을 규탄하는 데모를 벌였지만 사실상 중국에 대한 반감은 사라진 것처럼 보인다. 특히 국민당 주석 연전(連戰:리엔짠)과 친민당 주석 송초유(宋楚瑜:송추위)의 연이은 중국 대륙 방문, 중국 주석 호금도(胡錦濤:후진타오)와의 대담내용 등은 양안 국민의 뜨거운 관심을 끌었다. 양안을 하나의 경제공동체로 묶는다든가 '양안일중(兩岸一中:양안은 하나의 중국이라는 말로 兩岸一國에서 변형된 말)'이라는 신 개념의 사용 등, 통일에 대한 양측의 의지를 더욱 부각시켰다.

이 같은 양안의 화해무드 조성은 북한에 대한 김대중 대통령의 햇볕정책과 무관하지 않다. 南方朔의 견해대로, 국민당 연전 주석과 친민당 송초유 주석의 역사적 행보는 "당시 김대중 대통령이 역사적 첫 걸음을 내딛은 것처럼 최소한 대만의 절대다수 민중 역시 남한의 민중처럼 전쟁과 충돌의 대리인 역할을 거절한다는 뜻을 분명한다는 역사적 의미가 있다고 하겠다. 이것은 바로 양안의 건설적 상호관계가 개통됨을 의미할 뿐 아니라, 대만 독립이라는 대립과 충돌의 구도 그리고 일반민중을 애국자와 배신자로 나누는 책략이 더는 쓸모없게 됨을 의미하고, 결과적으로 양안의 평화적 관계를 위기와 충돌로 만들려는 미국과 일본의 시도가 힘을 쓸 수 없게 됨을 의미한다고 하겠다."[1]

현재, 대만의 두 야당 당수와 중국 주석의 합의 내용이 당장 실현된다거나 법적 구속력을 갖는 것은 아니지만 그동안 지지부진한 양안관계를 크게 전환시킬 뿐만 아니라 양안관계를 한층 긍정적으로 나아갈 수 있게 하는 기폭제가 될 것이며 미국의 통제력에서 벗어나 자주적인 외교를 할 수 있는 전환점이 될 것으로 기대된다.

1949년 국민당 정부가 대만으로 퇴각한 후 그 동안 양안관계는 중국 측의 무력통일정책과 대만 측의 반공정책으로 인해 대단히 경색되어 있었다. 국민당 정권이 대만에 귀착하여 안정될 때까지 국민당은 내성 사람(內省:대만인)의 희생을 담보로 하였기 때문에 내성 사람들과 외성 사람들(外省:대륙에서 건너 온 사람들)과의 모순과 갈등은 아주 심했다. 그러므로 대만 국민당 정권은 외적으로는 공산당과 직면해 있었으며 내적으로는 내성인과 외성인 간의 모순을 해결해야 했다.

그러다가, 1979년 등소평 체제 이후 개혁개방의 정책과 대만의 신대륙 정책으로 인해 쌍방은 '평화적 공존'이라는 한 지향점을 찾게 된다. 이 '평화적 공존'이라는 한 목표를 향해 가는 과정 속에서 쌍방은 수많은 착오와 정쟁을 벌임으로써, 공존의 빛과 그늘을 형성해왔다.

본고는 냉전 속의 양안관계에서부터 시작하여 평화적 공존관계를 유지하기에 이른 오늘날의 양안관계, 양안의 통일정책, 그리고 양안과 홍콩, 마카오의 관계 등을 살펴보고자 한다. 이와 더불어 홍콩과 마카오 반환 이후, 그 영향이 양안교류에 어떠한 영향을 미쳤으며 그러한 '일국양제'가 앞으로 양안관계의 전망에 어떠한 파급 효과를 미칠 것인가를 살펴보고자 한다.

---

1) 南方朔, 「중국-타이완과 한국, 평화의 연동구조」, 『창작과 비평』, 2005년 여름호, 63쪽.

2절 양안관계의 변천

1949년 이래 대만해협을 사이에 두고 중화인민공화국과 대만으로 분열된 중국의 현대사는 '한적불양립'(漢賊不兩立), '반공대륙', '광복대륙', '대만해방' 등의 구호가 보여주듯이 쌍방의 적대적 관계 속에서 진행되어 왔다. 그러한 대립 국면은 1970년 말 등소평 체제의 등장 후 점차 화해의 분위기로 바꾸어진다. 등소평은 모택동의 실패를 반성하고 '개혁 개방'과 '4개현대화'라는 경제 건설을 중점으로 하는 실용주의 노선을 채택하면서 대외개방 정책과 對 대만정책에 새로운 전기를 마련한다.

양측간 평화적 통일 방법에 있어서 중국은 '일국양제'(一國兩制)를, 대만은 동등한 지위를 인정하는 통일방안이나 손문의 삼민주의식 통일방안을 요구하였다. 통일방안에 있어 견해의 차이는 서로간의 정쟁을 불러 일으켰는데, 탈냉전시기인 1995년 7월과 1996년 3월에 발생한 중국의 대만해역 미사일 발사훈련이 그 단적인 예였다. 이는 독립하려는 대만의 의도를 사전에 봉쇄하겠다는 중국의 강력한 의지를 반영한 사건이었다.

2000년 대만 총통선거에서 야당인 민진당의 진수편(陳水扁:천수이삐엔) 후보가 당선됨으로써 양안관계는 새로운 국면으로 돌입하게 되었다. 진총통은 대만독립을 지향하면서 중국과의 관계를 개선하고자 하였다. 이에 반해, 중국은 관계 개선을 위해서는 대만이 '하나의 중국' 원칙을 먼저 수용해야 한다는 입장이다. 특히 중국은 평화적 통일을 원하지만 대만이 독립을 선포하게 될 경우 군사행동도 불사할 것임을 천명하고 있다. 사실, 중국과 대만은 그동안 경쟁적으로 추진되어온 국방현대화를 통한 무력충돌 상황도 배제 할 수는 없다.

2001년의 양안관계를 살펴보면 중국은 관망적 자세를, 대만은 유화

적 태도를 취한 상황이었다. 특히 이등휘 총통 이후에는 '3통 4류'(3
通 4流)[2] 교류로 인하여 대만의 對중국 투자 증대 등 경제, 통상 및
인적교류가 점차 확대되었다.

2005년 3월 진총통이 다시 총통으로 선출되고, 동년 5월 대만 국
민당의 총수 연전과 무소속의 송초유의 중국 방문으로 인해 양안
관계는 화해의 분위기로 급진전 된다. 양안관계의 변화는 각 시기
별, 지도자별로 달라지는데 본고에서는 크게 세 시기별로 나누어
살펴보겠다.

첫째는 1949-1979년까지로, 이때는 무력해방정책과 반공대륙정책의
시기이다. 1949년 국민당은 대만으로 패주한 후, 반공으로 대륙을 회복
해야 하며 공비를 소탕해야 한다는 구호를 내걸었다. 중국 또한 무력으
로 대만을 해방시켜야 한다는 정책을 내세움으로써, 대만해협을 사이로
양안관계는 마치 휴전선을 경계로 한 남북한처럼 군사적으로 대치 상
황이었다. 1949년과 1954년, 1955년 초의 금문(金門), 1958년 금문, 마조
(馬祖) 등의 크고 작은 군사적 충돌 등은 이를 잘 대변해주고 있다. 대
표적인 금문도 포격을 예를 들자면, 1954년 9월 3일부터 인민해방군은
금문도의 장개석 군대의 진지에 대해 대규모 포격을 가하였으니, 이른
바 '9.3포격전'이었다. 이 포격전의 공세는 우선 해방군이 무력으로 대
만을 해방시키겠다는 방침을 계속하고 있다는 것을 시사해주는 것이었
다. 여기에는 또 다른 정치적 의도가 있었는데, 그것은 미국과 장개석
간에 날로 강화되어가는 관계에 타격을 가하여, 중국정부가 장개석 군
대에 대해 강력한 군사행동을 취하고 있음을 보여주기 위한 것이다. 미
국은 이에 대한 반응으로 그해 12월 2일 마침내 대만과 오랫동안 계획
해 온 「중미공동방위조약」를 체결하며, 미국과 장개석은 '공동의 위험'
에 함께 대처한다고 선언하였다. 이 조약의 통과로 대만과 단교할 때까

---

2) 우편, 통상, 항공 및 학술, 문화, 체육, 과학 등의 영역의 교류를 말한다

지 미국은 공개적으로 대만 방위의 의무를 담당하게 되었다.

1960년 이후 양안의 군사충돌은 그 규모나 수에 있어서 점차 줄어들다가 1972년 2월 닉슨의 중국방문, 주은래와 공동 서명한 상해성명 등을 통해 중국에 대한 미국의 정책과 대만에 대한 관계가 변해 갔다. 1978년 중국정부가 미국과 수교를 결정함으로써, 30여 년간 지속되어 왔던 무력해방정책은 평화적 통일론으로 바뀌었고, 비로소 대만에 대해 평화적 공세를 취하기에 이르렀다.

둘째, 평화적 대치시기 (1979- 1987)이다. 1979년 1월 1일, 중국정부는 전인대 상무위원회의 명의로 '대만 동포에게 고하는 글'(告臺灣同胞書)을 발표하였다. 여기에서 중국은 '평화통일'의 방침을 제기하고 쌍방의 개방을 의미하는 3통(우편, 항공, 통상분야)의 교류를 제안함으로써, 무력으로 대만을 해방 시키겠다는 입장을 철회하였다. 이를 계기로 양안관계는 전환기를 맞이한다. 또한 금문과 마조에 대해 1958년 이래 계속해 온 포격을 중지했다.

이후 1981년 9월 30일 당시 전국인민대표대회 상무위원회 위원장이던 엽검영(葉劍英)은 "대만은 조국의 품으로 돌아와 평화통일을 실현하자"는 상무위원회의 공식입장을 표명하였다. 이는 무력이 아닌 평화적인 방법으로 통일을 이루겠다는 중국정부의 공식적인 입장을 대변한 것이라고 할 수 있다. 이후 1984년 등소평(鄧小平)은 대만, 홍콩, 마카오 문제를 해결하기 위한 통일방안으로써 '일국양제(一國兩制)'를 제의하기에 이른다. 이에 대해 대만은 손문의 삼민주의에 의한 통일을 내세우면서, 중국의 제안을 거절하며 삼불정책(三不政策:비접촉, 비담판, 비타협)을 채택한다. 이와 더불어 대만은 계엄령을 해제하는 등 정치적 민주화와 경제적 자유화를 추진하면서 대외적으로 긍정적인 이미지를 강화시킨다. 그러나 중국정권에 대해서는 기존 삼불정책의 입장을 고수하여 '일국양제'를 통한 중국의 통일전략에 어느 정도의 정치적 거리감을 두게 된다.

　마지막 세 번째는 1987부터 현재까지 이르는 민간 교류시기이다. 평화적 대치시기가 중국의 정책에서 유래했다면, 이 시기는 국민당 정부의 조치에서 유래된다. 중국의 개방정책의 가속화에 따른 경제발전과 대만의 정치적 민주화 그리고 양안정세의 평화기류에 따라서 대만은 1987년 11월 대만인의 探親(탐친:대륙의 친척방문)을 허용하고 중국에 대한 문호를 개방하면서 양안교류 활성화를 위한 새로운 전환기를 마련한다. 1988년 7월에는 국민당 제13차 전국대회에서 현단계 대륙정책안(現段階大陸政策)이 통과되었고, 8월에는 양안교류 활성화를 위한 정부기구로서 대륙공작회보(大陸工作會報)가 행정원에 설치되었으며, 국민당 중앙상임위원회에도 대륙공작지도소조(大陸工作指導小組)가 설치되었다. 1990년에는 총통부 직할로 국가 통일위원회를 설치하였으며 1991년에는 행정원에 '대륙위원회'와 민간기구로서 '재단법인해협교류기금회'(財團法人海峽交流基金會)를 설치했다. 이 같은 민간단체를 통하여 양안의 공식적인 업무가 처리되었으며, 1987년 이후 중국과의 사회, 경제, 문화방면에 있어서의 민간교류는 지속적으로 성장하여 왔다.

「양안간 인적 교류 현황」

항목	1999년	1998년	역대총계
대만인의 중국방문	1,852,200인	1,653,800인	15,475,185인 1988.1-1999.12
중국인의 대만방문	106,699인	90,625인	449,195인 1988.11-1999.12
중국여행 중 발생한 중대사건 처리수	0건	2건	13건 1990.10-1999.12

출처 : 입출국관리국(入出境管理局), 海基會 旅行服務處

현재 대만은 삼불정책과 신 삼불정책(新三不政策)을 기본으로 해서 국가안전과 대만경제의 발전에 영향을 주지 않는 항목에 대해, 대만, 대륙에 대한 간접무역, 간접투자 및 기술합작을 허용하고 있다. 이러한 경제정책은 경제부와 행정원 대륙 위원회에 의해 추진되는데, 경제부는 경제사업 주관부서로서 대륙과 연관되는 부분을 대륙위원회와 협조하고 있다. 대륙사무소 전반기구인 대륙위원회는 양안관계에서 경제부분을 경제부와 협조하고 있다. 대륙에 대한 대만의 경제 교류 정책에 따라 양안의 경제관계는 발전 혹은 조정되었는데, 대만의 경제 교류단계는 4단계로 발전한다. 엄금 단계(1949-1978), 소극적 묵인 단계(1979-1985), 방관 단계(1986-1988), 전면적 규범화 단계(1989년 이후)가 그것이다.

1989년 양안의 경제교류관계가 급속히 발전함에 따라 대만 당국은 간접교류를 합법화, 제도화하는 정책을 취한다. 1989년 행정원 대륙 공작회(대륙위원회의 전신)는 양안의 경제관계를 법률로 명확히 규정하는 '대만지역과 대륙 지역 인민간의 임시 조례'(臺灣地區與大陸地區人民關係暫行條例)를 필두로 '대륙 지역 물품관리 방법'(大陸地區物品管理辦法), '대륙지역에 대한 투자·기술, 합작 관리방법'(對大陸地區投資, 技術合作管理辦法) 등을 공포하면서 양안 경제교류의 규범을 세우고 질서를 유지한다. 1987년 29개 품목의 수입허용에서 1992년에는 3764개 품목이 개방되고, 1979년 7천 7백만 달러이던 무역 총액이 1992년에는 거의 100배인 74억 달러에 이르고 있다.3) 대만에 대한 대 중국의 수입, 수출은 갈수록 늘어나는데 그 추이를 도표로 보면 다음과 같다.

---

3) 신인원, 「중국일국양제론의 유용성에 관한 연구」, 서강대학교 대학원 정치외교학과 석사논문, 1993, 59쪽.

「대만의 對중국 수입, 수출량」

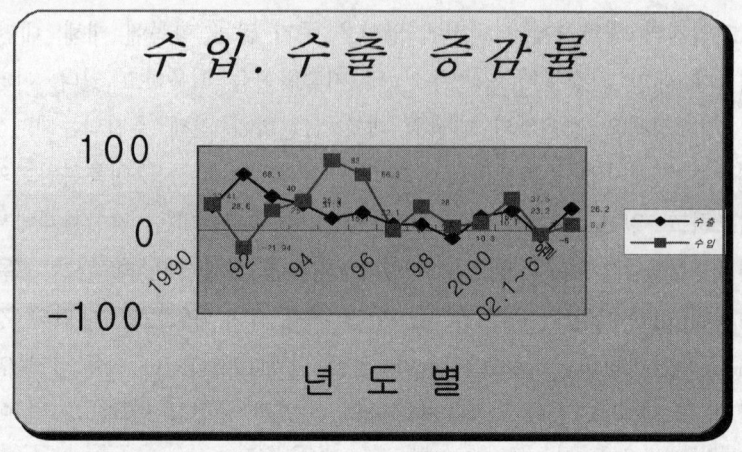

경제적 교류 이외에도 사회, 문화방면에 있어서의 교류가 활발히 진행되어 왔다.

현재 대만에서는 개벽하였다 할 정도로 정치적 급변기를 맞고 있다. 국민당 이등휘 총통의 뒤를 이어 임기 4년의 총통으로 친미파인 민진당의 진수편이 당선(39.3%의 지지로 당선)되면서 3월 18일 그는 '일국양제'에 의한 통일방안을 분명히 거부한다는 의사를 표명하였다. 그러나 두 야당의 총수인 연전과 송초유가 대륙을 방문하였고 중국의 주석 호금도를 만나 '일국양제' 내지 '중국의 뿌리는 하나'임을 재천명하였다. 양안 고위층의 이 같은 발언은 앞으로 양안관계가 화해의 분위기로 조성되어질 것을 전망케 한다.

3절 양안의 입장과 통일정책

양안의 입장은 중국을 중심으로 대만을 통일시키려는 중국의 통일

정책과 대륙으로부터 독립하려는 대만의 독립정책으로 나누어진다. 특히 1997년 홍콩의 반환과 1999년 마카오의 반환은 중국으로 하여금 중국통일에 자신감을 갖게 하였고 21세기에는 반드시 대만까지 통일시킨다는 중국의 최대 지상 목표를 설정하게 하였다. 완전한 통일을 목표로 삼고 있는 중국의 대만정책은 첫째는 일국양제에 의한 통일, 둘째는 경제통합으로 정치통합을 달성하는 것, 셋째는 대만을 제압하기에 충분한 군사력을 확보하여 무력사용도 배제하지 않는다는 입장이다.

이에 대해 대만의 전략을 살펴보자. 첫째, 국가통일강령을 제정하여 하나의 중국, 두개의 정치실체라는 일국양구론(一國兩區論)으로 중국의 일국양제에 대응하고 있지만 점차 하나의 중국, 하나의 대만이라는 대만독립론으로 변화하고 있다. 둘째, 대륙에 대한 경제의존도가 너무 심해 이에 따른 경제통합을 우려하여 삼불정책(三不政策)과 대만 기업인들의 과도한 대륙투자 억제정책으로 대만산업이 공동화되는 현상을 방지하는데 전력투구하고 있다. 셋째로, 군사력 증강을 통해 이에 맞대응하고 있다. 중국과 대만은 외형적으로는 통일의 필요성과 당위성을 강조하지만 그 기본적 구조가 틀리고 각자의 의견과 원칙만을 고수하므로 말미암아 서로 의견을 좁히는데 어려움이 따른다.

1) 중국의 입장과 통일정책

(1) 모택동 시대의 대만 통일정책 : 모택동의 대만정책은 1958년 8월23일을 정점으로 크게 전후기로 나눌 수 있다. 전기가 군사적 공격에 의한 통일달성이라면, 후기는 정치적 해결을 통한 통일추구였다. 전기시기를 보면, 모택동은 1949년부터 1950년 한국전쟁 발발까지 대만 및 금문, 마조 등지에 대해 무력을 사용했다.

후기로 접어들어서, 아시아 아프리카 회의(1955년 아시아, 아프리카의 29개국이 인도네시아 반둥에 모여 개최)에 참석한 주은래 총리는 "대만은 중국의 영토이며 대만 해방은 중국의 내정문제"로 "대만지역의 긴장완화를 위해 미국정부와 회담할 용의가 있다."고 강조하면서 중국에 대한 대만의 입장을 표명하였다.

이와 같은 정책을 펴나가면서도 모택동은 1958년 7월18일 중공중앙 군사위 부주석과 해군 공군지휘관을 소집해 금문도 포격 구상을 밝혔다. 동년 8월23일 인민해방군은 4만여 포탄을 금문도에 퍼부었으며 해군과 공군으로 하여금 금문도를 봉쇄케 해 대만해협의 위기는 고조됐다. 그러면서 중국국방부는 '대만동포에게 고하는 글'을 발표하고 대만당국에게 협상을 통한 평화적인 해결 추진을 제의했다.

1966년 문화대혁명을 비롯한 중국과 인도 국경전쟁, 중소국경충돌 등으로 인해 對대만에 대한 무력통일정책은 중지되고, 국제무대에서 대만의 고립화를 가속화 시키는 데만 전력하였다. 70년대에 들어서 활발하게 각국과의 국교수립을 맺은 중국은 각 나라들로 하여금 대만과의 단교를 요구했으며 대만이 중국의 일부라는 것과 중국이 유일한 합법정부라는 것을 인정하라고 요구했다. 1971년 10월25일 중국이 UN에 가입하고 닉슨 미국 대통령이 중국대륙을 방문하면서 대만정책에 대한 변화는 시작하였다. 그는 '상해성명'에서 "중국은 중화인민공화국정부로 중국의 유일한 합법정부이며 대만은 중국의 하나의 성에 지나지 않으며 대만해방은 중국의 내정임으로 다른 나라는 간섭할 권리가 없다"고 발표하였다. 이것은 대만에게 있어서 매우 충격적이었으며 이로 인하여 대만은 국제사회에서 더욱 고립되어 갔다. 이후 중국은 대만을 해방해야 하며, 대만동포와 단결하여 중국통일을 위하자고 거듭 천명하였다.

(2) 등소평 시대의 대만정책 : 1978년 등소평이 정권을 장악한 이

후 중국의 대만정책은 상당히 변화하였다. 1978년 제11기 3중 전회에서 등소평 체제가 출범한 이래 과거의 정치우선주의와 이데올로기 지상주의는 퇴보하였다. 반면 개혁개방정책을 위주로 한 경제발전과 생산력 제고가 우선시 되었고 중국특색의 사회주의 건설을 위한 각종 정책을 수행해나갔다. 등소평을 중심으로 하는 당 지도부의 대만정책도 이때 변화한다.

첫째, 중국지도부는 통일정책상 적극적인 견해와 개방적인 태도만이 중국 국민과 해외화교 및 국제사회의 인정을 받을 수 있을 뿐만 아니라 정치안정도 가져올 수 있다고 분석했다. 둘째. 중국과 대만관계에 가장 큰 변화를 준 것은 중미관계의 변화라고 볼 수 있다. 1979년 1월 중국과 미국은 국교를 수립하였으며, 동시에 미국은 대만과의 방어조약을 종식시키고 국교를 단절하였다. 미국이 중국정부를 중국의 유일한 합법정부로 인정한 대신 중국정부는 대만문제의 평화적 해결가능성을 공식적으로 수용해야만 했다. 1979년 이래 중국은 국내외적인 큰 변화가 있을 때마다 대만에 회담을 제의했다. 그 대표적인 것들이 1979년 전인대 상무위원회에서 발표한 대만과의 인적, 물적 교류(三通四流)와 1981년 9월 30일 중국 인민대회 상임위원장인 엽검영이 제안한 엽9조(葉9條)4)이다. 엽검영의 이 같은 제안은 비록 '한

---

4) 소위 '엽9조'로 지칭되는 정책은 통일 후에도 대만은 고도의 자치권을 향유하는 특별행정구로서 자체 군사력도 보유할 수 있다고 밝히고 있다. 그 내용을 보면, 첫째, 중국 공산당과 중국 국민당이 대등한 입장에서 담화를 하고 쌍방이 대표를 파견한 후 의견을 교환한다. 둘째, 우편의 교류와 통상 왕래, 친지방문 및 여행을 실시하며, 학술, 문화, 체육의 교류에 대해 협의한다. 셋째, 대만은 특별행정구로서 고도의 자치권을 향유할 수 있고 자체의 군대를 보유할 수 있으며, 중앙정부인 중국은 대만지방 사무에 간섭하지 않는다. 넷째, 대만의 현행 사회와 경제제도는 불변이며, 생활방식 및 외국과의 경제, 문화관계도 불변이다. 다섯째, 대만당국과 대표 인사들은 국가관리에 참여할 수 있다. 여섯째, 대만의 지방재정은 어려움이 있을 때에 중앙정부의 지원을 받을 수 있다. 일곱째, 대만 인민의 본토 거주권이 인정되고 자유왕래가 보장된다. 여덟째, 대만 상공업계의 본토 투자와 영리활동은 보장된다. 아홉째, 중국을 통일하는 것은 모든 중국인의 책임이다. 이에 따

국가 두 제도'라는 용어를 사용하지는 않았지만 대체로 그러한 내용
이 포함되어 있는 것으로 이해되며 그 제안에 깔려 있는 목적은 다
음과 같다. 첫째, 중국의 합리적이고 온건한 이미지를 국제적으로 부
각시키고, 둘째, 미국과 대만의 기존 유대관계를 약화시키며, 셋째,
중국평화통일 방안에 대한 대만의 반응을 탐색해 보려는 것이었다.

1983년 6월 26일 등소평은 미국 세튼 홀 대학의 중국계 양력우(楊
力宇) 교수를 접견하면서 평화통일 실현을 위한 구상을 제시하였는데
그것이 바로 등5점(鄧5點)5)이다. 이 등 5점의 핵심은 "중국 통일이며
통일달성 후 '대만특별행정구'는 독립성을 유지할 수 있으며 본토와
다른 제도를 실행할 수 있다. 사법권도 독립하여 최종 판결권을 북경
에 의지할 필요가 없다"는 것이었다.

1979년을 기점으로 중국은 대만 무력통일 방식을 공식적으로 철회
하고 평화적인 통일방안인 "일국양제"6)의 통일방침을 제시하면서 대
만의 자본주의 체제를 인정하였고 그 이후 '대만해방'이라는 용어를
사용하지 않았다.

셋째, 중국은 대만 정치경제의 안정과 번영에 대해 긍정적으로 평
가하면서 과거의 대만정책이 통일분위기를 조성하는데 그다지 효과가
없다고 판단했다. 1979년 1월1일 중국은 전인대 상무위원회의의 이름
으로 "대만이 조속한 시일 내에 조국으로 돌아오기를 바란다"고 발표

라서 중국은 현 체제와 서로 대립되는 체제와의 동시 존재를 인정하고 서로 대립
되는 두 체제가 상호 병존할 수 있다는 사실을 승인했다.
5) 그 내용은 첫째 통일 후 중국은 대만에 군대를 파견하지 않겠다. 둘째, 대만의 독
자적인 입법권과 현행법률 및 사법기구를 그대로 유지시키겠다. 셋째 대만이 자
체의 군대를 그대로 유지할 수 있다. 그러나 중국을 위협할 정도가 되어서는 안
된다. 넷째, 대만이 향후 외교문제처리에 관한 약간의 권리를 갖도록 하겠다. 다
섯째, 대만은 대만을 상징하는 특별한 旗를 사용할 수 있으며, '중국대만'이라는
호칭을 사용할 수 있다는 것이다. 이 鄧5點도 葉9條의 내용과 큰 차이가 없다.
6) 一國兩制란 한 국가에 두 가지 제도가 실시된 것을 지칭한다. 홍콩과 마카오가
그 예들이다.

했다. 1979년 2월1일 등소평은 워싱턴에서 미국의원들과 만나 평화회담을 개최해 대만자치구 성립을 발표했다. 이와 동시에 '대만해방'이라는 용어를 다시는 사용하지 않겠다고 공식적으로 표명했다.

등소평의 대만문제 해결방식은 특구의 개념이었다. 1980년 5월21일 중국은 대만에 '조국회귀 5조건'을 발표했다. 즉, 사회제도의 불변, 생활수준 유지와 생활방식의 불변, 각국과의 관계 계속 유지, 고도의 자치권, 군대를 보유할 수 있으며 대만당국이 인사권을 가질 수 있다는 것 등이었다. 1981년 9월30일 전인대 상무위원장은 대만평화통일 정책을 발표하였고 소위 제3차 국공합작을 제의하기에 이른다. 소위 '엽9조'로 지칭되는 정책은 통일 후에도 대만은 고도의 자치권을 향유하는 특별행정구로서 자체 군사력도 보유할 수 있다고 밝히고 있다. 이에 따라서 중국은 현 체제와 서로 대립되는 체제를 동시에 인정하고 대립되는 두 체제가 상호 병존할 수 있다는 사실을 승인했다. 이러한 발표는 등소평이 이전에 천명한 조국회귀 5조건을 근간으로 한층 진일보한 것이다.

(3) 강택민 시대의 대만정책 : 강택민의 대만에 대한 정책은 등소평 정책의 연속상에 있다. 6.4천안문 사태를 통해 등소평의 주목을 받고 후계자로 지목받은 강택민은 등소평의 충실한 정책 실행자였다. 그의 정책은 등소평의 정책을 그대로 이어 받아 '일국양제'를 계속 유지하면서도 무력수단을 포기하지 않겠다는 중국입장을 고수하게 된다.

강택민은 등소평이 병들어 정치에서 완전히 손을 뗐을 때, 자신의 입지를 구축할 수 있었는데, 1995년 1월 24일 대만통일에 대한 중국의 입장을 8개 조항으로 발표한다. 이 '江8點'[7]의 발표는 '일국양제'

---

7) 1조 하나의 중국원칙을 견지한다. 중국의 주권과 영토는 절대로 분할할 수 없으며 대만독립을 조장하는 어떠한 언동과 행동도 반대한다. 2조 대만의 외국과의

에 바탕을 둔 철저한 대만정책을 천명한 것이다.

한편 중국 국무원 대만사무실(國務院 臺灣事務 辦公室)과 신문사 사무실 (新聞 辦公室)은 2000년 2월 21일 대만의 총선을 앞두고 "하나의 중국원칙과 대만문제(一個中國原則與臺灣問題 白皮書)"를 발표했다. 강택민은 평화적 통일방식을 견지하면서 대화를 통해 통일을 요구하였다. 그러나 이러한 것들은 또 다른 측면에서 보자면 대만 내의 반통일적 움직임에 대해 압력을 행사하겠다는 과거 통일정책의 냉전적 특징을 그대로 보여주고 있다.

(4) 호금도의 대만정책 : 2004년 강택민 주석이 군사위 자리를 호금도에게 넘겨주면서 본격적으로 호금도 시대를 열었다. 호금도가 대만을 바라보는 정책은 크게 두 가지로 나누어진다. 하나는 기존의 등소평과 강택민의 정책을 이어서 실행하는 것이고 또 한 가지는 더욱 강경하게 무력통일을 강화시킨다는 것이다. 앞에서도 거듭 이야기를 했지만 등소평 시대부터 시작되는 일국 양제론은 양안간의 경제교류를 통해서 평화통일을 이룰 수 있는 출구를 열어놓았다. 중국은 한편 홍콩과 마카오처럼 일국양제로 평화적 통일을

민간경제문화관계에 대해 우리는 이의를 나타내지 않는다. 3조 해협양안의 평화통일을 위한 협상을 진행하여야 한다. 협상과정 중에 양안의 각 정파와 단체를 대표하는 인사들의 의견을 반영할 수 있다. 4조 중국인은 평화통일의 실현을 위해 노력하고 중국인과 전쟁을 하지 않아야 한다. 우리는 무력사용을 포기하지는 않지만, 이는 결코 대만동포를 겨냥한 것이 아니며 중국통일에 간섭하고 대만독립을 획책하는 것을 겨냥한 것이다.
5조 양안의 경제교류와 협력에 힘써 노력함으로써 양안 경제의 공동발전과 모든 중화민족의 번영에 이바지하여야 한다. 우리는 정치적 대립이 양안의 경제협력에 영향을 미쳐서는 안 된다고 주장한다.
6조 중화문화는 전 중국민을 연결해 주는 정신적 고리이며 평화통일을 실현하기 위한 중요한 기초요소이다. 7조 대만동포의 생활방식을 존중하고 대만동포의 모든 정당한 권익을 보호한다.
8조 대만당국의 지도자가 적당한 신분으로 중국을 방문하는 것을 환영하며, 우리들도 대만의 초청을 받아 대만을 방문하여 국가의 일을 함께 상의하고자 하며, 또한 이에 앞서 어떠한 문제에 관해서도 의견을 교환할 수 있다.

시킬 수 있다는 가능성을 열어놓은 반면, 계속하여 대만에 대한 무력통일과 함께 동아시아에서 그 패권을 포기하지 않고 있다. 최근 국방예산의 증가와 중국군과 러시아군의 연합 군사훈련은 이를 잘 반증해주고 있다. 이러한 중국의 행동은 동아시아에서 패권을 장악하겠다는 것과 무력으로도 언제든지 대만을 통일을 시킬 수 있다는 의지를 보이는 것이다. 이렇게 중국은 대만을 향하여 당근과 채찍으로 통합을 촉구하고 있는 것이다.

2) 대만의 입장과 통일정책

대만독립의 주장은 일찍이 청일전쟁 후부터 나타났다. 당시 청 정부가 대만을 일본에게 할양하게 되자 대만은 일본을 거절하고 독립하려 하였지만, 1945년 일본이 미국에 패망할 때까지 반세기 동안 일본의 식민지 통치를 받게 되었다. 대만 식민지 통치는 1889년부터 시작되었는데 그것은 반일항쟁, 과도기의 치안부재에서 오는 무질서와 혼란 등으로 자급경제와 행정체제가 파괴된 상태에서 시작되었다. 대만의 식민지화 목적은 "전시와 평시를 불문하고 대만을 일본의 전략적인 보루로 만드는 데에 두고 있었으므로 식민당국은 본국경제와 유연하게 행정지도와 재정투자를 통해 식민당국 주도로 자본주의적 식민경제를 발전시키는데 있었다.[8]

1949년 장개석 국민당 정부는 대륙으로부터 대만으로 패주하여 대만인을 살육하고 무력으로 국민당 정부를 세웠다. 대만 원주민들은 항거하였지만 불가항력적이었다. 따라서 과거의 대만독립운동은 무력

---

8) 대만의 현대적 의미와 경제개발은 결국 1895년 일본의 식민지 시대 이후로 볼 수 있다. Fei, Jhon C.H & Rains, Gustav & Kuo, Shirley W.Y. Growth with Equity: The Taiwan Case (New York: Oxford University Press, 1979) 21-26쪽 참조

으로 세운 국민당 정권을 무너뜨리고 대만을 자유민주국가로 건립하는데 있었다.

대만독립운동가인 대만대 교수 팽명민(彭明敏·펑밍민)은 1970년 대만을 탈출하여 미국으로 건너가 대만독립연맹 주석에 추대되어 대만 독립 활동을 벌였지만 그의 대만독립운동은 국민당의 철저한 탄압을 받았다. 또한 중국을 부정하고 대만의 독립을 반대하였기에 그 세력은 대내외적으로 국민당의 회유와 압박에 의해 크게 발전되지 못하였다.

지난한 세월이 흘러 대만에서는 1986년 결국 팽명민을 필두로 하는 제1야당인 민주 진보당(민진당)이 창당되었다. 민진당은 1990년 10월 대만이 중국 전체의 합법적 정부라는 주장을 포기할 것을 촉구하는 '본토수복포기 결의안'을 채택하였다. 이 결의안은 결국 대만이 중국의 일부이며 하나의 중국이라는 원칙을 원천적으로 거부한 것이다. 이 주장은 곧바로 대만독립론으로 이어졌으며, 당시 대만의 정치적 금기사항에 대한 공개적인 도전으로 받아들여져 커다란 반향을 불러일으켰다.

1990년 10월 대만 입법원(국회)에서는 "대만이 하나의 독립된 국가로서, 대만공화국임을 선포해야 한다."는 대만독립론이 본격적으로 대두되었고 여당인 국민당과 야당인 민진당 사이에 치열한 공방전이 일어났다.

대만독립론은 인구의 다수를 차지하는 대만의 원주민과 외성인(外省人)과의 괴리를 반영하고 있다. 현재 대만에서는 '대만 독립론과 일국양국론' 두 견해로 인해 국민들 사이에서도 합의가 이뤄지지 않고 있다. 연전과 송초유의 중국방문으로 인해 대만독립론이 점차 약화되고 있는 실정이지만, 진총통을 중심으로 한 내성인(內省人)들의 대만 독립론도 만만치 않아 중국의 통일문제를 한층 복잡하게 만들고 있다.

대만통일론은 장개석의 반공통일론에서부터 시작된다. 1950년 1월 중국 국민당 총재의 신분으로 장개석은 '전국 동포에 고하는 글'을 발표해 전 중국인민에게 한 마음으로 최후의 일각까지 반공으로 공산당을 섬멸할 것을 요구했으며, 대만정부는 국가영토 주권회복과 국민의 생명, 재산의 자유를 보장하고 공산당을 물리치는 데 힘쓸 것이라고 강조했다. 이로서 반공복국(反共復國)은 대만의 국가통일 기본정책으로 자리 잡게 되었다.

1978년 장개석의 아들 장경국은 국민당 주석 및 행정원장의 신분에서 제6대 총통으로 취임한 후 중국의 일국양제의 전략에 맞서 '삼민주의'에 의한 중국통일 정책을 추진했다. 1979년 1월21일 국민당은 중국이 제시한 상호교류제안(대만 동포에 고하는 글)협상에 대하여 조건을 제시하였다. 그 조건은 첫째, 중국은 마르크스. 레닌주의를 버리고 세계혁명을 포기해야한다는 것이다. 즉 마르크스 레닌주의와 모택동 사상을 신봉한 일국 양제론은 단지 연합전선의 형성을 위한 방편으로 간주될 수밖에 없다는 것이다. 둘째, 공산독재를 폐기하고 자유민권을 보장할 것, 셋째, 인민공사를 해체하고 인민재산을 반환해 대륙의 중국 사람들과 대만 사람들이 동등하게 풍요로운 생활을 영위할 수 있도록 할 것을 주장하였다. 이러한 주장을 할 수밖에 없는 대만 측은 그러면, 중국의 일국 양제론의 전략적 목표를 어떻게 파악한 것일까?

"첫째, 자본주의 국가의 국민들로 하여금 중국이 그들과 평화공존을 이루려고 한다는 인상을 불러일으킴으로써 자국의 4대 현대화에 필요한 자본과 기술 그리고 경영기술을 보다 용이하게 획득하려는 것이다. 둘째, 대만과 홍콩이 비록 일정한 기간이기는 하지만 현존 정치, 경제, 사회 체제를 유지하되 외교와 국방문제에 대해서는 아무런 권한도 지니지 않는 지방정부로 만들려는 것이다. 셋째, 대만 정부를 협상테이블로 이끌어 내려는 것이다."9)

이처럼 대만측은 중국의 일국 양제론을, 그들을 이용하고자 하는 통일전술전략의 한 측면으로 파악하였다. 중국이 제시한 일련의 대만 정책이 '평화를 위장한 통일 전선의 일환'이라는 것이다. 여기에는 중국공산당에 대한 뿌리 깊은 불신감, 1979년 1월 1일의 미중 수교, 미.대만 방위 협정 폐기로 등으로 심화된 대만의 국제적 고립감, 중국과 협정을 체결했던 티벳이 결국 협정내용에 위배되는 행동을 취한 중국에 의해 주권을 박탈당한 사실, 그리고 중국, 대만간의 현격한 경제적 격차 등이 작용했다. 즉, 대만정부는 등소평 체제 출범 이후 중국이 대내적인 정치, 경제체제 개혁과 더불어 국제적 지위를 신장시켜 나가는 반면, 대만의 국제적 지위가 계속 실추되는 상황에서 진위를 파악하기 어려운 중국의 각종 제의에 호응하기 보다는 대내적 안정을 확보하는데 주력하였던 것이다.

장경국 총통의 사망 후 1988년 7월 국민당 제13차 전당대회에서 이등휘가 국민당 정부 주석으로 추대되면서 대만의 대륙정책은 점차 현실적이고 능동적인 방향으로 유연성을 띠게 되었으며, 대만의 통일정책도 커다란 변모를 거치면서 양안의 교류, 협력이 더욱 활성화되었다.

대만의 대륙정책이 변화한 이유는 다음 몇 가지 요인에 의한 것이었다.

첫째, 1980년대 들어 미중 관계 확대, 중소 관계 개선 등 국제 환경의 변화로 대만의 국제적 고립감이 심화되어 이에 유연하게 대처해야 할 필요성이 생긴 것이다.

둘째, 인도주의 관점에서 대륙에 고향과 친척을 둔 대만인들의 대

---

9) 강석찬, 「중국의 일국가 2제도론과 대만의 신대륙 정책」, 『중국연구』 7집, 1988, 7-8쪽.

류에 대한 향수와 가족상봉의 염원을 무시할 수 없었다.

셋째, 경제적 성공에 따른 자신감이라고 할 수 있다. 대만은 1953년부터 1992년까지 연평균 8.7%의 높은 실질 경제성장률(GNP기준)을 기록하였으며[10] 이러한 경제력을 바탕으로 중국과 관계개선을 추진함으로써 중국인민들에게 자본주의의 우월성을 인식시켜 점진적으로 공산주의를 포기하도로 유도한다는 것이다.

넷째, 세계의 경제 블록화 현상에 대한 대응책으로 중국을 상품시장 및 생산 공장으로 새롭게 인식하기 시작한 것이다.

다섯째, 국민당의 지배구조의 변화를 들 수 있다. 즉 이데올로기 지향적인 원로 보수 세력들이 약화되고 새로운 기술관료 세력들이 급속히 성장함으로써 정책 결정도 과거의 경직된 경향으로부터 탈피하여 현실주의적인 경향을 띠게 된 것이다.[11]

현재 민진당의 총수인 연전(蓮戰)은 이전 외무부장 시절(1989년)부터 대만 독립론을 부정하였으며 평화공존을 위해 잠정적으로 상대를 인정하여 2개의 정부를 유지하자는 견해를 밝혔다. 이어 5월에 연전 외무부장관은 중국이 4대원칙을 포기할 경우 대만은 '1국 2정부안'을 기초로 중국과 통일협상을 할 수 있다고 밝히고, 두 개의 대등한 정부로 구성된 하나의 중국이라는 일종의 국가연합에 의한 통일방안을 제시하였다. 이에 중국당국은 대만의 '1국2정부안'에 대해 '두 개의 중국' 혹은 '하나의 중국과 하나의 대만'정책이라고 비판하였다. 어쨌든 1980년대를 거치면서 양안은 중국정부의 '일국양제'와 대만정부의 '1국2정부안'이 공식적인 통일방안으로 정립되기에 이르렀다.

1990년대에 이르러 중국 정부는 대만의 통일 전제조건과 관련하여

---

10) 홍석일, 「대만경제 현황과 특성」, 『계간중국연구』, 1994, 봄호, 85쪽.
11) 강준하, 「중국-대만관계의 전개와 전망」, 고려대학교 정책과학대학원, 석사학위논문, 1997년 42쪽 참조

2004년 대만 총선

민주화와 경제 자유를 보장하고 대만에 대한 무력사용을 포기한다고 하였다. 또한 국제사회에서 대만이 국제적으로 활동을 하지 않는다면 중국과 '대등한 위치에서' 쌍방간의 접촉할 수 있는 통로를 만들고 학술, 문화, 경제, 과학기술 교류를 완전히 개방하겠다고 밝혔다.

이에 대해 이등휘 총통은 1997년 9월 12일 "우리는 평화를 통한 쟁론을 주장하고, 자유민주제도하에서의 통일을 추구하지만 중국이 중앙정부이고 대만은 중국의 일개 성에 지나지 않는다는 중국의 '일국양제'형식의 통일은 절대 받아들일 수 없다"고 밝혔다. 이등휘 체제의 출범과 함께 국민당 정부의 '1국2정부안'통일 정책은 대만 내의 넓은 공감대를 형성하고 있지만 진총통의 재출범 이후 대만독립론과 두 야당 총수의 중국방문은 또 한 차례의 돌풍을 일으키고 있다.

4절   양안과 홍콩, 마카오의 관계

홍콩과 마카오가 1997년 7월 1일과 1999년 12월 20일에 각각 중국으로 반환되었다. 중국정부는 외세로 상실했던 홍콩과 마카오에 대해 주권을 회복한 것이다. 홍콩과 마카오의 중국으로의 반환은 제국주의 유산이 마지막으로 청산된 것이며, 오랜 동안 중국이 바라던 중국 통일의 소망이 한 걸음 앞당겨지게 된 것이다.

홍콩, 마카오가 반환됨에 따라 홍콩. 마카오의 위치에 근본적인 변화가 발생하였다. 과거, 홍콩과 마카오가 영국과 포르투갈의 식민지하에 있었을 때에는 홍콩. 마카오의 對대만관계는 대만과 영국. 포르투갈 식민당국간의 관계였다. 그러나 홍콩. 마카오가 중국의 특별행정구로 편입됨에 따라 이러한 관계의 성격에 중대한 변화가 생겼다. 홍콩과 마카오가 중국으로 반환됨에 따라 일국양제의 중국의 구상이 구체적으로 실현되게 되었다. 중국의 중앙정부에서는 시종 홍콩, 마카오를 특별행정구역로 설정하고 자치권을 부여하였으며 일체 간섭을 하지 않았다. 중국에서는 반환된 홍콩과 마카오에 대해 '일국양제'와 '홍콩, 마카오 사람들에 의한 통치'의 원칙에 따라 고도의 자치를 보장하는 방침을 확립하고 있기 때문에 이들 양 지역과 대만과의 관계는 중국의 여타 지역과도 다른 특수한 관계를 형성하게 되었다. 홍콩과 마카오는 자체 내의 법률체계를 갖추고 있으며 독립된 입법권과 사법권, 심판권까지 갖고 있다. 홍콩과 마카오 시민들은 계속해서 원래의 생활방식을 영위할 수 있으며 언론의 자유, 해외출입의 자유, 시위의 자유까지 보장되었다. 뿐만 아니라 홍콩과 마카오 지구는 중국의 급속한 발전과 번영, 부강함 속에서 막대한 이익을 얻어 성공적으로 아시아에서 금융위기를 막을 수 있었던 것이다.[12] 이처럼 중국은 홍콩과 마카오에 기대가 매우 컸기 때문에 물심양면으로 지원하였던 것이다. 그것은 바로 중국이 시험하고 있는 일국양제의 모델로써 앞으로 대만 통합에 커다란 모범이 되기 때문이다.

그러므로 홍콩. 마카오와 對대만관계는 특별한 관계인 것이다. 홍콩과 마카오는 그들이 갖는 특수한 조건으로 인해 양안관계에 있어서 완충적 역할은 물론 교량적 역할을 해왔다. 특히 중국의 개혁개방정책이 장려되면서 양안관계에 있어서 이들 양 지역의 중개 역할은 더욱 활발해졌다.

---

12) 장춘영 편, 『해협양안관계사』, 복건인민출판사, 2004, 1161쪽.

2.28 사건

1979년 1월 중국 전국인민대표대회 상무위원회의 '대만동포에게 고하는 글'에서 중국이 대만에 대한 평화통일 정책강령을 발표하고 대만에 대한 3통 정책을 제기한 이후 1996년 말까지 양안 간에 이루어진 교역량은 900억 달러를 초과했다. 또한 1987년 대만인의 대륙방문이 허용된 이후 1996년 말 까지 1,000만 명 이상의 대만인이 대륙을 방문했다. 이러한 교역과 인적교류의 대부분이 홍콩과 마카오를 경유해서 이루어진 것이다. 최근에 와서 5,000명 이상의 중국 대륙인들이 대만을 방문, 친지방문이나 다양한 교류활동을 해 왔는데, 이 역시 주로 홍콩과 마카오를 통해서 이루어졌다.[13]

앞으로 양안간의 직접적인 3통이 불가능한 양안 간에 있어서 홍콩과 마카오의 중개 역할은 더욱 강화될 것이다. 특히 홍콩은 대만기업의 중국대륙 투자나 교역에 대한 디딤돌로 작용해 왔다. 87년 홍콩을 경유한 간접 교역액은 약 15억 달러에 이르렀으나 93년에는 약 86억 달러에 달해 큰 폭의 교역확대를 보여주고 있으며 그 중 대만의 대

---

13) 方式光, 〔香港回歸與兩岸關係〕, 《97以後香港在兩岸關係中的地位與作用》(學術座談會論文集, 香港珠海書院亞洲研究中心, 1998年), p.55.

중국 수출액은 87년 12억 달러에서 93년 75억 달러로 크게 늘어 대만
전체 대외무역 흑자의 대부분을 양안 교역에서 획득해 나가고 있다.

「臺灣人의 對중국방문」

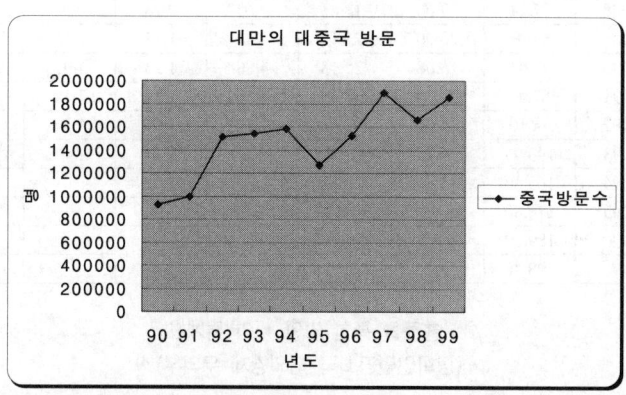

출처 : Julian Baum. "Ready when you are", Far Eastern Economic
Review(15 Sept. 1994)

대만무역의 대륙과 홍콩에 대한 무역의존도도 해를 거듭할수록 그
의존도가 심해지는데 홍콩을 통한 양안 무역통계표를 보면 다음과
같다.(단위 %)

년도/항목	무역총액	증가율%	大陸順/逆差額	對중국 수출비율 %	對대만 수출비율 %	對중국 수입비율 %	對대만 수입비율 %
1979	0.46	-	0.34	0.13	0.41	0.38	0.14
1980	3.97	736.04	-1.63	1.22	0.43	0.40	1.24
1981	4.66	17.38	-3.14	1.73	0.35	0.36	1.77
1982	2.98	-36.05	-1.18	0.94	0.40	0.48	1.08
1983	2.46	-11.41	-0.72	0.67	0.43	0.47	0.79
1984	7.09	168.56	-2.98	1.40	0.49	0.58	1.55

년도/항목	무역총액	증가율%	大陸順/逆差額	對중국 수출비율 %	對대만 수출비율 %	對중국 수입비율 %	對대만 수입비율 %
1985	11.03	55.57	-8.71	3.21	0.42	0.58	2.34
1986	9.57	-13.24	-6.69	2.04	0.47	0.60	1.89
1987	15.15	58.31	-11.97	2.30	0.73	0.83	2.84
1988	27.21	79.60	-17.63	3.65	0.98	0.95	4.26
1989	34.83	28.00	-23.10	4.38	1.12	1.12	4.90
1990	40.43	16.08	-25.13	4.88	1.23	1.40	6.08
1991	57.93	43.28	-35.41	6.13	1.57	1.79	7.23
1992	74.10	27.91	-51.68	7.70	1.03	1.54	7.80
1993	143.95	94.26	-114.75	15.20	-	-	12.40
1994	163.30	13.44	-118.40	15.13	2.62		
1995	178.80	9.49	-116.80	16.01			
1996	189.80	6.10	-133.80				
1997	198.40		-130.46				

「홍콩을 통한 양안 무역 통계표 」
(중화인민공화국 대외경제 무역부)[14]

위 표를 보면 국내 정치적 요인이 양안 교역에 미치는 영향은 미미함을 알 수 있다. 79년 이후 대만 수출이 82년, 83년, 86년 등 세 차례 감소 현상을 보인 것은 정치적 요인이라기보다는 중국의 전반적인 대외 수입 감소에 의한 것이며 87-93년 기간 중에 89년 천안문 사건, 91년 대만 민진당의 대만독립 주장 등 정치적 불안이 있을 때에도 대만의 수출은 꾸준히 증가되었다. 이러한 것을 보았을 때 대만의 투자가 점차 다원적인 성격을 띠고 지역 다변화의 투자 품목의 다양화가 이루어지고 있다는 것을 알 수 있다.[15]

마카오는 면적이 크지 않음에도 불구하고 다른 지역과 달리, 양안관계 발전에 있어 홍콩 다음으로 중요한 역할을 담당해 왔다. 이것은 1995년 대만-마카오간 항공노선 개항이 양안관계 발전에 상당한 공헌

---

14) 장춘영 편, 『해협양안관계사』, 복건인민출판사, 2004, 964쪽.

15) 유희문, 「양안경제관계와 중화경제권의 경제통합」, 『계간 중국연구』, 95년, 여름

을 하고 있다는 점에서도 잘 반증해주고 있다. 대만-마카오간 항공노선이 개통됨으로써 현재 51%의 '중국자본'을 소유한 마카오 항공사는 비행편명 교체 방식으로 비행기를 갈아타지 않더라도 대만-마카오-상해-북경 등 11개 지역의 연결이 가능해지게 되었다. 이로써 양안간에는 이미 마카오를 통하여 간접적 직항 단계에 실질적으로 도달했다고 볼 수 있다. 또한 대만 대륙위원회는 마카오항공사가 대만에 지점을 설치하는 것을 허용함으로써, 총자산 중 중국자본이 20%를 넘는 기업의 대만 내 진출을 제한해온 규정들이 폐지 또는 완화되는 결과를 가져왔다.

그리고 대만-마카오간 항공노선 개통으로 양안간 인적교류의 새로운 통로를 개척하게 된 것이다. 양안간 항공운항에 있어 홍콩의 독점현상을 타파하게 되었고, 양안 간 친지방문, 여행, 경제무역교류에 있어 마카오가 일정한 역할을 할 수 있게 되었다.

마카오는 양안관계 발전과정 중, 주로 두 가지 측면에서 중요한 작용을 하고 있다고 볼 수 있다. 첫째는 중개 작용이다. 마카오는 이미 홍콩 다음으로 양안 간 인적교류의 중심이 되었고, 특히 대만주민의 양안 왕래에 있어 제2의 중요한 중개지역이 되고 있다. 둘째는 양안관계의 발전, 교류나 대만문제 해결의 시험장으로써의 역할이다. 대만당국이 설정한 양안 교류 상의 제도적 장애요인, 즉 간접적 직항을 포함한 직항금지, 대륙자본의 대만투자 제한조치 등이 마카오를 통해 돌파구를 마련하게 되었다. 동시에 마카오는 중국이 그들의 통일원칙인 일국양제의 또 다른 실험장으로 다가올 미래의 양안관계 발전 및 대만문제 해결에 있어 유용한 모델이 될 것이며, 동시에 상당한 시범적 효과를 얻어 낼 수 있게 될 것이다.

중국 측은 이미 1993년 3월에 [중화인민공화국 마카오 특별행정구기본법]을 제정하여, 마카오를 특별행정구로 지정하여 홍콩처럼 고도의 자치권(행정관리권, 입법권, 사법권 등)을 가질 수 있게 하였다.

대만 측은 1997년 3월 대만 입법원에서 [홍콩-마카오 관계조례]를 통과시켰는데, 이것은 97년, 99년 이후, '대만-홍콩 간', '대만-마카오 간' 관계설정을 위한 법적 근거를 마련한 것이다. 그 중 가장 중요한 원칙은 홍콩과 마카오는 중국의 특별자치구로 외국의 특별구역도 아닌 중국대륙 외의 제 3지구로 법적 위상을 확립하고 이러한 법적 기초 위에서 홍콩, 마카오와 대만간의 직접적 관계를 강화시켜 간다는 것이다. 특히 동 조례에서는 홍콩과 대만 간에 상호기구 설립에 관한 조항을 두고 홍콩 반환이후 대만의 홍콩관련 업무는 대륙위원회가 맡게 하였다. 이에 따라 1997년 5월 대륙위원회 아래 홍콩사무국을 설치, 홍콩업무를 통일적으로 관리하는 권한을 부여하였다. 이외에 동 조례 6조에는 행정원은 홍콩과 마카오에 기구를 설립, 지정하거나 민간단체에 위탁, 대만지구와 홍콩, 마카오간의 교류업무를 처리해 가도록 규정하였다. 그리고 동 조례 8조에는 행정원은 홍콩이나 마카오 정부 혹은 수권(授權) 민간단체가 대만지구에 기구를 설치하거나 대표를 파견하여 대만지구와 홍콩 혹은 마카오와의 교류업무를 처리할 수 있도록 규정하고 있다. 이러한 대만 측의 일련의 조치들은 97년이나 99년 이후 대만이 홍콩이나 마카오 업무에 계속 참여하거나 개입하고 대만과 홍콩, 마카오 지역간 상호 교류협력 기구를 설립, 홍콩. 마카오에서의 이익을 유지해가고자 하는 대만측의 의지를 표명한 것으로 볼 수 있을 것이다.

5절 나가는 말

50여 년 동안 계속된 양안간의 대립과 갈등이 화해의 국면에 들어선 것처럼 보인다. 최근 대만 야당의 두 총수의 중국방문이 대만 국내의 분위기를 전환시키고 자신들의 지지기반을 획기적으로 마련하기 위하여 추진되었다 할지라도, 그 파급 효과는 적지 않을 것으로 예상된다. 그들의 중국방문과 호금도를 비롯한 고위관료들과의 회담, 중국 전역을 순회하면서 강연한 내용의 핵심은 중국과 대만의 뿌리는 하나이며 대만과 중국은 서로 다른 제도아래 한 국가로 공존해야 한다는 것이었다. 비록 그러한 말들이 문서로 작성되지는 않았지만 이같은 그들의 행보는 양안관계가 더 이상 냉전시기와 같이 경색된 국면으로 치달리지는 않을 것임을 시사한다.

진총통의 대만독립론은 갈수록 그 힘을 잃어가고 있으며 일국양제론이 양안의 국민들의 지지를 점차 받고 있다. 이러한 형국으로 간다면 집권 여당인 진총통도 정국을 주도하기 위해 양안관계를 적극적으로, 그리고 획기적으로 개선해야 할 것이다.

현재 중국과 대만은 우편, 통상, 항공 및 학술, 문화, 체육, 과학, 등에서 다양하게 교류하고 있다. 만일 양안관계에서 정치적 문제가 발생하면 민간 기구를 통한다든가 홍콩과 마카오를 통하여 그 해결점을 찾고 있다. 이처럼 홍콩과 마카오는 양안의 중개지로 그 중요성이 부각되고 있으며, 홍콩과 마카오의 반환이후 일국양제의 특별행정자치지구로서 모범적인 모습을 보여주고 있다. 이러한 성공적인 모델은 앞으로 중국과 대만이 통합할 수 있는 좋은 본보기가 될 것으로 예상된다.

그렇지만 중국과 대만의 통일은 중국의 국내문제로 끝나는 것이 아니다. 중국은 동아시아의 세력균형을 좌우하는 커다란 관건이기에 여전히 미국의 개입이라는 골칫거리를 안고 있고 있으며, 미국의 행보에 따라 그 양안관계도 달라질 것으로 예상된다. 미국은 대만과 일본을 이용하여 중국의 세력팽창을 견제하고자 하기 때문이다. 여기서,

대만의 정치평론가 남방삭(南方朔의 표현을 더 인용해보자. "김대중, 노무현 대통령의 탈냉전체제 정책이후로 미국 역시 한반도에서 자신들이 긴장과 충돌을 조장하면 남한 민중의 반감만을 가져온다는 것을 알게 되었으며, 때문에 이러한 동북아의 긴장과 충돌점을 대만으로 옮기려는 시도를 하게 되었다.16)" 그는, 미국이 일본을 지지하고 일본은 대만 독립운동을 지지하여 대만으로 하여금 남한이 이미 거부한 동아시아에서의 미국과 일본의 대리인 역할을 하게 하려는 것이라고 일갈하고 있는데, 이 양안관계의 미래에 대해 우리가 촉각을 세우고 주목하지 않을 수 없는 이유가 여기에 있다.

---

16) 南方朔, 앞의 책, 앞의 글, 62쪽.

제 8장 『白鹿原』研究

1절 서론

　1993년에 출판된 陳忠實의 『白鹿原』은 중국 대중문학에 활력을 불어넣어 주었던 베스트셀러로서, 많은 점에서 우리나라의 『太白山脈』을 연상시키는 장편소설이다.

　『太白山脈』이 한국의 해방 직후 당대 역사적인 과제와 이를 해결하려는 민중들의 혁명적 욕구를 중심으로 여순 사건과 6.25를 거치는 역사적 기간을 다룬 장편소설[1]이라면, 辛亥革命 이전부터 1949년까지를 주된 시대배경으로 삼고 있는 『白鹿原』은 전통사회와 새로운 삶의 질서가 충돌하는 이데올로기가 부상하는 시대의 관중 지역의 농촌 역사와 풍경, 白·鹿 兩家의 흥망사와 민중의 삶을 묘사하고 있다.

　『太白山脈』과 비슷한 역사적 환경과 제재, 다양한 인물형상들을 보여주고 있는 『白鹿原』은 또한 중국 당대소설에 일정한 영향력을 가지고 있어서 필자의 흥미를 끌어왔다. 이 작품은 자유개방의 산물로서 오랫동안 금기시 되어 왔던 성 심리와 성행위를 과감히 묘사함으로써 억압되었던 성을 해방시켜 대중 앞에 공개화 시켰으며,[2] 당대문학 중 雅·俗 문학의 관계를 타파하여 기존의 도식적인 틀을 타파했다는 점에서 당시의 당대소설에 상당한 영향력을 주었다는 것이다.

---

1) 문학사와 비평연구회 편, 『『太白山脈』論』, 『1950년대문학연구』, 1991, 도서출판 여하
2) 李星, 「世紀末的回眸『白鹿原』初論」, 『中國現代·當代文學研究』 93年 6月

이처럼 1990년도 초반 중국당대문학의 흐름을 살펴보는 좋은 자료이 기도 하다는 점에서 필자는 『「白鹿原』의 문학적 가치를 살펴보는 작 업이 의미 있는 일로 받아들여졌으며, 이것을 토대로 차후 『太白山脈 』과의 연구로 확장시켜볼 생각이다.

본고에서는 이 작품의 중심구조인 白, 鹿 兩家의 葛藤構造를 살펴 본 다음 이 작품이 가지고 있는 서사구조의 불통일성을 살펴본다. 그 리고 나서 제 4장에서는 묘사된 인물형상은 어떠한 것이며 그 인물 형상이 가지고 있는 한계점이 무엇인지를 살펴보고자 한다. 그리고 마지막으로 작품이 가지고 있는 미덕과 결점을 살펴보는 것을 결론 으로 삼고자 한다.

2절 白·鹿 兩家의 갈등구조

소설 『白鹿原』은 규모가 방대하다. 작가가 5년 동안 시골에 칩거 하면서 쓴 이 작품은 그 시간의 폭이 淸末 民初부터 해방시기에 이 르며 더 나아가 文化大革命期까지의 중국 근현대사를 총망라하고 있 다.

이 소설의 서사구조는 특이하게 이루어졌다. 일반적인 소설은 본론 으로 들어가기 전에 사건발생의 역사적 배경을 비교적 자세히 설명 하지만, 『白鹿原』은 장, 절의 끝 부분에서 한, 두 단락의 간단한 글로 역사시기와 배경을 개괄할 뿐이다.3) 그렇지만 이 소설의 서사구조는 시간 순으로 나열되어 있다.

이 작품은 辛亥革命, 軍閥의 싸움, 國共分裂, 中日戰爭勃發, 大長 征, 中華人民共和國成立, 文化大革命을 시대적 배경으로 하면서 山

---

3) 雷達, 「廢墟的精魂-『白鹿原』論」, 『中國現代·當代文學硏究』 93年 12月

西 管中 땅의 白씨와 鹿씨 두 집안의 홍망사를 통한 갈등구조로 구성되어 있다.

일반적으로 중국 당대작품은 이데올로기를 중심으로 하여 적군과 아군이 싸우는 것을 주종으로 하고 있으며 사회주의 혁명의 승리 혹은 영웅, 열사의 통쾌한 쾌거 등을 묘사하여 정치적 색채가 농후하다. 그러나 이 작품은 정치적 색채가 적을 뿐만 아니라, 정치적 입장에서 떠나 객관적으로 쓰려고 노력하는 흔적이 상당히 보인다. 그래서 『白鹿原』은 다른 소설 『紅旗譜』, 『白毛女』에 비교하면 억압자와 피억압자, 지주와 농민, 혁명과 반혁명간의 첨예한 대립관계가 없다.[4] 예를 들면 지주인 白家軒과 머슴 鹿三 간의 관계는 억압자와 피억압자의 관계가 아니라 仁義로 맺어진 관계이다. 鹿三은 白家軒의 형님이자 白家軒의 딸인 白靈의 수양아버지이다. 이 같은 주인과 머슴의 관계설정은 작가의 의도성을 드러내는 장치임에 틀림없다. 따라서 白鹿原에서는 지주와 머슴간의 직접적인 대항이 없다. 그러므로 이 소설은 『紅旗譜』나 『白毛女』, 『太白山脈』처럼 대립을 통한 극적 효과는 거의 없다.

이 작품은 白씨 집안의 장손 白家軒이 아내를 맞아들인 이야기부터 시작한다. 白家軒은 여섯 번째 부인까지 잃고 점쟁이를 찾아가던 중 鹿子霖의 밭에서 피어난 엉컹퀴 같이 생긴 조뱅이 풀-전설 속의 흰 사슴의 영령임.(길조의 상징)-을 발견한다. 그는 온갖 꾀를 생각해 내어 鹿子霖의 밭을 사들인 다음, 자신의 아버지의 무덤을 그곳으로 옮기고 일곱 번째 결혼을 한다. 그 이후 그는 순조롭게 아들, 딸을 낳고 풍성한 수확을 거두는 한편, 그곳에 아편을 재배하여 집안의 번영을 도모한다. 이런 평화로운 생활 속에 과부 李씨가 白씨와 鹿씨에게 땅을 이중 매매한 사건이 생기고 두 집안이 갈등, 대립하게 된다.

사실, 두 가문이 싸우게 된 근본적인 갈등은 신화적인 마을 白鹿原

---

4) 連楊柳, 「歷史在這裏是散裝的」, 『中國現代·當代文學研究』, 1993年 11期

의 탄생에서 이미 예고하고 있었던 것이다.

훗날, 이 마을에 사려 깊은 족장 한 분이 나왔다. 그는 원래
있던 허우쟈 촌(候家村)-일설에는 후쟈 촌(胡家村)이라고도 하지
만-의 명칭을 바이루 촌으로 고치고, 마을 사람들의 성씨를 바꾸
기로 결정했다. 허우씨 형제는 애당초 백록이 나타났던 吉地를
모조리 차지할 속셈으로, 족장인 맏형 자손은 모두 白씨 성에 귀
속시키고, 아우의 자손은 대대로 鹿씨 성을 쓰되, 白씨와 鹿씨
양 가문은 한 뿌리인 만큼, 같은 사당에서 제사를 함께 지내기로
합의를 보았다. 결국 白씨와 鹿씨 두 집안은 같은 뿌리에서 태어
나 같은 씨앗으로 싹튼 혈연관계를 오늘날까지 그대로 이어 온
셈이었다. … 白씨 성으로 고친 맏이와 鹿씨 성으로 바꾼 둘째는
선조들의 사당을 세울 당초에 규칙을 하나 세웠다. 족장의 신분
은 항렬이 어른인 白씨의 자손들이 대를 이어 승계하기로 합의
를 본 것이다. 그 약속은 궁궐 안에서 황제가 양위하는 철칙을
본뜬 것이라 의심할 여지도 없이 영원히 바뀌어서는 안 될 불변
의 진리였다.[5]

이런 신화적인 이야기는 두 가문에 있어서 아득한 옛 기억으로 존
재할 뿐, 이제는 완전히 남남이라 해도 과언이 아니다. 그 동안 많은
시간이 지나고 상황이 바뀐 만큼 선조들의 묵시적인 약속을 꼭 지킬
필요도 없는 것이다. 그러나 족장의 계승문제는 이제까지 불문율처럼
대대로 물려온 전통의 법이므로 어쩔 수 없는 것이었다. 그러므로 鹿
씨 가문은 마을 족장의 기득권을 가진 白씨 가문에 불만을 가질 수
밖에 없는 것이고, 언젠가는 白씨 가문을 누르고 자신이 최고가 되어
야 한다 든가 하는 열등감, 그리고 그 열등감을 극복해야 한다는 욕
망 등이 내재되어 있는 것이다. 이러한 권력 욕망은 비단 鹿子霖에게
서 비롯된 것은 아니다. 이미 鹿子霖의 5대조 선조인 鹿馬杓의 처세

5) 陳忠實 著, 『白鹿原』, 北京 人民出版社, 1993年, 62-63쪽.

철학으로부터 시작된다.

선조인 鹿馬杓는 걸식할 정도로 가난하였다. 그러나 파란곡절을 겪고 천하제일의 요리사가 되어 많은 돈을 벌었지만 결국은 고관대작들에게 자신이 만든 요리를 갖다 바치는 하인에 불과하다는 것을 깨닫고 후에 자손들에게 이런 유언을 남긴다. "잘 기억하라. 손자든 증손자든 누가 수재나 거인이나 혹은 진사에 합격하거든 내 무덤에 와서 폭죽과 총소리를 내거라. 그러면 내가 우리 鹿씨 집안에 출세한 자가 나온 줄 알 테니까.[6] 바로 이와 같은 점에서, 鹿子霖이 왜 그토록 권력에 집착했는지 그 배경을 알 수 있다. 그러나 鹿子霖의 이러한 권력에 대한 욕망은 건전한 경쟁력으로 표출되지 않고, 언젠가는 白家軒과 그의 집안을 누르고 그 위에 일어서야 한다는 왜곡된 권력욕으로 표출된다. 白家軒의 아들을 타락시켜 白家軒의 체면을 깎는다할지, 그의 논과 밭, 집을 사들이며, 족장의 자리보다 더 높은 관직에 오르는 것은 이러한 욕망이 잘못 표출된 예들이다.

이렇게 내부적으로는 두 가문에 모순과 경쟁심이 가득하지만 외부적으로는 조용한 이 마을에 辛亥革命이 일어났다는 소식이 전해온다. 辛亥革命은 이 소설에 그렇게 중요한 요소로 작용하지는 않는다. 남자는 겨우 변발을 자르고 여자들은 纏足을 풀며 아이들은 白鹿 학당을 그만두고 성내의 신식학당에 들어가 공부한다. 白鹿原 사람들은 예전처럼 모여 앉아 향약조문을 외우며 주 선생은 마을의 향약을 만들어 세상을 바로 잡는데 힘쓴다. 이러한 상황은 당시 辛亥革命이 완전한 혁명이 아니라 몇 가지 형식만 바꾸는 미완성의 혁명이라는 것을 극단적으로 보여주고 있는 것이다. 辛亥革命의 실패는 곳곳에서 군벌들을 할거하게 만들었으며 군벌들의 횡포는 仁義의 마을 白鹿原에도 미친다.

---

6) 위의 책, 277쪽.

이때 북벌을 감행하던 蔣介石은 4.12 政變을 일으켜 국공합작을 결렬시킨다. 白鹿原에는 이전에 향약을 담당했던 田福賢이 다시 돌아오고 그들의 횡포는 또한 시작된다. 田福賢은 국민당의 깃발아래 무장 민단을 조직하고 白鹿原 농민대회를 개최하며 이전에 공산당이 주동한 농협활동에 동조한 사람들을 박해한다.

이러한 시대의 변화는 鹿씨 가문에게 권력을 차지할 수 있는 기회를 준다. 鹿子霖의 권력획득은 우연한 계기로 시작된다. 별안간 현청에서 鹿子霖에게 보장소 향약을 맡으라고 한다. 田福賢의 권유로 현청에서 교육을 받고 그는 보장소 향약에 임명된다.

> 그는 마을에서 白嘉軒과 손잡고 여러 가지 마을을 위한 일을 해냈지만 모든 실적은 모두 족장인 白嘉軒의 공덕만 높여줄 뿐 정작 鹿子霖에게는 아무런 보탬이 되지 못했다. 그러다가 관직을 얻게 되었다. 이쯤 되면 적어도 鹿子霖이 白嘉軒의 발치 밑에는 들어갈 리가 없다.[7]

이처럼 鹿子霖은 이제 白嘉軒에 대한 열등감은 어느 정도 줄일 수 있게 되었지만, 白嘉軒에 대한 불만이 완전히 사라진 것은 아니다. 비록 그의 지위가 白嘉軒보다 높았지만 白嘉軒은 덕망과 인품 때문에 여전히 추앙을 받고 있었던 것이다. 이러한 상황하에서 鹿子霖은 항상 白嘉軒의 체면과 위치를 깎아 내릴 기회를 찾고 있었는데, 농기구 반납사건과 白嘉軒의 아들 白孝文을 함정에 빠뜨린 것이 그 좋은 예이다.

白嘉軒은 마을의 족장으로서 과도한 인장세에 반발해 현청에 대항하여 사발통문을 돌려 시위하기로 한다. 鹿子霖은 이러한 사실을 알고 현청에 밀고를 하고, 거사 당일 날 시위의 주모자인 白嘉軒을 나

---

7) 앞의 책, 97쪽.

오지 못하게 하여 그의 위엄과 체면을 손상시킨다. 그러나 白家軒은 이러한 鹿子霖의 음모에 대하여 순발력 있게 대처한다.

더 나아가 鹿子霖은 이제 白家軒의 존재를 의식하지 않으며, 권력을 이용하여 사욕을 채우고 끊임없이 白家軒의 위치를 넘본다.

白家軒의 머슴 鹿三의 아들 黑娃는 공산당으로, 白鹿 촌에서 농협 활동에 참여한 적이 있다. 그는 일찍이 어느 권세가의 첩을 데려와 살고 있었는데 鹿子霖의 큰 아들 鹿兆鵬의 교화를 받아 공산당의 세 포조직이 되었다. 국민군이 들어와 黑娃를 체포하자 黑娃의 부인 小娥는 제 1보장소 鹿子霖을 찾아가 남편 黑娃의 선처를 부탁하고 그 대가로 자신의 몸을 바친다. 鹿子霖은 계속 小娥와 불륜의 관계를 가졌으며, 이러한 사실이 白狗蛋에게 발각되어 족장 白家軒에게 밀고되려 하자, 鹿子霖은 그 범죄를 白狗蛋과 小娥에게 덮어씌워, 白家軒에게 먼저 고해바친다. 마을의 풍속을 어지럽힌 죄로 小娥는 죽도록 얻어맞게 되는데 이러한 처벌에 불만을 품은 鹿子霖은 이에 대한 앙갚음과 함께 평소 白家軒에게 가진 열등감을 갚기 위해 白家軒의 아들 白孝文을 유혹하도록 小娥를 사주한다. 白孝文은 小娥의 유혹에 빠져 점점 타락하게 되었고, 급기야 아편중독자가 되어 논과 밭, 집을 鹿子霖에게 팔아 아버지 白家軒의 권위와 위엄을 떨어뜨리게 한다. 그러나 이러한 상황을 다 파악한 白家軒은 鹿子霖의 음모에 빠지지 않고 규칙대로 처벌하는 의연함- 자신의 아들 白孝文을 엄격히 다스리는 한편, 白鹿 진흉회로 데려가 사람들에게 비판을 받게 하고 족장의 자리를 둘째 아들 白孝武에게 넘긴다-을 보인다.

결국 鹿子霖의 음모 -"본래는 이 패가망신 한 놈을 끌어다가 상류 사회의 사람들 앞에서 전시를 한 번 하여 白家軒의 얼굴에 똥칠을 해 주고 싶었는데..."[8]는 白家軒의 의연한 결단과 小娥의 시아버지

---

8) 앞의 책, 336쪽.

鹿三이 小娥를 죽임으로써 일단락 맺는다.

이러한 갈등은 두 집안의 자식들 문제에도 이어진다. 白씨의 딸 白靈과 鹿씨의 두 아들은 서로 삼각관계를 이루면서 白靈을 사랑한다. 그러나 두 집안의 대립과 갈등은 그들이 정식으로 결혼하여 살지 못하게 한다. 이러한 상황 속에 白靈은 鹿子霖의 큰아들 鹿兆鵬의 아이를 낳지만 홍군의 반동분자로 숙청되어 생매장 당하고, 白靈의 첫 번째 애인인 鹿子霖의 둘째 아들 鹿兆海는 내전에서 죽음을 당하는 비극적 결말을 맞는다.

중일전쟁이 발발하고 일본이 동북 삼성을 침략하자, 중국 국내의 정세는 중대한 변화가 일어난다. 공산당과 국민당이 항일을 위해 다시 한 번 합작하게 되며 고향을 떠난 白孝文은 국민당 보안대 대대장으로 진급되어 돌아와 자신의 잘못을 뉘우치고 자신의 좋지 못한 기억들을 정리한다. 그리고 자신이 鹿子霖에게 당했던 만큼의 굴욕을 그에게 되돌려 준다.

일본이 투항하고 전국적으로 공비토벌과 장정 및 식량을 징발하고, 白鹿 聯保所(보안을 목적으로 하는 지방단체의 연합)9)는 공산당 집중 토벌지역으로 지정된다. 淸朝 때보다 더 심한 징발에 白鹿原 사람들의 원성은 높아졌다. 保障 鹿子霖은 '공비' 아들 鹿兆鵬 때문에 갑자기 잡혀 들어가고 白嘉軒은 鹿子霖이 자신에게 저질렀던 비열함을 증오하면서도 아들 孝武에게 鹿子霖을 구하라는 명령을 내린다.

鹿子霖은 감옥에서 석방되어 나왔지만 그의 체면은 나락으로 추락하였고 가산도 이미 자신의 석방을 위해 모두 써버렸다. 이때, 白孝

---

9) 중화민국 정부는 白鹿 창을 白鹿 연보소, 총향약의 관직 명칭을 聯保 주임으로, 保障所를 保公所로 鄕約의 관직 명칭도 보장으로 바꾸었다. 또 공산당세력이 자생하는 것을 미연에 방지하기 위해 새로운 행정관리제도인 保甲制(20-30세대를 한 甲으로 하고, 甲長이나 總甲長을 한 명 두는 제도를 개편했다. 족장 바이샤오우는 백록의 총갑장에 해당된다.

文은 예전에 鹿子霖에게 팔았던 자신의 집을 사들여 ㄷ자 모양의 白씨 집안의 四合院을 중국 전통 가옥 형태인 ㅁ자로 바꿈으로써, 예전에 鹿子霖에게 당했던 수모를 일정 정도 갚는다. 해방이 되고 나서 白孝文은 현장이 되고 鹿子霖의 큰 아들은 행방불명이 되며 鹿子霖은 치매에 걸려 비참한 최후를 맞는다.

이상에서 살펴본 바와 같이 작가는 두 가문의 갈등을 통해 辛亥革命 이전부터 49년 이후까지의 파란 많은 중국의 역사를 펼쳐 보이고 있다. 이 작품은 일견, 白家軒으로 대표되는 봉건종법문화는 오랜 전통으로 인해 쉽사리 무너지지 않는다는 것을 보여주고 있는 것처럼 보이지만, 궁극적으로는 두 가문의 갈등이 마치 공산당과 국민당의 갈등을 연상케 하여 白家軒의 승리는 곧 공산당의 승리를, 鹿子霖의 비참한 최후는 국민당의 패배를 상징케 한 당대소설의 변형된 형태의 서사구조임을 의심케 한다. 이 작품은 당대 소설의 틀을 어느 정도 벗어나고 있지만, 서사구조상 다음과 같은 여러 가지 문제점을 안고 있다.

3절 서사구조의 불통일성

이 작품은 당대소설에 비하여 많은 미덕을 갖추고 있음에도 불구하고, 구조상 여러 가지 아쉬운 점이 보인다.

첫째, 이 작품은 구성이 치밀하지 못하다. 여러 에피소드들이 서로 연관 없이 나열식으로 전개되어 있는 측면이 강하다. (물론 연대기적 기술을 따르고는 있다) 따라서 유기적 전체(orgnic whole : 부분들이 전체를, 전체가 부분을 유기적으로 연결해주는 체계)라는 면에서 보았을 때, 구성상 허점이 많다. 이것은 일종의 大河小說이 갖는 불가피한 양상일 수도 있다. 그러나 그 정도가 너무 심했을 때는 통일성을 깨뜨리는 것이다.

예를 들면, 白鹿原은 耕讀傳家로 우애 있는 화목한 天賦人權의 樂
園이다.

> 白家軒은 술병을 들고 마구간 안으로 들어갔다.
> "鹿三 형님, 우리 술이나 한 잔 합시다.
> 술병을 방바닥에 놓고는 투와에게 말했다.
> "투와야, 네가 가서 아버지랑 교대하고 오시라고 해라."
> 鹿三은 아무 표정 없이 걸어와 술을 병째로 들이켰다. 白家軒
> 이 마음에 묻어 놓았던 말을 꺼냈다.
> "형님, 黑娃한테 너무 차갑게 대한 것 같은데…… ."
> 鹿三이 아무 말도 하지 않자 白家軒이 말을 이었다.
> "예전에 黑娃가 망나니짓을 했을 때 미워한 건 이해가 가지만,
> 이제 새 사람이 됐으니 마음을 푸시지요. 힘을 내서 밭도 갈고
> 투와도 장가보내야지." 10)

주인인 白家軒이 머슴 鹿三을 친 형님처럼 생각하고 자신의 허리
를 부러뜨렸던 鹿三의 아들 黑娃와 투와의 미래를 생각해주는 것을
볼 때, 여기에는 어떠한 계급적 억압이나 계급적 착취가 보이지 않는
다. 모두가 人性과 人道에 적합할 뿐이다. 그러나 여기에는 인과관계
가 없는 이상한 사건만 발생한다. 여기에서는 청조를 뒤엎을 만한 辛
亥革命의 필연성이 조금도 보이지 않으며 근거지도 없는 한때의 무
리들이 인위적으로 농민운동을 일으킨다. 국민당의 공산당에 대한 반
목과 압살, 공산당과 국민당간의 투쟁이 묘사되어 있는데 이것은 또
한 人性과 人道에 적합하지 않다.

또한, 1920년대 중기는 반식민지 반봉건의 구 중국으로 농민에 대
한 지주의 잔혹한 탄압과 수탈이 자행되고 농민운동이 활발하게 진

---

10) 앞의 책, 592쪽.

행되던 때로서, 중국 공산당의 영도 하에 토호 열신들이 한창 고조되고 있는 농민운동을 탄압하고 있는 상황이다.11) 그럼에도 불구하고 이 소설에서는 이러한 언급이 전혀 보이지 않는다.

둘째, 플롯을 이루고 있는 에피소드들의 고리가 긴밀하게 연결되지 못하여 개연성이 미약하다. 예를 들면 白家軒이 7번 결혼한 이야기는 이 작품에서 일어난 사건과 아무런 관계없이 하나의 웃음거리로 존재한다. 소설 상의 세계에서도 논리적 연결구조는 불가피하다. 토마스 하디(Thomas Hardy)의 작품에서와 같이 우연에 의하여 인물들의 운명이 변화하듯이 논리에 의하여 삶이 지배되는 것은 아니다. 그러나 하디의 경우, 우연이 세계를 지배한다는 철학적 입장이 시종일관되어 있다. 반면에 『白鹿原』에서는 작가가 궁극적으로 의도하고 있다고 생각되는 대체 이데올로기(마오주의)의 등장은 그러한 질서와는 다른 차원의 것이다. 그럼에도 불구하고 시대적 필요성에 의한 대두로서보다는 샤머니즘적 질서에 부각되고 있는 듯한 착각을 할 정도이다. 그것은 '흰 사슴'의 상징이 어떤 변모를 겪고 있는가를 보면 명확해 진다. 처음 白家軒이 흰 사슴을 발견하였을 때, 그리고 마오주의가 나올 때, 그것은 길조의 상징이었다.

> 白鹿原 사람들은 대를 이어 가며 이 사슴의 전설을 흥미진진하게 입에 올렸고 음미를 거듭해왔다. 더욱이 전란이 터지고 전염병이 나돌거나 홍수나 가뭄과 같은 천재지변에 기근이 엄습할 때마다. 그것들이 가져오는 견디지 못할 고통 속에 시달리는 사람들은 그 흰 사슴이 신기하게 다시 한 번 나타나 주기를 목마르게 바라곤 했었다. 물론 그런 일은 영영 일어나 본 적도 없었지만, 사람들은 여전히 포기하지 않고 그 전설을 아주 흥미롭게 계속 입에 올려 왔다.

---

11) 傅迪, 「試析『白鹿原』及其評論」, 『小說理論批評』, 1993年 6期

그것은 확실히 참고 견디며 음미해 볼 만한 값어치를 지닌 스토리였다. 백설처럼 하얀 新鹿 한 마리, 뼈마디 하나 없이 부드러운 몸통과 네 다리로 환희에 들떠 춤추듯 날뛰며 남산으로부터 표연히 나타나서 너르디너른 벌판 위를 마음껏 뛰노는 신령스러운 짐승, 가는 곳마다 온갖 나무숲이 번성하고, 논에 벼포기가 튼튼하게 자라고 오곡의 수확이 풍성해지며, 六畜의 번식이 왕성해지고, 疫病이 말끔히 사라지고, 독충과 사나운 들짐승이 소멸하고, 인간 세상의 모든 집안에 행복과 건강을 안겨 주다니, 이 얼마나 아름답고 오묘한 태평성대란 말인가! … 12)

그러나 이 흰 사슴은 후반부로 가면 흉조의 상징으로 변한다.

한참을 이리 뒤척 저리 뒤척 하다가 겨우 잠이 들었습니다. 막 잠이 들었는데 白鹿原에 흰 사슴 한 마리가 날아오는 게 보였습니다. 제 눈앞까지 날아왔는데 흰 사슴의 눈에 눈물이 흐르는 게 보였습니다. 서럽게 눈물을 흘리면서 울었습니다! 그런데 제 눈앞에서 잠시 멈추더니 또다시 고개를 서쪽으로 돌리고는 달아나 버렸습니다. 마침 머리를 숙였을 때 보니 그 흰 사슴의 얼굴이 링링(白靈)의 얼굴로 변했습니다. 여전히 서럽게 울면서 "아버지"라고 한번 부르더군요. 저도 대답을 하다가 그만 놀라서 깨어나…

그리고 나서 잠을 이룰 수 없었는데 어머니가 방에서 신음하는 소리가 들렸습니다. 전 옷을 챙겨 입고 가서 어머니를 깨웠습니다. 어머니도 꿈을 꾸셨다고 말했습니다. 그런데 그 꿈이 저의 꿈과 똑같았습니다! 세상에 이런 기이한 일도 다 있습니까? 전 감히 어머니에게는 꿈 이야기를 하지도 못했습니다. 또 그 마음 병이 도지면 어떻게 하나 싶어서요. 그래서 어머니를 달래기만…13)

白家軒과 그의 어머니 조씨는 똑같이 흰 사슴의 얼굴이 링링의 얼

---

12) 앞의 책, 29쪽.
13) 위의 책, 537쪽.

굴로 변한 꿈을 꾸는데 그 결과는 白靈의 죽음이었다. 이와 동일하게 朱先生이 죽었을 때도 흰 사슴은 그 집 앞에 나타난다. 이처럼 흰 사슴은 어떤 일정한 규칙에 의하여 길조였다 흉조로 변한 것이 아니라 상황에 따라 불규칙적으로 변한다.

이런 샤머니즘적 요소는 朱先生의 주역 풀이나 小娥의 죽은 혼이 鹿三에게 들씌우는 것, 혼이 다시 일어나지 못하게 탑을 쌓는 일 등에서 더욱 두드러지게 나타난다.

점심때부터 시작한 鹿三의 발광이 밤중까지 이어지고 있었다. 이제 그 요염한 눈빛과 간드러진 행동거지는 누가 보아도 이상하다는 것을 알 수 있었다. 이전의 그 둔중하고 과묵한 鹿三의 인상과는 너무나 달랐다. 그는 마구간으로 마구 뛰어 다니면서, 자기를 둘러싸고 있는 마을 남녀 모두들에게 연기하듯이 말했다.

"제가 白鹿 촌에 들어와서 도대체 뭘 잘못했다는 거예요? 전 이제껏 남의 집 목화 한 송이 훔친 적이 없고, 보리이삭 하나도 뺀 적이 없고, 또 어른을 욕한 적도 한 번 없어요. 그런데 왜 白鹿 촌에서는 절 못살게 하는 거죠? 내가 나쁘다고, 내가 더 더러운 년이라고, 갈보 년이라고 하는 거죠? 그렇지만 黑娃는 나를 싫어하지 않았기 때문에 난 黑娃와 살았어요.…그런데 어떻게 저를 죽일 수 있단 말예요? 아버님! 어떻게 저를 …"14)

朱先生의 말에 힘을 얻은 白嘉軒은 자신이 이미 생각해놓았던 일을 설명하였다.

"이미 생각해 놓은 바가 있어요. 그 계집의 시체를 움막에서 파내 가지고는 장작불에 사흘 낮 사흘 밤을 태우고서 가루를 만들어 쯔쑤이허(滋水河)에 뿌리겠어요. 영원히 다시는 사람에게 붙지 못하도록 말이죠."

"그 부정탄 재를 강에 뿌리면 강이 더러워지잖아. 그러치 말고 그 재를 사기 항아리에 담아서 꼭 밀봉하여 그 계집의 움막 속에

14) 앞의 책, 465쪽.

묻고 그 위에 탑 하나를 세워 주게. 그 계집이 영원히 세상에 나
타나지 말도록 말이지."

　朱先生이 알려준 새로운 방법에 白家軒은 손뼉을 치면서 좋아
했다.

　"좋아요. 좋아. 거 참 명안입니다. 탑 하나를 세워서 그 요사스
러운 기운을 누르도록 해야지. 아주 좋은 방법입니다."[15]

　셋째, 구체적인 플롯상의 결점도 너무 많다. 자세하게 관찰해 보면
孝文이 아내와 같이 창극을 보러갔음에도 불구하고, 남편의 정사를
눈치채지 못하고, 孝文이 돌아오기를 집에서 기다리고 있다는 것은
납득할 수 없다. 중국에서 창극 관람 시 부부가 함께 가더라도 같이
자리하지 않는다는 것은 이유가 될 수 없다. 왜냐하면 孝文은 극이
끝나기 전에 다시 창극마당에 돌아왔고, 그의 아내가 집에서 기다리
고 있다고 했기 때문이다.

　또한, 鹿兆鵬은 여러 사람들의 도움(음모)으로 사형을 면제받는다.
그 음모는 소설의 귀결에 가장 결정적인 사건일 수도 있다. 그가 새
로운 이데올로기의 신봉자이자 전파자로서의 지위를 갖고 있기 때문
이다. 그런데 이 중요한 사건이 전혀 전개되고 있지 않다. 그 사실만
적시되어 있을 뿐, 그 후 鹿兆鵬은 이전과 똑같이 활동하고 있을 따
름이다. 상식적으로 보아도 뇌물을 받거나 어떤 형태로든 그 음모에
가담한 사람들은 최소한 일시적으로라도 鹿兆鵬이 죽은 것으로 간주
하고 행동해야 할 필요성이 있는 것이다.

4절　인물형상

　이 소설은 이제까지 중국에서 주시하지 않았던 봉건족장을 주인공

---

15) 위의 책, 474쪽.

으로 삼았다는 점에서 커다란 주목을 받고 있다. 대부분의 중국 당대 소설의 주인공이 영웅이나 열사였다 하였을 때, 이 소설의 인물상은 특이할 만 하다. 20세 말 동구 공산권이 무너짐으로 말미암아 이제 혁명이나 영웅, 열사는 더 이상 커다란 의미를 지니지 못한 것 같다. 또한, 이제까지의 당대소설들의 인물상은 아군과 적군의 개념이 분명했음에도 불구하고 이 소설은 적, 아 개념이 분명하지 않고 긍정적, 부정적 개념이 혼재되어 소설의 극적 효과를 상쇄시키고 있다.

이 소설에서 중심인물들은 管中 地域의 白鹿原에서 살고 있는 白씨와 鹿씨 양가 집안사람들이다. 물론 朱先生이나 鹿三, 黑娃, 小娥, 田福賢, 마을 사람들 등의 주변 인물도 있다. 이들 인물들이 보여주는 대립과 투쟁의 삶이 역사적 상황성의 의미를 증폭시키는 이유는 모두가 다 역사적 상황의 맥락에 특이하게 연관되어 있기 때문이다.16) 역사적 사실 속에 실재하고 있는 인물이든 허구적인 존재이든 간에 모두가 역사적 상황성의 토대 위에서 설정되어 있다는 뜻이다.17)

『白鹿原』의 인물들이 보여주고 있는 내적인 상호 관계를 쉽게 읽어 내는 방법은 무엇인가? 필자는 그 다양한 인물들을 白鹿原이라는 공간을 가르는 두 개의 좌표축을 중심으로 배열하여 각각의 연관성을 확인하고자 한다. 여기서 평면 위에 가로로 그은 선은 '계층적 성향을 표시하는 축'이며 세로로 그은 선은 '이념적 성향을 표시하는 축'이다. '계층적 성향의 축'을 중심으로 위 부분은 지배 계층 또는 상류층, 지주층을 배치시키고, 아랫부분은 소작인 또는 하층민 계층을 배치시킨다. '이념적 성향의 축'을 중심으로 좌우를 구분하는데, 좌파 사회주의자들을 왼편에, 우파 민족주의자들을 오른편에 위치시

---

16) 권영민, 「『太白山脈』다시 읽기」, 서울, 해냄, 1996년
17) 위의 주)와 같음

킨다. 이렇게 되면, 白鹿原의 공간에는 네 가지 부류의 인물들이 생겨난다. 다시 말하면, '계층적 성향의 축'과 '이념적 성향의 축'이 교차하면서 만들어내는 4분면에 각각 다른 네 가지 부류의 인간형이 위치한다. 다음의 표를 보자.

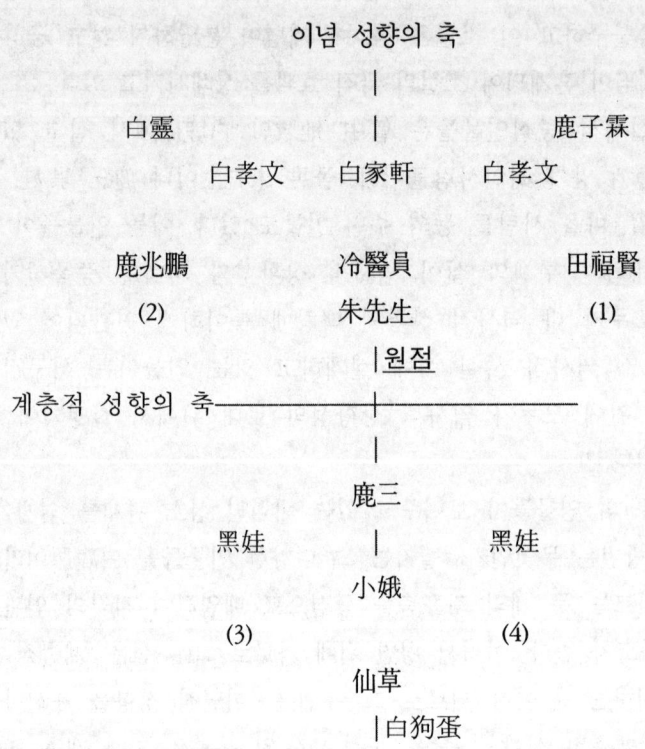

이념 성향의 축
|
白靈 | 鹿子霖
            白孝文   白家軒   白孝文

鹿兆鵬   冷醫員   田福賢
(2)   朱先生   (1)
                      |원점
계층적 성향의 축————————————+————————————
                      |
                    鹿三
黑娃 | 黑娃
                    小娥
        (3)   (4)
                    仙草
                  |白狗蛋

위의 좌표에서 보다시피 1사분면에는 지배 계층 가운데 우익사상을 가지고 있는 인물들이, 2사분면에는 지배 계층 가운데 좌익사상을 지니고 있는 인물들이 배치되어 있다. 3사분면과 4사분면에는 피지배 계층의 하층민을 각각 좌익과 우익으로 다시 구분해 놓았다. 두 개의

축이 교차하는 원점을 중심으로 중간파적인 입장의 인물들을 배치하여 놓았다.

위에 제시한 도표에 의하면 白, 鹿 兩家의 인물 가운데에는 좌, 우로 대립된 인물보다는 주로 중간인물에 집중되어 있으며 좌, 우를 왔다 갔다 하는 인물-白孝文과 黑娃-도 보인다. 이러한 인물형상은 이 작품의 특징이기도 하겠지만 전형화의 실패이기도 하다.

이 소설에서 가장 중요한 사람으로 부각되는 인물은 누구인가? 필자는 白家軒이라고 말하고 싶다. 그는 어떠한 사람인가? 白鹿原의 촌장이며 白씨와 鹿씨 양가문의 족장이다. 그는 엄격한 봉건적 도덕으로 자기 자신과 일족을 통솔, 마을 규약을 정하고 서당을 세워 '仁義의 白鹿原'을 이룩한 인물이다. 머슴 鹿三을 친 가족처럼 여기고 딸 白靈을 鹿三에게 보내 수양딸로 삼을 정도로 그는 仁義의 인물이다. 白家軒의 형상 속에는 잔악한 봉건문화 속의 지주의 모습은 보이지 않는다. 그는 중국 전통문화와 仁義禮智를 발현시키는 인물형상이다.

위의 표에 의하면 그는 이념과 계급을 초월하는 두 개의 축이 교차하는 원점에 위치하여 있다. 그는 어떤 면에서는 마치 복잡한 정치의 소용돌이 속에서 흔들리지 않고 자신의 주체를 지키며 살아가는 『太白山脈』의 김범우를 연상시킨다. 그는 봉건윤리와 도덕을 지키면서 자신의 권위와 지위를 지켜나갔는데, 이러한 白家軒에게는 긍정적인 면과 부정적인 면이 존재하면서 조화롭게 통일되어 있다.

白家軒의 인물의 긍정성은 부정적인 면보다 많은 면을 차지하고 있는데, 鹿子霖과 黑娃에 의해 더욱 부각된다. 鹿子霖은 어떠한 사람인가? 그는 예로부터 白씨의 동생 집안으로 형님 白家軒을 보좌하는 입장이다. 그는 항상 형 白家軒에게 열등감과 경쟁심을 가지고 있었으며 언젠가는 白家軒보다는 높은 자리에 올라야겠다는 야망을 가지고 있는 사람이다. 그는 白鹿原의 통치권을 쟁취하기 위하여 노력한 사람이다. 그는 白家軒의 위엄과 체면을 손상시키기 위해 黑娃의 부인 田小娥를 차지한 후 미인계를 써서 白家軒의 아들 白孝文을 함정에 빠뜨리고, 농기구 반납사건 때는 현청에 밀고를 한다. 그러나 白家軒은 이러한 鹿子霖의 음모를 다 알지만 모두 감내하고 용서한다.

또한, 머슴 鹿三의 아들 黑娃는 자신의 부인 小娥를 징벌했다고 白家軒의 허리를 부러뜨렸지만, 그는 그를 덕으로써 용서를 하고 결혼까지 시켜주며, 해방이 된 후, 黑娃는 반혁명분자로 몰려 처형당하는 상황에서도 끝까지 그를 구출해 주려고 노력한다.

이처럼 白家軒은 끊임없이 자신을 함정에 빠뜨리고, 자신을 해치는 鹿子霖과 黑娃를 보호하고 구원해 주는 숭고한 인물로 묘사된다. 이러한 白家軒의 숭고한 형상은 바로 鹿子霖이나 黑娃같은 부정적 인물이 더욱 빛내주고 있는 것이다.

그러나 白家軒에게는 단지 긍정적인 모습만 있는 것은 아니다. 부정적인 측면이 있기 때문에 白家軒이라는 인물형상이 더욱 성공적인 것이다. 일반적으로 중국 당대소설에 나온 혁명열사나 영웅들은 거의 결점이 없을 만큼 완벽한 사람이다. 그러나 이 소설의 주인공 白家軒은 보통 사람들처럼 부정적인 모습을 지니고 있다.

그는 가문의 명예와 부를 위해 鹿子霖을 속여 吉地를 샀고 여기에 白씨 집안의 무덤을 만들어 이익을 챙겼다. 농기구 반납사건 때 마을 사람들의 억울한 심정을 헤아리고 관리들의 부정을 밝히기 위해 사발통문을 돌리게 되는데, 일을 성사시키는 과정에서 자신이 직접 나서지 않고 머슴 鹿三을 시켜서 사발통문을 전달하는 식으로 뒤에서 조종하기만 한다. 또한 그는 더 많은 돈을 벌기 위하여 3년 동안 아편을 재배하였고, 딸 白靈으로 하여금 신학문을 배우지 못하게 하였으며, 자신의 경쟁 가문인 鹿씨 집안의 아들과 연애한 것을 반대하였다.

朱先生은 白家軒만큼 중요한 인물은 아니지만 성격상 도표 원점에 위치한 중간인물로 白家軒보다 더 완벽한 사람이다. 그는 白家軒의 매부로, 일찍이 20만 명의 군벌을 세치의 혀로 물리쳤으며 죽어서는 문화혁명이 낳은 재앙을 예측한 동양철학과 풍수지리에 통달한 사람으로 마치 삼국지의 제갈공명을 연상시키는 인물이다. 白家軒은 어떤 어려움이 있을 때마다 朱先生을 찾아가 상의하여 해결하였고 그를 추종하였다.

朱先生은 천하의 대란이 일어나도 조금도 흔들리지 않고 중도의 길을 선택하였다. 혁명군이 반정하면서 제시한 '반정 공약문 28조'가 운데서 朱先生은 변발 자르기, 纏足 풀기, 아편금지 부분만 수용하며 白鹿 書院을 굳게 지키며 학문에 열중하였다. 그는 그들의 이념이나 사상을 받아들인 것이 아니라 단지 세상에 이로운 것만 수용한 것이다. 국민당과 공산당의 싸움이 진정으로 나라를 구하는 것이 아니라 패권다툼에 있다고 직시하면서 '三民主義'와 '共産主義'가 모두 대동소이하다고 주장한다.

내가 보기에는 '삼민주의'와 '공산주의'는 대동소이한 걸세. 한쪽에서는 천하를 '公'으로 보고, 한쪽에서는 천하를 '共'으로 보는 것이 다르다면 다르다고나 할까? 두 당의 宗旨가 결국 나라를 구하고 백성을 구하는 것에 있다면, 두 당이 서로 합해서 천하를 公共으로 보면 더욱 좋지 않겠는가? 왜 하나로 뭉치지 못하고 그렇게 나뉘어서 야단들인가? '公'자와 '共'자의 싸움은 각자의 字典을 만들려고 하기 때문에 일어나는 것일세. 밀가루 집과 국수 집이 서로 다투는 것도 시장을 독점하려는 것이 아니고 무엇이겠나? 기왕에 이렇다면 어째서 '결과'를 중시하지 않나…..[18]

정치에 초연한 그는 일본의 침략에 대응하자고 8명의 학자들과 힘을 합쳐 국민혁명을 도우러 종군하지만 蔣介石이 일본과 싸우지 않고 내전만 하고 있음을 알고 나서, 책도 읽지 않고 글도 써주지 않는다. 실망한 그는 백과사전 같은 滋水 현지를 편찬하여 민심을 돌보면서 토비였던 黑娃를 가르치며 마지막 여생을 보낸다.

이처럼 朱先生 또한 『太白山脈』의 김범우를 연상케 하는 인물로서, 이데올로기의 굴레에서 벗어나 있는 인물로 설정되어 있다. 그러나 마지막에 마오주의에 경사되는데 다음과 같은 그의 모습은 작가의 입장과 역사관을 모호하게 만든다.

> "나도 마오가 쓴 책은 보았지. 아주 잘 쓴 책이지. 사람이 재주도 있고. 그러나 쑨(孫) 선생(손문을 지칭함) 역시 재기가 있는 사람이야. 그 사람 역시 책을 아주 잘 썼어. 그 둘은 모두 나라를 흥하게 다스릴 수 있는 영수들이야. 그러나 지금 이 난세에서는 삼민주의가 맞지 않아. 또 문장 안에 있는 주의는 주의일 뿐이지. 세상이 이렇게 난세니 ……천하는 틀림없이 쑨·마오의 세상이 될 걸세."[19]

이 작품은 작가의 의도성이 너무 두드러진 나머지 인물묘사가 평면적이다. 인물묘사는 믿음직스러운 방법으로 독자를 항상 긴장시켜야 한다. 그런데 이 작품의 인물들은 거의 모두가 평면적인 인물들로만 구성되어 있다. 즉 어떤 인물이 등장하면 즉시 어떤 식의 일을 할 것인가 상상할 수 있다. 평면적인 인물들은 독자가 쉽게 알 수 있다는 점에서 필요한 인물묘사이다. 그러나 어떤 맥락 속에서 새로운 모습으로 다가오는 입체적인 인물들이야말로 소설에 활기를 불어 넣는

---

18) 앞의 책, 329쪽.
19) 위의 책, 626쪽.

다. 이러한 측면에서 이 작품은 너무 평면적인 인물만 그리고 있다. 특히 여성들의 묘사에서 그러하다. 여성인물들은 白靈을 제외하고는 모두 평면적인 인물들이다. 『白鹿原』에 묘사된 부녀가운데 白靈을 제외하고 기타 仙草, 小娥, 孝文의 부인, 鹿子霖의 며느리 등은 전통형의 여성에 속한다. 그들은 선인들이 남겨놓은 도덕을 준칙으로 삼아 영원히 변하지 않을 법칙이라고 독실하게 믿는다. 여자들에게 있어 영원히 변치 않고 믿을 수 있는 진리는 밥을 짓고, 애를 낳으며, 남자를 섬기면서 가사의 일에 몰두하는 것이다.(小娥는 예외일 수도 있다. 그들의 고난에 대해서는 거의 묘사되어 있지 않고, 중요한 인물로 떠오르지 않는다.)

이 작품에는 많은 등장인물들이 나오지만 그렇게 인상 깊은 인물은 없다. 커다란 공감이나 감명을 준 인물이 거의 없다는 말이다. 가장 인상 깊게 남은 인물을 지적하라 한다면 白嘉軒을 말할 수 있지만, 『阿Q正傳』의 阿Q나 『太白山脈』의 염상진, 김범우, 염상구처럼 성공적으로 전형화 된 인물이라 볼 수 없다.

이 작품의 인물들은 유난히도 많은 변모를 거치고 있다. 종종 어떻게 사람이 그렇게 변할 수 있을까 하는 의심을 품게 한다. 黑娃, 孝文 등 거의 모든 인물들이 그러하다. 그러한 변모를 겪기 위해서는 나름대로 근거가 충분해야 한다. 그러나 이 작품에서는 그 근거가 너무 미약하거나 심지어 전혀 없는 경우조차 있다.

예를 들어 黑娃의 경우, 공산당 - 비적 - 국민당 - 공산당의 변화를 겪는다. 여기에서 다시 공산당으로 전향한 것은 鹿兆鵬과 개인적인 친분 이상의 것이 아니다. 孝文의 경우는 더욱 심하다. 촉망받던 촌장의 후계자가 마약 중독자가 되었다가 우연한 기회에 출세의 가도를 달리고 나중에는 별다른 이유도 없이 공산당으로 변모하여 다시 실권을 쥐는 인물로 그려지고 있다. 이 변모의 과정을 설명해주기 어렵기 때문에 그는 기회주의자라는 것으로 평가할 수밖에 없다.

등장인물의 성격이 평면적이면서 일관성이 없음으로 말미암아 작가의 역사관이 모호하다. 작가는 종전의 당대 소설의 형식에서 벗어나 객관적이고 중도적인 입장에서 쓰려고 혁명 열사나 영웅을 중심적인 등장인물로 내세우지 않고 중간인물들로 대체하였다. 이러한 중간 인물들은 앞의 표에서 제시한 바대로 원점에 위치하여 있으며 그들의 계급적 입장이나 성향이 명확하지 않아 작가의 역사관을 분명하게 읽어낼 수 없다. 특히 朱先生의 경우 이데올로기를 떠난 인물로 설정하고 있지만, 마지막에는 마오주의를 찬양함으로 말미암아 작가의 역사관은 더욱 애매해진다.

5절 결론

『白鹿原』은 전통사회와 새로운 삶의 질서가 충돌하는 이데올로기가 부상하는 시대의 관중 지역의 농촌의 역사와 풍경, 민중의 삶, 전통문화의 단면 등을 잘 드러낸 작품이다. 1990년도 초, 침체된 중국의 대중문학에 활력을 불어넣었으며, 당시 중국에 유행한 엄숙문학(숭고문학), 순수문학에 일정한 영향을 주어 이러한 속문학도 중국문단과 대중들에게 자연스럽게 받아들이는 토양을 만들었다.[20] 또한 오랫동안 금기시 되어 왔던 성심리와 성행위를 과감히 묘사함으로써 억압되었던 성을 해방시켜 대중 앞에 공개화 시켰다는 점에서 이 책은 一讀의 가치가 있다.

이 작품은 다른 당대 소설 작품에 비해 비교적 객관적으로 쓰려고 노력하였으며, 혁명을 적극적으로 찬양하지 않았을 뿐만 아니라, 오

---

20) 李星,「世紀末的回眸『白鹿原』初論」,『中國現代·當代文學研究』93 年 6月

랜 동안 계급투쟁의 갈등이나 당을 찬양하는 도식적이고 진부한 틀에서 벗어나 독자의 흥미 욕구에 맞게 썼다. 또한 이야기의 내용이 풍부 할 뿐만 아니라 생동감이 있으며 공산당의 과오를 솔직히 시인하였다.(白靈과 黑娃의 죽음은 공산당 내부의 음모로 인하여 죽은 것임) 이러한 점에 있어서 『白鹿原』은 다른 중국 당대 소설에 비하여 많은 미덕을 갖추고 있지만, 그 미덕을 뒷받침 해주는 소설 미학은 여러 가지 면에서 부족하다.

두엇보다도 구성이 치밀하지 못하여 여러 에피소드들이 서로 연관성 없이 나열식으로 전개되어 있는 측면이 강하다. 이러한 구성의 치밀하지 못함은 인물 묘사에도 나타난다. 등장인물의 성격이 너무 평면적이어서 독자들에게 긴장감을 주지 못하며, 등장인물의 사상전변이 너무 쉽게 이루어져 설득력이 약하다.

또한 서술방식이 전통적 방법을 초월하지 못하여 全知型이며, 엄밀히 말해서 등장인물의 시각이 없고 등장인물의 심리 묘사가 『阿Q正傳』처럼 잘 묘사되지 않았다.

계급갈등의 요소를 크게 부각시키지 않으려는 작가의 의도에도 불구하고, 결국 이 극의 메시지는 계급갈등의 승리로 귀결되고 말아, 새로운 통치체재의 연속이라는 인상을 지을 수 없다.

중국문학의 여행

인쇄일 초판 1쇄 2005년 11월 07일
        2쇄 2013년 01월 01일
발행일 초판 1쇄 2005년 11월 15일
        2쇄 2013년 01월 03일

편저자 엄 영 욱
발행인 정 진 이
발행처 새미
등록일 1994.03.10, 제17-271호

서울시 강동구 성내동 447-11 현영빌딩 2층
Tel : 442-4623~4 Fax : 442-4625
www. kookhak.co.kr
E- mail : kookhak2001@hanmail.net

ISBN 978-89-5628-186-5
가격 10,000